O Louco do Cati

Dyonelio Machado

O Louco do Cati

(aventura)

posfácio
Camila von Holdefer

todavia

*Muita coisa eu tenho que agradecer —
e a muita gente: à Adalgiza e Cecília; à Lila;
ao Panichi, Mário, Cyro; ao Rubens Maciel.
Ao próprio Paulo — com o seu informe oportuno.
É o que eu desejo manifestar aqui.*

D. M.

Aos meus amigos
Da. ÁUREA ORTIZ CORRÊA e
Des. ERASTO R. DE ARAUJO CORRÊA

A excursão

A primeira aventura foi no bonde 15
No fim da linha 18
Em que se joga o seu destino 21
Contratempos 25
Aquele dia findou 29
O Cati 32
O Cati (continuação) 38
A batida 41
"É tocar prá frente" 45
O pescador 49
Crepúsculo nas areias 51
O mar 56
O seu caso era simples 59
Excursionistas 63
Recupera-se o bom humor 67
Onde começam, mesmo, as aventuras 70

No escuro

Um tesouro 79
De novo a caminho 81
Tudo vai bem 85
Um segredo 91
No escuro 93
A luta 96
Um dia triste 99
Aventura inesperada 102
Passos perdidos 108
Música negra 112
O número catorze 115
Começa o dia 120
O poeta 123

O amor **130**
"Capela! capela!" **136**
Tudo como antes **139**

Gente vivendo

O professor da universidade **143**
Em liberdade **147**
Vida nova **150**
A surda **154**
O Rio — cidade igual às outras **160**
Três almoços **163**
Três almoços (continuação) **169**
Três almoços (conclusão) **175**
Nanci **182**
Esse Ponsard **186**
Onde talvez se encontra a solução **190**
O embarque **193**

De volta

As classes dum navio **199**
Escrúpulos **204**
Mulher-velha **208**
A conversa dos dois **212**
Descendo **216**
Opinião médica **220**
O outro dia era um domingo **223**
Mau sinal **226**

Viajando 230
Outro que conhece o Cati 234
Pelo quintal 238
A velha morreu 242
A feira 244
Um piquenique é muito bom 249
Precisava ir, mesmo 253

Tudo é novo

Manhã sem sol 259
Feliz viagem... 264
Continuava chovendo 268
Não se compreendia 271
A resolução foi acertada 274
Abaixo d'água 277
Inquietação 279
O velho Vinhas 283
Viagem transtornada 286
Interrompe-se o voo 290
Famosa aventura do homem que vai
levado por um cachorro 295
Ele vai prá o Cati 301
Já não chovia 303

O homem-cão do Cati,
por Camila von Holdefer 307

A excursão

A primeira aventura foi no bonde

O passageiro do bonde ocupou o seu lugar e se pôs a *apagar* um ponto à sua frente com um olhar sem conteúdo. O que apresentava de extraordinário era talvez o chapéu. Um chapéu de copa alta, fendida bem no centro, como um desses pães que antes de ir ao forno as donas de casa entalham com um gesto fácil e profissional de bordo de mão.

Mas o centenário que entregou para o pagamento da passagem não valia. Atarantamento. Dedos esguios cavoucando os bolsos, com pressa, sob controle — e controle impaciente:

— Veja naquele outro.

O condutor metia-lhe os olhos também no chapéu. Recebeu a importância e recolheu-a em vários lugares (o dinheiro era classificado). Depois, como quem percorre uma galeria que dispõe ao devaneio, saiu cobrando. Eram passageiros que surgiam de chofre no corredor e que logo caíam, já acomodados. Mas de repente deu meia-volta:

— Se eu pudesse — explicou de improviso ao homem do chapéu, obrigando-o a virar lentamente a cabeça — se fosse por mim, eu recebia aquele dinheiro. Mas *nós* (em toda parte há os que dizem *nós* e se escusam ou se justificam de qualquer coisa que só a eles não se permite), nós não podemos aceitar.

A cada parada subia gente. Houve um momento em que o condutor teve de se dividir para atender a tantas pessoas. Fazia-o entretanto com uma pressa qualquer. Era a pressa — como se viu — de tornar para perto do passageiro.

— Comigo ninguém se ofende.
Dizia isso devagar, filosofando com calma, instalado contra o bordo dum banco, no corredor apertado.
— Eu sei tratar os passageiros.
E ia até mais longe do que mandavam as regras, tão impessoais, tão frias, da companhia:
— Esperar que o passageiro se sente... E outras.
Interrompeu-se. Investigou rapidamente os lados, fiscalizando a vida do veículo.
— Eu não tinha a menor dúvida de receber o seu dinheiro. Mas sabe como é...
Alguns passageiros tomavam conhecimento da conversa.
O condutor revelava um ressentimento antigo, profissional, com relação a uma boa parte da clientela:
— A primeira coisa que se pensa é que é má vontade.
Quase não se sabia mesmo como, na prática, se tornara difícil satisfazer sem exame todas as inovações que o passageiro pode introduzir em matéria de dinheiro, — matéria tão discutida!
Abanou uma cabeça meditativa, atulhada com pensamentos melancólicos de compreensão, de tolerância terminal. Fora do bonde, tudo era julgado com incrível facilidade.
— O seu caso, não. Só não fiquei com aquele dinheiro, porque não pude mesmo. Eu antes nem queria aprender a distinguir dinheiro falso! Todo o pessoal sabe disto.
Um mundo anterior, completo, veio-lhe à cabeça. Um mundo em que tanto se debateu, em que, ao lado duma visão prática, apareciam casos de consciência. Até que um dia os escrúpulos ("— Mas deixa de coisa: dinheiro falso não é escrúpulo." — Ele continuava considerando escrúpulos), até que um dia toda essa coisa foi resolvida com uma ordem geral e a ameaça de irem para a rua.
— Foi melhor assim — prosseguiu o indivíduo. — O povo não se prejudica. Eu conheço até um sujeito — é meu vizinho — que

não quer outro dinheiro. Já está rico. A minha mulher deseja muito compreender — por que é que eu não faço como ele! O senhor precisa ouvir esse camarada falar.

Com isto, abandonou o passageiro. Tocava adiante.
Risos. Conversinhas em tom baixo. Olhares. Mas sobretudo muita curiosidade por aquele homem e pelo seu chapéu.

No fim da linha

O fim da linha era um lugar semideserto. Não fazia muito que haviam prolongado os trilhos até o novo bairro que surgia.

A essa altura, o bonde achava-se quase vazio. Os poucos passageiros que ainda restavam despegaram-se do veículo parado com a negligência de vermes que abandonam uma carcaça já esgotada. Caiu um silêncio. O motorneiro e o condutor dirigiram-se para uma porta larga — aparentemente de uma garage ou de uma oficina mecânica — que existia ali perto. O passageiro pôs o olhar ao longe, num armazém isolado no meio dum grande terreno plano, e para lá seguiu. De costas e à distância, o chapéu sobressaía do dorso curvo, nesse movimento lento e cadenciado que têm os pescoços de mola de certos brinquedos.

Como viera parar ali o *Borboleta*, e com aqueles donos, é o que não se sabia. O *Borboleta* era um pequeno caminhão Ford, muito antigo e muito conhecido de certas rodas — moços de garage, inspetores do tráfego, empregados das bombas de gasolina. Pertencera durante muito tempo a um sujeito folgazão, espécie de vendedor ambulante, que mandara colocar na trama em favos do radiador uma borboleta de louça, com as asas azuis muito abertas. Na ocasião, ele parecia estar desarranjado, à sombra escassa (era pouco mais de meio-dia) duma grande árvore, encordoada de grossas raízes, que ficava na frente e um pouco sobre um canto do armazém. Dois sujeitos mexiam nele, quando o homem passou.

Dentro do armazém conversava-se animadamente. Para dizer a verdade, só quem falava era um rapaz ruivo, de olhar inteligente, sentado de leve sobre um caixão de gasolina. Um companheiro — provavelmente um companheiro — ouvia-o, atento, abancado perto. Por trás do balcão, o dono do armazém tinha um olhar sereno e curioso para ele, o ventre tenso nem hostil nem agasalhador.

Aquela figura galgando curvamente os degraus de fora e recortando-se, escura, no marco cheio de luz da porta da frente, atraiu a atenção. Num meio trancão e já com os dedos remexendo nos bolsos do colete, enveredou direito ao balcão da venda.

Queria um maço de cigarros... E fósforos também.

— Qual é a marca?

Cigarros de quinhentos réis. Nas pontas dos dedos — um "centenário".

O armazeneiro procurou o artigo lentamente. O rapaz ruivo e de olhar inteligente falava baixo para o amigo, mas sem desviar os olhos do homem que comprava.

— Esse dinheiro é falso.

A observação surpreendeu-o, no momento em que ia pagar a despesa. Soltando no balcão os cigarros e os fósforos, o sujeito vasculhava os bolsos do colete. Mas não saía mais nada.

— Espere! Quero ver.

O rapaz ruivo saltou do seu banco improvisado. Aproximou-se. Revirou nos dedos a "pratinha" de mil-réis. De quando em quando fitava o indivíduo.

Nem havia dúvida: um santa-marca. E voltou para o seu lugar.

O dono do armazém tornou a examinar a moeda. Passou a unha na serrilha, avaliou-lhe o peso, atirando-a várias vezes de leve para cima e recebendo-a na concha da mão.

— Dou quinhentos réis por ele.

O homem não parecia compreender. Levantou-lhe uma cara de boca aberta. Ao mesmo tempo, ia estendendo a mão para a sua "compra".

— O fósforo não está pago.

— Aqui tem o níquel — disse, de lá de longe, o rapaz ruivo, jogando uma pequena moeda pelo ar.

Em que se joga o seu destino

— Este sujeito é meio louco.

E se não o era, possuía todo o jeito. Mas isso não tinha importância. Era tocar prá frente. — E Norberto (o rapaz ruivo) apressou os companheiros, de maneira a que pudessem largar o quanto antes.

O indivíduo havia-se incorporado ao grupo.

— Mas ele só o que vai é nos dar despesa — insistia o amigo, aquele com quem ainda há pouco conversava, abancado lá dentro do armazém.

Na verdade, sem recursos (e o homem parecia não ter recursos) representava um peso morto.

— Empenha-se o chapéu dele — concluiu Norberto, depois de uma reflexão.

Era esse pois um ponto resolvido. Mas faltava outro.

— Será possível?

Norberto olhava bem na cara do companheiro, os braços meio pendentes. Confabulavam um tanto afastados dos demais.

Aparentemente, tudo fora arranjado: a boia do almoço, uns três ou quatro dedos de gasolina.

Quem sabe se não deu prá consertar o pneu?... — Norberto arregalava mais os olhos, no esforço de adivinhar aquela nova dificuldade.

— O *Borboleta* quase não tem óleo.

— Alô, pessoal! — Norberto havia relaxado o reclamador. Dirigia-se em alta voz ao resto do grupo, que flanava em torno do veículo. — Será que o *Borboleta* não é capaz de fazer essa travessia sem óleo?

— Nem se discute — foi a resposta tranquilizadora.

Partiram pois.

O grupo dividira-se: na frente, sentados, um rapaz gordo, cara de italiano, em mangas de camisa, (por sinal que remangadas) — era o chofer; a seu lado, Norberto; e na parte de fora do banco ia o desconhecido. Na carroceria atrás, apoiados sobre as grades e dançando alegremente com os solavancos, os outros dois componentes da "caravana". Norberto preferira ficar no meio (conquanto o melhor lugar era o que ocupava o sujeito do chapéu), porque queria estar perto do que guiava, com ele bater boca e, sobretudo, compartilhar da direção "intelectual" da viagem.

Não precisava "se cuidar", quando traçava, com o companheiro da direção, um comentário sobre o desconhecido. É que este, depois de haver tirado o casaco (por insinuação de um deles, em vista do calor que aumentava), alongara o focinho para a frente e assim ficara. Só de colete, é que se podia ver como era descarnado. Aliás esse colete — embora comum, de pano escuro — não poderia ser arrancado ao sujeito sem antes o haverem despojado do chapéu, — visto que criava, com ele, uma certa "harmonia". — Foi o que Norberto maduramente reconheceu.

Ele topara a "viagem" — uma viagem curta, divertida, "de prazer". Iriam até ao mar, voltariam no mesmo dia.

"— O Norberto acha que estamos de volta ainda hoje..."

Ou no dia seguinte, quando muito. Ao desconhecido parecia indiferente a volta naquele ou no outro dia. Ele se havia apresentado naquele fim de linha. Fizera um bom negócio com o armazeneiro...

"— Você vendeu por bom preço aquele centenário..."

Não se lhe conhecia um rumo definido. Talvez mesmo não tivesse nenhum, e fosse apenas um desses gozadores que passeiam de bonde para se distrair.

"— É. Ele tem o jeito de gozador..."

A estrada era de primeira ordem.

— Pena é que não vá assim até o mar.

Rodava-se em cima do asfalto. Passando a ponte, começava a faixa de cimento, que se estendia até a vila próxima.

— Quanto está metendo o *Borboleta*?

— Ainda não passou dos cem!

A pergunta vinha de trás, da carroceria.

"O chofer" teve de levantar a voz para ser ouvido. Era uma ironia: o calhambeque não punha, mesmo naquela via, mais do que metade dessa velocidade.

Silêncio, em que o da direção e Norberto tinham o olhar na tira escura da estrada, que repassava rápida sob os seus olhos, como se fosse se enrolar num cilindro mais atrás, qual uma fita.

Norberto:

— Como é o nome desse camarada?

— Quem? O maluco?

— Não: o que falou com você.

O rapaz que guiava meio voltou a cabeça para trás. Ergueu a voz:

— Ó, meu amigo: como é mesmo o seu nome?

Uma cara malandra e ainda moça enquadrou-se na janelinha que ficava por detrás deles.

— É comigo?

— Como é mesmo que você se chama?

Norberto parecia não estar interessado na coisa. Olhava prá frente.

— *Manivela*.

O companheiro de trás, da carroceria, teve uma gargalhada.

— Sério. Como é todo o seu nome?
— Maneco. Maneco *Manivela*.

O rapaz da direção refletiu um pouco. Depois agradeceu. A cara emoldurada na janelinha se dissipou. Por aquele vão, um pequeno retângulo, passava agora, lá longe, uma nuvem branca, lenta, contra um céu dum azul desmaiado pelo calor.

Depois dum momento Norberto voltou à carga:

— O *Borboleta* é dele?

Não. O *Borboleta* pertencia a um ricaço (meio ricaço...) chamado Antônio Vitorino. Mas estava "encostado" na oficina do Maneco.

— Eu conheço esse rapaz há muito tempo — disse o chofer. E depois duma pausa:

— Tem um nome engraçado.

— Decerto é um apelido.

Os dois voltaram-se vivamente. Mas o maluco já estava outra vez olhando prá frente, prá longe...

Aquele banco duro evocava-lhe um quadro antigo, o seu tanto apagado: Uma madrugada alta... A mãe, vestindo um vestido de chita preta já quase branco... A varandinha mal iluminada por um lampião de querosene (uma luz avermelhada)... Um café nervoso, cheio de esperanças tristes e de apreensões... Depois, um rumor surdo, de ferragens rodando pela rua silenciosa... A diligência! "— Vai, meu filho!" — Um abraço... um nó... O ar frio da noite e uma voz clara, voz da madrugada: "— Tem um lugar aí no pescante!" — E o rapazinho finalmente se acomodando entre dois passageiros bondosos, caras escanhoadas, distintas, soprando um vapor leve por entre os agasalhos da viagem...

Contratempos

A chegada à vila foi marcada por um contratempo: o rapaz que servia de chofer se recusou a ir mais adiante, se não dessem óleo ao *Borboleta*.

Apesar do antigo otimismo, Maneco, consultado, teve as suas hesitações. O seu companheiro de carroceria convenceu-se logo que não poderia remediar o caso, e voltou para o seu lugar, estendendo-se a todo comprimento no assoalho do veículo, o chapéu nos olhos, por causa do sol.

O homem da bomba emitia uma opinião prudente e conciliadora. Se o plano era ir muito longe, convinha botar dois litros; caso fossem perto, um apenas.

— Prá onde é que se atiram?

— Quanto está custando aqui o litro de óleo? (Falava-se ao mesmo tempo.)

E após uma rápida suspensão:

— Vamos até o mar — fez Norberto.

O homem da bomba atendia simultaneamente a bomba e um mercadinho. Era num dos cantos da pequena praça. Ele estava em mangas de camisa. Magro, tinha umas enormes "entradas" na testa. Um pouco curvado. Uma atitude serena e familiar de negociante de beira-estrada.

— Está muito adiantada a estrada?

Andava-se a construir a ligação com a costa do mar. Estrada muito esperada. Obra definitiva.

O homem da bomba abanou a cabeça numa informação céptica.

— Até onde se vai?

A falar a verdade, não "se ia" a parte nenhuma. A estrada era construída aos trechos. Entre uns e outros, grandes espaços intransitáveis — o arcabouço desnudado do leito, constituído de seixos agudos (um veneno prá qualquer pneu), os desvios de emergência.

— Mas tem passado muita gente.

A questão porém era o óleo.

Norberto se informava e refletia. Afastou-se alguns passos. Chegou-se a uma espécie de prateleira de ferro, colocada à margem do meio-fio, sobre a calçada, onde estavam os vidros bojudos de óleo terminando num bico de metal, inclinado. Pareciam mamadeiras.

— Qual é o preço deste? — E o seu dedo branco fazia um contraste contra o verde turvo daquele líquido espesso.

— Três mil e quinhentos.

— ... e botaram um controle em Tramandaí...

O grupo começou a se interessar. Norberto veio-se chegando. O sujeito da carroceria soergueu-se lá dentro e meio se debruçou nas grades.

É que havia turmas numerosas de trabalhadores, e a situação não era boa. Passavam por ali muitos estrangeiros.

— Agitadores.

O governo tomara medidas, vigiando policialmente a estrada.

— Bem, isto não tem importância — disse Norberto, como um remate. — Nos bote um litro do de três mil e quinhentos.

Trazia o dinheiro palmeado numa das mãos. Fez-se um silêncio, enquanto o homem, ajudado por um garoto já crescido, despejava cuidadosamente o óleo.

— O que é que me diz deste pneu? Aguentará as tais pedras? — Norberto trouxera o sujeito da bomba para a parte traseira do carro. Todos puseram os olhos numa das rodas.

— Elas são meias pontudas. Quebradas à máquina.

O sujeito refletia. Examinava o bacalhau. O caso era a lona. (O seu dedo se insinuou num pequeno buraco do pneu.)

— Mas eles não respeitam pedras. O César Pinto (era um volante conhecido) ainda ontem andou correndo por aí, se preparando. Parece que vai haver uma corrida...

Norberto estava cauteloso. Tinha medo do pneu não poder resistir às condições da estrada.

— Que ele dá, dá. (E o homem estendido escarafunchava, levantava pequenas lascas de borracha.) Mas é preciso andar devagar.

— Quanto a isto não tem perigo — comentou o Maneco, no meio dum sorriso geral.

Norberto queria saber se não havia uma outra estrada prá Tramandaí.

— Não.

Porque essa coisa do controle era muito certa. Há muitos anos (o grupo prestou-lhe atenção) — há algum tempo! — viajou até Palmares, pelo vaporzinho, com um sujeito, um indiático, que ele muito suspeitou. Na véspera tinha-se dado um crime de morte em Porto Alegre. Na certa que havia gente de alto topete metida na coisa. O sujeito viajava só com a passagem do vapor, e, se não se enganava, com uma passagem do trenzinho de Palmares a Conceição. Daí ele ia ganhar a praia e seguir a pé até Santa Catarina. — Ele não podia jurar: mas esse indivíduo estava-se escapando. E de modo fácil.

— Um controle não deixa de ter a sua utilidade.

— A gente se escapa de qualquer maneira — concluiu um do grupo.

E por falar em Palmares... e se fossem por Palmares?... — Norberto tinha um olhar aceso; era uma consulta entusiasta.

— Está maluco...?

Só retornando prá cidade.

— Mas, e pela Capela?...

Voltou-se para o homem da bomba: não havia então uma estrada dali até Viamão?

Havia, naturalmente. Mas em péssimo estado.

O pessoal se embesourou. Era um contratempo maior ainda, esse. Mas, na verdade, não podiam meter o *Borboleta* naquelas pedras.

Norberto, prá o sujeito da bomba:

— O que é que tem a estrada daqui à Capela?

— Buracos.

Estavam vendo? Melhor que pedra de ponta.

— E as areias, então? — insinuou o indivíduo.

— Da praia?

— De Osório até o mar.

— Ah! — Norberto pôs aí todo um entusiasmo e uma convicção de chefe — o *Borboleta* não aguenta areia. Não é carro prá puxar na areia. Está-se vendo. Estrada ruim, com buracos, não é nada: ele é alto.

— É: ele é meio alto — concordou pensativamente o homem da bomba, interrompendo o outro.

— É pela Capela que se vai — rematou Norberto.

— E as areias depois de Palmares? Os cômoros da chegada?

— Ah! Isso depois se vê.

Aquele dia findou

Oito horas da noite. Palmares. Uma massa escura, desengonçada, — mais escura ainda pelo contraste com o feixe débil daquele farol isolado. (Há muito que ele andava caolho.) Um borbulhar de água quente e de vapor quase levantando a pequena tampa de alumínio, mal presa na rosca já gasta. Um solavanco seco e imprevisível, todo cheio de ruídos surdos e duma breve série de baques, quando atravessa o estreito trilho do Decauville.

... Devia ser este trilho — o trilho que seus olhos haviam enfiado, longe, no arqueado da coxilha, em pleno dia, e que vinha do descampado, onde havia umas palmeiras, e ia para outro descampado, — ponte rápida e sonhadora entre dois mistérios...

— Parece que já está tudo dormindo.

O farol fazia nascer umas estrias de luz, concêntricas, na parede da frente da casa. Pegava parte da porta — uma tábua inteiriça dum verde esmaecido. Para os fundos, para os lados — blocos esbranquiçados de casas baixas, numa disposição militar, de redutos, de quartel.

— Dormindo, a esta hora?
— Que horas serão?

... O "amigo" do Maneco estava sesteando quando chegaram à Capela. Custou muito a vir botar a gasolina. Não sabia se ia à cidade tão cedo. Não fiava prá ninguém. Aquilo não era fiado, por certo. Era um adiantamento. Mas não sabia quando poderia aparecer por lá, pela oficina. (Esgotava bem a grossa mangueira de lona, o corpo em quadra, repassando-a de cima a baixo sobre o ombro, desmanchando a "barriga" que vinha até quase o chão.) Haveria de ver o *Chevrolet* talvez ainda esse mês. Esperava que aquele troço da direção tivesse desaparecido...

— É o seu Ricardo isto aqui?
 — Está parecendo...
 — É o Ricardo, sim — assegurou Norberto.

... Os quartos de hóspedes da campanha... Ele e a mãe... A chegada deles uma noite à casa daquele velho parente, de barba longa, muito branca. A tia Tucha ia justamente sair, ela e o marido (muito moços), a cavalo. Iam a um baile. A tia Tucha ficara-lhe sempre moça, trêfega. — E era isso uma imagem consoladora naquele eterno quarto triste, de abandono...

— Será que o pessoal não abre?
 — Mas isto não é um hotel?
 Hotel. Empresa de transportes. Fazenda de gado. Lavoura. Aquele sujeito (o seu Ricardo) topava tudo. Era um rei, na redondeza.
 — Um polvo — comentou Norberto. Ele estava sujo, as calças borrifadas da lama dos tatus. Uma lama loira, dos barros de areia.

... Quando se havia baixado, muito sem jeito, prá empurrar a roda de trás, um jorro de areia úmida varrera-lhe a face, salpicara aquele chapéu. Parecia o jacto de fagulhas do rebolo do amolador, quando afiava as facas de mesa, na rua matinal, rodeado de guris...

Abriu-se uma meia folha de porta lá longe, no puxado da casa, num dos lados. A luz avermelhada precipitou-se sobre os dois degraus, ficou estendida no areião da "rua", refluiu sobre um tronco descascado de eucalipto. A cabeça dum rapaz apareceu.

O grupo tinha fome. Um café com leite, no "salão", valeria como um reconforto. Balancearam-se rapidamente as "posses". Não seria prudente dar de comer ao maluco.

— É perigoso?!

Norberto era consultado como um oráculo.

De resto, o sujeito ficara lá para os lados do automóvel. Talvez sem apetite. — E Maneco recordou aquele lanche sob a árvore da estrada, quando, com ares dum mistério gaiato, desencavara de dentro da caixa das ferramentas um pedaço de carne-seca. Cheirava um pouco a ferros, a graxa mineral. Trazia, aderentes, uns fios de estopa. O maluco engolira o seu bocado com a sofreguidão serena e irracional dum cachorro, sem mastigar, o focinho horizontal, olhando para diante.

Aquela gente ali já estava com efeito acomodada. O rapaz, sonolento, levou-os para a peça da frente, através um corredor.* Acendeu a luz: um grupo de mesinhas, com toalhas enxovalhadas, descortinou-se então.

Eles se abancaram todos juntos, na maior. O rapaz — o garçom — ia e vinha, com lentidão. Ouviu-se uma certa atividade prá os lados da cozinha. Uma baforada tênue de fumaça invadiu a casa.

— Bem, e agora é espichar as pernas — convidou Norberto, depois do grude. E para o garçom:

— Há inconveniente em passar a noite aí fora com o carro?

O rapaz fez que "não" lentamente com a cabeça.

O grupo debandou, ruminando, palitando os dentes, devagar.

---

* Usar um artigo definido como regência da palavra "através" é um galicismo que está hoje em desuso. [N.E.]

O Cati

— Isto! isto é o Cati!

A figura estranha bracejava na esplanada da frente da hospedaria, no centro da enorme esfera de luz da alvorada. Com o gesto apocalíptico abrangia a casa, os contrafortes, as dependências — que, na claridade da manhã, saíam do desenho apenas esboçado pela penumbra da véspera com um recorte militar mais vivo: eram, *mesmo*, redutos, quartel, casamatas. — E dominando o "terreno", como em "posição" à sua frente, — o seu Ricardo, o dono (sempre madrugador), grande, grosso, cabeleira lançada para trás, bigodudo...

— É o Cati!...

A surpresa da "revelação" era tão intensa, que lhe imobilizara os braços naquela atitude de crucificado. A brisa marítima (já se estava perto do mar) agitava-lhe a parte de baixo das mangas da camisa, — as quais ficavam vibrando ao longo dos braços, como esses "roncadores" de que as crianças do seu tempo muniam as pandorgas.

Seu Ricardo depunha-lhe um olhar de incompreensão momentânea e de investigação. Norberto avançou. (Tinha acordado com o raiar do dia.) Um a um, os companheiros iam tomando conhecimento da coisa: Maneco saltou logo da carroceria, onde se alojara com o outro camarada; o da direção se desenrolava lentamente de sobre o banco, no qual passara a noite encolhido. Uma cara de curiosidade indolente erguia-se lá dentro da carroceria e espiava pelo rebordo da grade.

Um cerco...
Era um cerco! O pânico desmanchou aquela sua atitude. Uma revista rápida e apavorada. Depois a fuga — ordenada, a julgar por um trancão de passadas compridas, que o afastou logo dali, prá mais longe, prá o matinho mirrado, todo retorcido pelo vento constante do mar.

Perplexidade.
— Cati... (Ele falara em Cati...)
O que vinha a ser isso?
— Mas vocês não querem ver que o homem vai se escapando?
(O que é que teria ele?)

...Atingira a borda do pequeno mato. Quase impenetrável, de tão reduzido em altura, de tão raquíticos que eram os seus arbustos, de tão tramado. Insinuou-se por uma fresta.

— Eu já ouvi falar no Cati.
— O maluco ganhou o mato!

...Era pequeno. Uma tarde. Caía o sol. Gente, muita gente. Quase toda a população da cidadezinha. A cadeia (a "Cadeia Velha") era um edifício raro. Velho, tinha uma espécie de sótão, que o distinguia das casinhas baixas da cidade e era como um remanescente duma edificação anterior, suntuosa, que *devia* ter existido, num passado misterioso e irreal.
Ele estava com a mão fria e tremendo presa à mão da mãe. Todos, ali defronte da Cadeia, comentavam e esperavam. E quando o homem esquálido surgiu no terreno da frente (ela era metida para dentro), reatado em cima do cavalo, as mãos amarradas às costas, guascas maneando as pernas por baixo da barriga do animal, e vociferando numa revolta ao mesmo

tempo enfática e triste, ele quis saber, saber! Já um pelotão de soldados o rodeava. Era a escolta.

— O que é que eles vão fazer com o homem, mãe?

— Psiu! Vão matar ele lá no Cati...

Aquele ali já tinha ouvido falar no Cati... Claro! — E a voz de Norberto exprimia quase desdém. — Quem é que não conhece o Cati?

— Sim... — Seu Ricardo meio que encabulou. — Conheço, lógico, o Cati. O João Francisco...

Maneco não sabia exatamente o que era o Cati, mas em compensação conhecia bem esse João Francisco.

— A sua fama ultrapassou o Rio Grande. — Norberto animou-se: — No próprio Rio da Prata... — Susteve-se. Depois acrescentou: — Um caudilho perigoso. Cabeleira de gaúcho.

Mas um deles quis saber por que é que o governo consentia na existência de uma fera dessas...

— "Hiena do Cati". — O seu Ricardo ficou satisfeito com a sua interrupção.

— Por que consentia?... Mas se não fosse ele, seria qualquer um outro. O homem não tinha importância. — E Norberto contou-lhes esta História:

Havia terminado a revolução com a vitória do governo. Era um fim de século — século dezenove. Fim de mundo... A campanha, principalmente a fronteira — ninho de revolucionários — não estava ainda "pacificada". Fazia-se necessário isso que depois as guerras iriam chamar "operações de limpeza". (Compreendiam... Compreendiam...) Bem: essa limpeza se inaugurou, se consolidou, se prolongou. Tornou-se coisa regular. — Uma espécie de banditismo legal, entronizado naquele "Castelo", sobre uma elevação às margens dum arroio, nas caídas dum dos rios que têm mudado de pronúncia com a mudança de fronteira de dois povos inquietos. — Mas, é claro, uma tarefa de tal ordem ("Ordem pública! Ordem pública!") punha nas mãos dos homens do Cati uma enorme soma de poder: poder pessoal, poder político, poder!... Já nada mais se fazia então naquela vasta zona sem consultar o Cati. O Cati era o Subestado. Era o Estado para aquela região. Não raro entrava em conflito com o verdadeiro Estado, e o vencia. Polvo (Norberto gostava muito da palavra pejorativa "polvo"), estendia tentáculos, atava, arrastava, triturava. A simples companhia de volantins que demandava Livramento, vinda do oeste, fazia a travessia pelo outro lado da linha, pelo estrangeiro, prá não ter de passar pelo Cati (— *Passar pelo portão do Cati* era obrigatório —). Por causa das mulheres... Não respeitavam nem as mulheres. E os pais e os irmãos é que pagavam, atirados nos poços medievais. Daí, quando saíam, era quase sempre degolados. Todos os que caíam eram degolados: por motivos pessoais, por motivos políticos, comerciais, por qualquer motivo... Altivo e frio, o Cati apertava, arrastava, triturava. E durante anos, anos. Fez-se uma legenda, real, verdadeira, de sangue, de morte, de terror feudal. — Nós ficamos um pouco célebres, respeitados, admirados, por essa Legenda.

Ali fora, aquela espécie de *clareira*, formada pelo recuo das casas, das instalações, das árvores, estava cheia da luz da manhã. A sombra do *Borboleta*, que o tornava quase irreconhecível de tão oblíqua, fazia uma faixa diagonal, dum azul violáceo. A conversa deles dispunha-se em dois "planos", como num quadro: — e era urgente passar ao primeiro plano.

 — O que é que você acha desta coisa? Não será troça dele? — quis saber o Manivela.

— De quem? Do...? Dele?

— Sim, do louco... Desse... — E abraçando com o olhar as "instalações": — esse do Cati!

Não, não era troça. Era preciso ter visto a sua cara, o seu olhar. Ele estava aterrorizado.

— Mas então... — O dono da hospedaria refletia, ruminava, hesitava. — Mas ele é furioso?...

O pessoal se entreolhou, com caras de sem-vergonha. É que ninguém o conhecia...

— Como?! — Seu Ricardo fez a sua ruga de espanto digno, de censura.

Sério: ninguém ali sabia quem era esse sujeito. Maneco teve um sorriso malandro e um virar de olhos, que metiam toda a culpa ao Norberto.

— Nada disto! — A sua desculpa era frouxa, de olhos que bailavam daqui prá ali, sem se fixarem em ninguém. Era um companheiro de viagem... apenas...

— Pode-se exigir credenciais de um companheiro de viagem? Pode-se? — Eles calaram. — Então não se viajaria em trem, em navio, em avião, em ônibus.

— Mas o *Borboleta* não é ônibus.

— Pra ônibus, agora, pouco falta...

(Sorrisos.)

Seu Ricardo ouvia impassível e de cara amarrada. Depois de um silêncio abriu a boca:

— Os senhores então não são amigos. Pensei que todos fossem amigos, inclusive o... esse maluco. — E apontou prá os lados do pequeno mato.

— Não...

— Sim!...

— Claro! — fez Norberto precipitadamente. — Somos amigos! Estamos fazendo um passeio de amigos, uma viagem de prazer.

"— Fresco prazer..." — mas seu Ricardo, homem prudente, não exprimiu o seu pensamento. E em voz alta:

— Bom. O importante é que é um dos companheiros dos senhores e que os senhores não... (Hesitou.) ... não conhecem ele... Ou melhor: conhecem pouco.

— É isto: conhecemos pouco. (Foi o companheiro de Maneco na carroceria quem fez a observação.)

— Portanto, o que é preciso, em primeiro lugar, é ir pegar ele lá no mato.

O Cati

(continuação)

O mato já por fora tinha um aspecto diferente. Muito diferente. As copas das árvores terminavam todas na mesma altura, — uma muralha entrançada, conglomerada, confundida, que ele opunha ao inimigo: o mar — o vento do mar. Naquela arregimentação de forças todas as árvores se fundiam, e o mato não era então mais do que uma enorme copa, duma única árvore: árvore monstruosa, achatada quase ao nível do chão, sugando o sangue branco da terra por uma infinidade de troncos. — Recordou-se dum mato da sua infância, — uma cabelama escura e densa, enchendo de mistério e de receio todo o fundo dum extenso grotão, — cabelama mais escura naquele crepúsculo úmido de inverno. Uma corrente mugia lá embaixo. Nas palavras informativas, depois repetidas, cochichadas, havia uma apreensão: — É o *Passo da Guarda*...

Aquele mato, por dentro, atrapalharia qualquer um. Mesmo o mais conhecedor. Quando era criança, um dos poucos meninos valentes (um gauchinho a cavalo) que lutavam com o demônio e o levavam de vencida, usava um subterfúgio: É que era uma fuga e uma perseguição; o menino era que fugia, o diabo que perseguia; numa das tantas, o menino opôs uma muralha viva entre si e o perseguidor: jogou no ar um punhado de alfinetes encantados; eles se viraram em mato, — um mato baixo, espinhento, todo trançado. — Às vezes, aquele mato ali lhe parecia obra de alfinetes encantados.

O pior era a areia. Ele quase não podia caminhar. Demais, não podia escolher muito o caminho, porque... fugia! Sim! ia fugindo.

... Uma vez, o pai ainda vivia. Estava conversando com amigos lá dentro, na varanda. Toda a família se achava reunida ali. Conversa séria. Parece que era coisa de queixas, de casos que não estavam certos, de injustiças. Num dado momento porém a palestra subitamente se suspendeu! Um deles saiu pé ante pé. Foi até a porta da rua, espiou. Voltou tranquilizando: podia-se continuar. "— O que é que o tio Cuta foi ver na porta da rua, mãe?" "Psiu! Um menino não fala nessas coisas." "— Que coisas, mãe?" "— Cala a boca: o Cati!"

De quando em quando uma clareira, que era uma rosa dos ventos apontando para todos os quadrantes, indiferentemente.
Ele não escolhia: enveredava, naquele trancão que o chão solto e pesado meio desconjuntava.

... Outra vez, era de manhã. A gurizada também se mobilizou. Lá estavam todos, rodeando a polícia e os presos. Os presos eram uns "índios" maltrapilhos. Muitos se achavam descalços. A cara escura parecia mais escura pelo medo. Estavam atados pelos pescoços, uns nos outros, por meio de uma guasca muito comprida. Eram os sobreviventes. Dez ou doze. A grande maioria tinha sido degolada. Informava-se ali que o Tenente — um tenente do Cati — tivera de, em plena carnagem, mudar o dólman de pano preto, — que ficara todo ensopado de sangue. (Naquela "batida" ele era o comandante da força.) — O Tenente passou rapidamente pelo ponto onde se achavam os guris: tinha as feições excessivamente pálidas, finas...

Ele parou, no meio do mato, assaltado pelas visões. Agora era uma cavalgada, de noite, desembocando na rua escura, deserta. Uma lufada macia e indistinta. Só se viam reflexos metálicos de botões doirados sobre dólmans negros. — Alguma batida... Alguma batida noturna!

... Depois, aquele entrechocar de espadas, aquele atropelo, aquela algazarra de sedição, enchendo o estado-maior, o recinto da oficialidade. — Ao ouvir contar isso, essa tentativa de revolta dos oficiais do Cati, ele só *via* caras pálidas, fantásticas, em uniformes negros, lendários...

A batida

O seu Ricardo daria um homem: seria o prático. Mais dois deles, e estaria constituída a canoa. Precisava-se agora escolher os que deveriam ir. Houve desentendimentos. Discutiu-se também se o maluco agrediria, se estaria armado.

— Arma de fogo garanto que não tem.

Talvez nem arma branca. Ele andara sem casaco toda a viagem. Uma faca apareceria, na cava do colete, na cintura.

— Só se dentro do chapéu...

Realmente: o homem — ao que se recordavam — não tirara nem uma vez o chapéu.

— Nem ao menos prá dormir?...

Provavelmente nem dormira. Nenhum deles se lembrava de o ter visto a noite passada. É exato que, nem bem haviam tomado aquele café, tinham caído, como chumbo. O dia havia sido muito puxado.

— É — reconheceu Ricardo: — decerto nem dormiu.

— O pobre!... — fez D. Rita, a mulher do dono da casa, que havia momentos aparecera com o "primeiro" chimarrão do marido e já se havia inteirado de tudo.

D. Rita informava-se devagar, aos poucos. Queria saber donde é que ele era, se se achava louco há muito tempo, se alguns daqueles senhores era parente dele...

— É isto mesmo — disse o rapaz que guiara o *Borboleta*, dirigindo-se prá o companheiro de Maneco, o da carroceria: — esse maluco deve ser seu parente...

— E por que não do amigo? — A sua cara, habitualmente gaiata, tinha-se fechado. Pusera os olhos no rosto do rapaz.

— Bem. — Norberto se havia interposto. E para a mulher:

— Não, minha senhora: ele não é conhecido de nenhum de nós. Foi um camarada que encontramos no fim da linha. Topou o nosso convite...

D. Rita queria bem que se visse como era perigoso andar com pessoas que não se conhecia...

— Claro — atalhou o marido. — Mas o que importa no caso é pegar esse sujeito.

O grupo estava macambúzio. Ninguém dava sugestões. E era importante saber quais os dois que deveriam ir com o homem do seu Ricardo pegar o homem lá no mato.

— Tu vais mandar o Janguta? — perguntou a mulher. Ricardo fez que sim com a cabeça enquanto chupava o chimarrão.

— Sabem o que mais? — Maneco havia despertado; tinha saltado para o meio da roda. — Eu vou com o Leo! (Leo era o seu companheiro na carroceria.)

Fez-se um silêncio. Leo e o rapaz gordo que viera na direção ainda se olhavam de vez em quando.

— É isto mesmo — fez Norberto: — vão vocês os dois.

E para o seu Ricardo:

— O seu homem está pronto?

Era só mandar chamá-lo lá nos fundos, no galpão. Mas havia tempo de tomarem café.

O café constituía uma despesa que eles não estavam dispostos a enfrentar. O plano era encostar o estômago com um chimarrão, caso possível. (O *estabelecimento* parecia também uma fazenda, tinha galpão; haveria de haver uma roda de mate entre a peonada.)

Ricardo martelava:

— Se dá a batida depois do café.

O grupo de novo se mexeu, se solidarizou. Concentrou-se em torno de Norberto. Os olhares consultavam, debatiam.

— Mas — Norberto queria saber — não haverá perigo... com ele... lá no mato?...

Perigo?... (Seu Ricardo não compreendia bem. Fazia uma cara interrogativa.)

— Sim... Perigo de bichos... De cair nalguma sanga!

Não. Não havia nada disso. Podiam estar descansados.

— O homem anda caminhando. Não vai muito longe. É mato muito sujo, quase intransitável. Depois ele está fraco, mal alimentado, com sono. Na certa que daqui um pouco, quando esquentar mais, o calor derruba ele.

E seu Ricardo rematou, com um sorriso de longa experiência:

— Nem há armadilha melhor prá pegar um sujeito do que esse matinho.

O caso, pois, era tomar-se o café. Mandou o "garçom" arrumar a mesa.

Urgia uma decisão. Os olhares consultavam, debatiam. A despesa tinha de ser paga no ato. (Assim fora na véspera.)

D. Rita desaparecera com a cuia. Seu Ricardo ia também se encaminhando prá dentro de casa, prá o salão.

— Não vou nesta — comentou Leo ainda embesourado: — com parte de nos dar café o que ele quer são os nossos níqueis. Eu é que não caio.

Realmente, a coisa era prá ser estudada. Mas rapidamente. Quem sabe?... Norberto refletia, hesitava.

— Sim... (O grupo queria compreender... queria adivinhar...)

— Quem sabe? No seu entusiasmo...

— Que entusiasmo?

— Nesse entusiasmo da fuga. Do maluco. Da batida!...

Um deles teve uma interrogação de espanto, de incredulidade:

— O seu Ricardo está entusiasmado com o maluco?!

Não era isso! O que ele queria dizer era que aquele "incidente" havia mexido com ele, com todos.

— Não é verdade que mexeu com todos nós? Não é verdade?

Sim, mexera. E o resto?

Bem. No entusiasmo desse incidente, de chamar o Janguta, mandar pegar o homem lá no mato, talvez que seu Ricardo nem pensasse nos níqueis, fosse fazer a coisa em família, pelo amável.

O pessoal ficou pensativo. Era uma coisa que bem podia-se dar. O melhor mesmo era ir ver isso.

"É tocar prá frente"

Estava fazendo um dia muito quente. Nem mesmo o vento que soprava do lado do mar era suficiente para abrandar aquele calor. Seriam umas três horas da tarde.

O maluco estava dormindo como uma pedra. Fora acomodado dentro do *Borboleta*. D. Rita trouxera um acolchoado velho, um travesseiro. Tudo isso havia sido estendido no soalho da carroceria. Era bem uma cama. O próprio *Borboleta* tinha sido arrastado mais para um lado, sobre o oitão duma das casas, debaixo duma figueira de copa muito esparramada.

— E agora, ao cair da tarde, assim que passar o solaço, é tocar prá frente.

— Para o Norberto é só "tocar prá frente".

— Mas claro! O que é que vamos ficar fazendo aqui?

Justo. Não tinham nada a ficar fazendo ali. Mas nada, por outro lado, obrigava aquela pressa.

Norberto picou-se:

— Você está muito enganado se pensa que eu estou com pressa.

Se não era pressa — retrucara o outro (a discussão era com o Maneco) — se não era pressa, era então coisa muito parecida.

— Por exemplo?...

— Por exemplo não sei.

— Estão vendo...

— Não estão vendo nada! Só porque eu não sei não é que a coisa não vai haver!

Mas que coisa? que coisa? — Norberto assumira logo um tom de conciliação. — Pois eles não andavam viajando? passeando? Não tinham combinado ir até o mar? Quem sabe se pretendiam voltar dali?

— Não, isso não — fez o rapaz gordo, com cara de italiano, que guiara o caminhão e que se achava sentado num banco fixado no próprio tronco dum dos eucaliptos. Recostara-se de encontro à árvore, o chapéu meio quebrado sobre os olhos, prá cochilar. A conversa era na "frente", à sombra dos eucaliptos.

Era hora da sesta. Em torno deles, na casa, nas suas dependências, nos arredores, havia um silêncio de dia quente.

— Pois é ou tocar prá frente... (Maneco sorriu de leve) ou dar volta prá cidade — rematou Norberto com ar decidido, sem se importar dessa vez com o jeito do Manivela. E, após o silêncio meditativo que se seguiu, ainda invocou uma outra razão:

— Porque eu não acredito que se possa filar mais nada aqui. Nem mais um palito.

Nesse ponto não havia dúvida nem discussão.

— Tem gasolina?

Todos viraram-se para o lado onde estava Leo, o qual fizera a pergunta e voltara a esgaravatar qualquer coisa no chão. Ele se achava sentado num tabuleiro de grama que acompanhava a linha das árvores, como um canteiro.

— Vocês já devem saber — disse Norberto precipitadamente: — Estou esgotado...

— Pensa que fez alguma áfrica?

E para que a constatação desse fato não degenerasse numa nova discussão "estéril" (era um outro dos termos do Norberto), este se apressou a acrescentar:

— Em todo caso, eu estou pronto a dar um jeito.

O único jeito seria abordar o seu Ricardo. Ali na hospedaria havia uma bomba de gasolina, das pequenas, que se adaptam diretamente aos tonéis. Ele tinha visto uma dessas, quando dera um giro lá para o lado da "garage" — um galpão aberto, que ficava prás bandas do lugar prá onde haviam arrastado o *Borboleta*.

— Eu também vi — confirmou Leo.

Gasolina, pois, era coisa que havia por ali. Era o primeiro ponto, e resolvido. Faltava agora estudar o modo como deveria ela passar prá o *Borboleta*.

— Você faz muita questão que seja gasolina direta da bomba? — perguntou-lhe Leo, com um meio ar de riso.

— Claro que não! Por quê? — (Norberto não sabia onde o outro queria chegar.)

— Porque eu já botei a gasolina daquele Buick (era um carro que todos haviam visto na "garage"; decerto o auto do seu Ricardo).

Houve uma gargalhada. O rapaz gordo, que cochilava, apesar de tudo teve também um sorriso.

— Pois então é tocar — veio dizendo Maneco, que depois da discussão se havia também sentado no chão, amuado: é tocar prá frente. Não, Norberto? — E sorriu. Batia as calças com as mãos, prá tirar as pedrinhas do areião que haviam ficado pegadas na roupa.

Ninguém porém se moveu. O silêncio ficou maior, — um silêncio de verão, todo gordo de mil ruidozinhos, de chiados de insetos, de ruídos do vento. O vento, numa rajada, dobrou os galhos das árvores. Dali de onde estavam se avistava a copa da grande figueira do mato, lá para os lados da "garage", à cuja sombra descansava o *Borboleta*. A rajada morna havia também passado por ali, havia sacudido as suas folhas.

— O maluco é que dorme a bom dormir.

— Também! depois do que o infeliz caminhou.

A "canoa" surpreendera-o sentado num tronco caído, num lugar onde o mato clareava. Ele ainda se soergueu ao ver os "perseguidores". Estes acercaram-se, — "calçaram-no". Ele então se entregou como uma criança. Entrecerrou os olhos. Vacilou. Ampararam-no.

— Me levem, eu quero dormir.

Aqueles homens tiveram pena. Pegaram-no cuidadosamente. Vieram-no trazendo devagar, como se fosse um ferido.

O pescador

Janguta havia saído com o caminhão do hotel. Caminhão de carga, mas que levava também passageiros — no banco, com o chofer. Fazia viagens pelas redondezas. Às vezes alcançava Porto Alegre. Em época de veraneio arriscava-se até as praias.

Nessa ocasião ele voltava do porto (era dia de chegada do vaporzinho). Trazia um passageiro, que desceu com um rangido surdo, interior, como têm os móveis pesados quando se os muda de lugar. A cara era vermelha, lavada de suor. Os olhos iam-se aos poucos submergindo, empapuçados, mas cada vez se faziam mais espertos, investigadores. Via-se que era um homem de funções digestivas violentas.

O Manivela recordou aquela conversa do Janguta, pela manhã, quando voltavam da "batida". Caminhavam um pouco na frente. De vez em quando um relancear de olhos prá trás, prá o Leo e sua "carga", — que vinham vindo devagar, em silêncio, *ele* muito dócil.

Aquele sujeito era esperado. Janguta contava ter de levá-lo à praia ainda esse dia. Ia pescar. Não fazia outra coisa.

Ele se destacou do banco do caminhão e rolou suavemente pela esplanada cheia de sol. O movimento dos quadris, com o movimento em sentido contrário do tronco, quando marchava, fazia, no seu conjunto, um movimento harmonioso de parafuso, de parafuso que vai e vem, dando quase a ilusão de que o sujeito não progredia e ficava esburacando o chão, sempre no mesmo lugar.

Foi direito à casa, cujas aberturas, semicerradas por causa do calor, deixavam todavia entrever os vasinhos esguios e baratos das mesas, os cromos das paredes, o lampião enfeitado que pendia do forro, — outros arranjos estândars e sem-vida-doméstica do "salão". — Ao defrontar o grupo, teve um cumprimento desbarretado mas instantâneo, de uma pressa de homem gordo, de braços curtos. Leo acompanhava-o com a vista, sem mesmo atinar em corresponder-lhe a saudação.

— Quem é? — A pergunta era de Norberto.

Maneco informou com uma palavra. O homem acabava de se sumir lá dentro do hotel. Janguta descarregava lentamente alguns volumes (coisa pouca) do caminhão. A calmaria outra vez.

— E que tal?... — Norberto voltava a "ter pressa". — E se já se fosse tratando de tocar?

— É muito cedo — objetou o rapaz com cara de italiano. A voz era pastosa. Falava sem descerrar os olhos. Preguiça.

Já ia indo prás quatro horas (Norberto olhara o relógio). Convinha chegar com dia claro na lagoa.

— Sabe o que mais? — Maneco pareceu se recordar de qualquer coisa (talvez de alguma coisa que tivesse ouvido de Janguta, naquele bate-boca da manhã). — Vamos tocar agora mesmo. — E com um tapa no ombro de Leo, que continuava curvado sobre a grama: — Vamos pondo em ordem o *Borboleta*.

O companheiro ergueu-se. O rapaz que fazia de chofer começou a se despegar do banco. Norberto já ia na frente.

Crepúsculo nas areias

Na realidade não havia "preparativos". A não ser o ato de rolar o maluco, mesmo dormindo, de modo a libertar a "cama" e devolvê-la à mulher do hoteleiro. Leo e Manivela encarapitaram-se na carroceria. Seguraram-se firme na borda da grade. O calhambeque arrancou e partiu alegremente, todo sacudido. Com os primeiros solavancos, o maluco acordou. Sentou-se no soalho, amparando-se lateralmente com as mãos. E ficou olhando ao seu redor, sem compreender, levantando lentamente a face prá todos os lados — a sua face muda, quase sem carne, de cão...

Na frente, Norberto e o rapaz da direção conversavam. O outro não conhecia o caminho, nunca andara por aquelas bandas. Norberto recordava-se do que havia de mais importante no itinerário. Por exemplo:

— Nem sempre a lagoa dá passagem.

— E então? — O rapaz tirou por momentos os olhos do caminho. Apresentava-lhe uma cara redonda, de incompreensão ingênua e irônica.

Então?... Ia-se a pé.

— Como? — Ele ainda não compreendia.

— É perto.

— Ah!

Calaram-se. A estrada — ou melhor: um "trilho" — estendia-se sobre a grama rala, num chão de areia batida. Através o pasto, distinguia-se a cor pálido-suja da terra, como uma epiderme vista entre os fios do pelo.

Fez-se necessário parar mais de uma vez. Uma delas prá o maluco trocar de lugar. Vinha enjoando. Foi-lhe reposto o chapéu, o casaco, e ele passou prá o banco. Queria-se que desta vez ele ficasse no meio. Mas o chofer protestou:

— Se dá de novo nele essa volta no estômago, eu sou capaz de largar a direção.

Norberto fez ver que o sacrifício que lhe impunham não era grande. — E o maluco foi prá o seu antigo lugar.

Norberto achou uma compensação: encetou logo uma conversa com o rapaz da direção, sobre a vida cara, os impostos (esse rapaz tinha um pequeno bar em sociedade com um irmão), sobre as exigências da Higiene.

— Então podem ter lavatório... mas só no caso de não terem toalha e sabão... É formidável! Eu vou contar isso pra macacada.

— Pra quem?

Norberto explicou com um outro mistério:

— Prá uns amigos que eu tenho.

Mas novamente se precisou parar.

— O que foi?

(O Manivela fazia a pergunta pela janelinha.)

— Estou sentindo um cheiro de borracha queimada.

Manivela teve um susto:

— Querem ver que é uma ponta de eixo? — E saltou para o chão.

— Quebrou? — perguntou Leo, também ativo, também contagiado.

Entretanto, o rapaz da direção tranquilizava, investigava metodicamente. Espiou as rodas, os guarda-lamas.

— Foi aquele solavanco — arriscou Norberto.

Maneco fez que não com a cabeça, sem retirar os olhos do ponto que examinava. O rapaz que vinha guiando ergueu o pé, depôs no para-choque e, metendo todo o peso do corpo, imprimiu uma pequena série de movimentos de cima a baixo. Todo o veículo gingou. Foi uma barulhama enorme. Mas nenhum ruído de coisa quebrada, recente.

— Tudo barulho conhecido — disse Leo, prá rematar. E a pesquisa findou.

— Esse cheiro é coisa de óleo. Ou de balaca.

Em suma, nada de importante.

Como tinham baixado, eles aproveitaram prá espichar as pernas. O rapaz da direção arrastou sobre as coisas da paisagem um olhar bucólico.

A sombra do *Borboleta* estava outra vez muito oblíqua naquele dia. À frente deles — uma língua azul-marinho, jogada no chão contra uma barra branca. Eram já os domínios do mar. Era o mar — que bramia surdo e invisível por trás dos cômoros — que dava aquela sua cor à lagoa serena, estendida como uma língua chata nos pés das areias alvas e onduladas.

O grupo discutia com um praieiro. Um homem de bombacha estreita (parecia calça de guri), em mangas de camisa, chapéu de palha. O nariz fino e queimado destacava-se dum rosto magro, todo acolchoado com um dedo de barba preta e espessa. Devia ser o morador dum rancho de taquaras que ficava à direita do caminho, num cercado, onde havia algumas árvores raquíticas. — A carreta, com suas numerosas juntas de bois, estendendo-se num grande semicírculo, sobre um lado, decerto era dele também.

O homem estava esperando um passageiro de Palmares.

— Não sei se é algum dos senhores. Os senhores vêm vindo também de Palmares? Talvez seja algum dos senhores — e punha o seu olhar de apreensiva significação no maluco e no seu chapéu.

Não (o pessoal tranquilizou-o) não era nenhum daqueles ali. Mas eles queriam saber se a lagoa dava passagem:

— Prá um carro como esse.
— O Sangradouro?

O sujeito foi com o grupo até o *Borboleta*, a fim de emitir opinião. Olhou as rodas, sobretudo a altura das rodas. Constatou também que ele era alto (meio altinho). Mas não era carro prá puxar na areia. E as areias estavam brabas:

— Muito soltas.

É que tinha havido vento dois dias seguidos. Vento da terra:

— Que é o mais ruim prá o mar.

O tal passageiro que ele esperava, na certa que era o pescador. O pescador de Palmares. Quem sabe a que horas chegaria.

— Os senhores têm horas?

Norberto relanceou o olhar. A base dos cômoros já possuía uma sombra parda, mas ainda transparente. O sol não demorava entrar.

— Deve ser quase sete. — Consultou o relógio. Meteu-o de novo no bolso, em silêncio. E passado um momento:

— É: é o tal pescador.

— Então é o seu Turíbio — e o sujeito da carreta tranquilizou inteiramente.

Fez o seu cigarro.

Manivela já sungava as calças. Tirou o calçado, que jogou prá dentro do caminhão. Depois, cautelosamente, meteu-se n'água. Foi atravessando devagar. Alguns do grupo o observavam. Quando atingiu a outra margem, fez um sinal com o braço ao pessoal, e desapareceu nos cômoros.

O carreteiro estava combinando o negócio. Eles não tinham muito que esperar: seu Turíbio vinha perto, nem havia dúvida. Fariam todos juntos a travessia.

— E o carro?

Se aceitassem a proposta, ele poderia cuidar o carro. Iam demorar?

Não: voltavam no outro dia.

Pois então? Arrastava-o prá dentro do cercado, prá baixo das árvores. Por uma noite passada ao relento não ia ficar com a pintura mais estragada (e o sujeito sorriu). De mais a mais, no Quintão também tinha de dormir na rua, pois os hotéis não possuíam garage.

Ficou tudo combinado. Ao princípio, aventurou-se a hipótese do maluco ir a pé. Era fácil. Não havia como se perder: era só seguir o trilho.

— O trilho está meio apagado. (Das areias que o vento tirava dos cômoros.)

Era então dar-lhe uma companhia: o Leo, por exemplo. Mas este não aceitou. Não disse por quê, mas se emburrou e não caiu.

Novo ajuste. Por fim, estava resolvido que todos iriam de carreta e que ainda levantariam o Maneco Manivela, caso o encontrassem pelo caminho.

O maluco levaria os sapatos dele.

A travessia das areias começou quando já a noite caía. A sombra fazia recender vários aromas. Os animais — talvez do contacto milenar com as fêmeas — traziam um cheiro maternal de úberes. Na fosforescência daquele crepúsculo nas areias, os bois que estavam mais próximos da carreta deixavam ver ancas e lombos luzidios, que se quebravam de rugas salientes com o esforço dos músculos, quando dum passo mais puxado sobre um chão que afundava, que fugia.

À direita, um cômoro elevado terminava numa mancha escura. Chamava-se mesmo a "mancha". Era uma antiga figueira sepultada, sepultada viva.

Ouviu-se a voz do praieiro, lá na ponta, aflautada e explicativa:

— O mar aqui matou a terra.

O mar

Havia-se combinado que o pessoal aproveitaria convenientemente o mar, tomando dois banhos: o primeiro ao romper do sol. Mas, a essa hora, só o Leo apareceu na praia, e assim mesmo prá pescar à linha. O banho pois ficou prá hora do costume, com os demais veranistas.

Norberto meteu-se em calção e sunga. A uma certa distância dava a impressão dum jogador de futebol, ou dum forçado, mesmo dum banhista. Por causa das listas transversais — azul e branco.

— Este azul e branco — explicou para os amigos, percorrendo com o dedo as largas faixas alternas — é o mar que nos ensina. São as suas cores. O homem do mar adota invariavelmente essas cores numa espécie de mimetismo. Prá agradar o monstro, se confundir com ele, aplacar a sua ira.

Os demais se haviam arranjado com calções. Leo talvez ainda não entrasse n'água: continuava pescando ali perto. O maluco apareceu de cueca, com um calção de banho na mão, que lhe haviam alcançado no hotel, poucos momentos antes, ao se encaminhar prá praia daquele jeito. Ainda não tivera oportunidade de vesti-lo.

A sua toalete foi completada ali mesmo. Não havia tempo a perder:

— Por cima da roupa — decidiu Norberto, ficando logo todos eles em condições de se jogar n'água. O próprio Leo se entusiasmou: num relâmpago tinha guardado os apetrechos de pesca e estava também metido no mar.

Foi naquele momento que passou por eles o seu Turíbio — o pescador. Vinha do "pesqueiro", com um balde numa das mãos e trazendo ao ombro um caniço todo enrolado de linhas. Estava de pé no chão, com calção de banho, casaco de pijama e chapelão de palha. O pesqueiro era na carcaça do "Meteoro", uma velha *épave* já quase desfeita. Para atingi-lo fazia-se necessário nadar umas boas braçadas. Era pouco procurado. Quase que só seu Turíbio o utilizava; e nunca ia noutro lugar. Desde cedo, Leo avistara o seu vulto lá longe, encarapitado sobre aquela "paliçada" negra (parecia uma paliçada o vigamento de ferro, já todo carcomido, do velho navio).

Seu Turíbio ia direto ao rancho (ele tinha um rancho logo atrás das dunas).

Era opinião geral que o mar não estava bom.

— É esse vento que vem da terra — explicou Norberto. — Estraga o mar, tanto como o que vem do próprio mar. O ideal é não ventar. — E dizendo isto, jogou-se voluptuosamente na água, dando um longo e sereno mergulho.

Depois do banho foi o almoço. Descobriu-se que todos tinham "economias". Mas a despesa do maluco se atendeu mediante um rateio, — o seu tanto discutido.

A volta estava marcada para as primeiras horas da tarde. Seria preciso levar um pouco de gasolina numa lata prá pôr no *Borboleta*. Perspectiva que não agradava a ninguém: já a travessia dos cômoros era penosa com aquele vento; quanto mais com carga, — como ponderou o rapaz que servia de chofer.

— Não precisa você se incomodar — repontou Maneco. — Eu e o Leo nos encarregamos disso.

— Não! — Leo tinha a sua ideia. Espiava prá todos os lados: a sua opinião é que o maluco carregasse a lata. Como paga da despesa do hotel.

Mas aí é que estava. (Norberto pôs os olhos no chão, assim que começou a falar. Era sobre as escadas do oitão do hotel, — um longo barracão de madeira, erguido quase metro e meio do solo). Aí é que era a dificuldade:

— Porque ele fica.

— Fica? Aqui? Vamos largar ele aqui?

— Não — fez Norberto muito tranquilamente: — fica comigo.

— Ah! — disse o Manivela com um certo sorriso cheio de intenções — com que então você também fica?

Era o que o outro lhes queria comunicar: entrava com a sua parte prá compra da gasolina; mas deixava-os. Tinha o propósito de se demorar ainda alguns dias por ali, como veranista. E havia resolvido convidar o maluco prá ficar com ele.

— Como veranista também, claro...

— Claro.

Silêncio.

Depois, Leo fez uma consulta: quem sabe se não seria o caso de ficarem igualmente todos por alguns dias?

— Não.

Com efeito, o rapaz que era dono do pequeno bar, em sociedade com o irmão, não podia permanecer tantos dias ausente do negócio. Não era justo. Além disso o irmão — ao que parecia — era uma fera. Sobretudo uma fera na incompreensão dessas coisas.

Manivela pensava. Ao cabo dum momento ergueu-se. Falou:

— A coisa não tem importância. Nós havemos de achar o caminho da volta.

Algum tempo depois eles eram vistos desaparecendo nas dobras oblíquas dos cômoros, como através uns bastidores.

O seu caso era simples

Recomeçara o trânsito na praia, que quase ficara impedida com o mau tempo. Aquele posto da costa oferecia uma certa atração: era a visita aos restos do *Marquês de Grambi* — O Grambi — cujo casco ainda fazia uma mancha decorativa entre o mar e o deserto. Ao cair da tarde, uma baratinha cruzou e recruzou. Era um casal muito novo (permaneceram um momento no hotel). Ele vestia-se como um jogador de golf. Ela era loira, fresca, os olhos claros tipo esporte.

Norberto deu um longo passeio pelo povoado depois do jantar, seguido do companheiro. Ventava muito. As areias, naquele propósito de mudar de lugar, faziam um outro chão transparente e quase irreal a uma altura de um palmo mais ou menos do solo. (Doíam nas canelas.) Destacavam-se dos cômoros como uma nuvenzinha, uma fumacinha de chaminé. Os cômoros em desagregação tinham uma aresta aguda, como cortante. As casas do povoado eram pardas, — um pardo de barro. A uma certa distância, pareciam quase submersas. — Em toda a extensão da orla da praia — as dunas.

O pescador (o seu Turíbio) chegara com uma novidade: um polvo que havia dado à costa, a meio caminho entre a Cidreira e o Quintão. Um dos passageiros de um caminhão de excursão dera informações. Estava morto. Jogado na areia da praia, parecia uma cordoalha embolada.

— Daonde podia ter vindo?

— Foi a ressaca que atirou com ele na costa.

— Estranho.
Norberto falou ligeiramente com o informante. Na mesma ocasião indagou do chofer do caminhão se pretendiam voltar, e quando. Quis saber donde vinham, outros detalhes da excursão. Ofereceu-lhe cigarro. Perguntou por Tramandaí. (O maluco conservava-se à distância, tiritando de frio, em mangas de camisa, o olhar abismado no mar.) — O chofer só queria falar sobre o polvo.

À noite, no "salão" do hotel, a roda ainda se ocupava dele.

O pescador, saracoteando as banhas em cima da cadeira colonial, pensava que ele viera de muito longe, do mar alto, — onde podia haver alguns rochedos.

Mas o hoteleiro — o seu Garcia — um homem triste, assegurava calmamente que ele bem podia ser daquelas paragens, de bem perto donde estavam.

— Mas isto aqui, por uma extensão de duzentas léguas, é só deserto de areia!...

É o que parecia — obstinava-se o homem, com um sorriso triste — mas a coisa era outra. Havia um rochedo submerso, descoberto há anos pelo serviço da marinha:

— A pedra Colatina.

Um silêncio se seguiu à revelação.

A vitrola — a moderna caixa de música — havia já emudecido há algum tempo. O mar bramia, sob o vento.

Ouviu-se uma risada curta, de mulher, logo atrás da parede que dava para os quartos (o salão ficava num dos extremos da casa). Ali, era o quarto do mais original dos banhistas: uma mulher. Uma mulher nutrida, que, ao envelhecer, se rodeava de tudo que era bom: compotas, conservas, latas de bolachinhas e de biscoitos. Já estava muito gorda e nunca saía do quarto. Dispunha tudo isso ao alcance da mão, ao seu redor. Tinha uma auxiliar, espécie de dama de companhia. O marido ficava invariavelmente em Porto Alegre, no negócio. Mas ela sempre estava viajando, veraneando. — E se deslocava com toda aquela matalotagem.

O lampião de "gás" do salão dava uma luz forte e lívida. Ficava numa das mesas, junto à parede. Era sob a sua zona de claridade que se juntava a roda. A um dos lados — uma mesa de pôquer. Havia uma mulher espevitada que a cada instante levantava a voz, reclamava. E parecia que só jogava com "cavalão trincado".

Quando terminou uma das mãos, ela se ergueu. Foi até lá dentro. Só então é que Norberto observou que era a única mulher ali. As outras ficavam nos seus quartos, algumas faziam um grupo discreto na varandinha com a família de seu Garcia.

— Quem é ela?

Não se sabia muita coisa do seu caso. Mas ele já vira nos jornais.

— Mas então é coisa séria.

Sim, sério. Era um crime.

Pausa. Depois, seu Turíbio:

— O marido andou esfaqueando um sujeito.

Falava baixo. Mesmo assim os da roda de pôquer começaram a prestar atenção.

Nesse momento a mulher voltou. Houve uma risada malandra e intencional dos seus parceiros quando ela desembocou no "salão", vinda lá de dentro, do escuro.

Abancou-se sem constrangimento. Pôs novamente sobre o pano as fichas que guardara no bolsinho do vestido. Retomou as cartas.

— E o marido dela também está aqui?

Seu Garcia abanou a cabeça. Era divorciada — soprou ele.

O jogo pouco depois acabou. Os jogadores dispersaram-se. Um professor — um sujeito que sempre andava de roupão de banho, porque assim se achava mais bonito — veio ocupar um lugar junto do hoteleiro. A mulher também chegou-se prá roda.

— Não sei o que as outras pensam. — Ela falava alto, sem reserva: — Eu quando veraneio, é prá me divertir. Nunca soube o que foi me socar no quarto. E depois, ainda sou muito moça prá me meter numa cama ou na cozinha com o primeiro frio da noite. Tenho vinte e nove anos.

(Na realidade ela tinha trinta. Mas as dezenas exatas é de regra evitar. Porque envelhecem.)

Só o professor — o do roupão de banho — comentou:

— A senhora não deve se importar.

— Nem faltava mais nada me importar com elas. Sou independente.

— Aliás o seu caso... — O professor tinha um jeito insinuante, muito brando.

— O meu caso é simples.

— Sim, simples. E mostrou como a senhora pensa superiormente sobre essas coisas.

De fato. Como ela pensava mesmo com superioridade sobre isso! — Virava-se prá todos, como para mostrar-lhes bem essa qualidade.

Norberto fez uma pergunta.

— Ele quando me conheceu sabia que não podia casar. Tinha um defeito. Mas gostava muito de mim. Combinou que se casaria e me apresentaria a um amigo seu. Um grande amigo. Foi o que se fez. Quando nasceu a minha primeira filha — a Mimosa — ele ficou muito faceiro. Mas depois começou a implicar, a entristecer, a fazer desfeitas ao amigo. Ele não tinha razão. Feriu o rapaz de bandido.

Norberto concordou com tudo.

Depois veio um chimarrão para Turíbio e Garcia. E enfiou-se pela noite adentro, numa conversa longa, evocativa e descansada — sobre pescarias e naufrágios.

Excursionistas

Norberto muito cedo, no dia seguinte, pagou a despesa de hotel, dele e do companheiro. Foi um cálculo difícil prá o seu Garcia, porque era preciso descontar coisas (como o almoço da véspera) que já estavam pagas. Mas mesmo assim se saiu.

— Pensa voltar hoje? — o hoteleiro perguntava com indiferença, enquanto tirava a nota.

Prá Porto Alegre? Norberto tinha um tom despreocupado. — Não, não penso voltar.

Seu Garcia levantou desta vez uma cara curiosa, que pedia uma decifração:

— Vou seguir prá frente.

— Ah! Isso sim.

Já tinha tratado com o chofer dos excursionistas: arranjara passagem no estribo, prá ele e prá o maluco. O caminhão não se deteria em Tramandaí mais do que o tempo necessário prá almoçarem. O destino era Capão da Canoa, muito mais acima.

Não foi difícil convencer o companheiro da oportunidade (quase necessidade, dizia Norberto na sua argumentação), da vantagem, em suma, que se oferecia a eles de fazer um bom trecho de praia, duma praia que não conheciam.

— Ou você já conhece esta costa?

Não (a cabeça do maluco ia e vinha prá um lado e outro); não, não conhecia.

— E uma viagem de estribo não é tão incômoda assim. É só se segurar bem. Tem o vento... (Mas mesmo esse havia amainado).

A manhã estava muito transparente. O murmúrio do mar tinha um tom surdo e doce, de veludo.

A partida do caminhão fora marcada prás oito horas. Pessoal pontual (na maioria estrangeiros ou gente estrangeirada), estavam já todos nos seus lugares quando eles chegaram. O chofer já quase ia largando:

— Por pouco que não perderam a viagem — observou, com uma pontinha de censura.

Norberto saltou rapidamente. Segurou-se numa das colunas, com cuidado prá não incomodar o passageiro que ia naquela ponta. Quando o maluco se acercou, espalmou as mãos, ergueu um pé indeciso, todos olharam prá ele. Mas ninguém teve o menor comentário.

— Está? — indagou o chofer, torcendo-se um pouco prá trás.

Norberto também se torceu, espiou o companheiro. Por ali estava.

— Pode tocar — gritou lá do fundo, do último banco, o cobrador.

O ponto onde o polvo viera dar à costa foi olhado com o máximo interesse. Mas olhado por vários olhos em disparada. Viu-se pouca coisa: apenas sinais de rodas de carroças, de pés, de pneus. Tudo muito patinado, mas vazio.

— Já levantaram o bicho — comentou o chofer, em voz alta.

— Algum praieiro — conjeturou Norberto. — Vivem como mariscos: das sobras do mar.

Cidreira. Parada curta. Gente no banho.

Não havia posto de serviço naquela praia. E o pneu não podia ir assim. Mas enchê-lo com a bomba de mão — nem pensar.

Norberto, muito delicadamente, quis saber o que é que mais impedia a operação: se a força a empregar ou o tempo que ela levaria.

— As duas coisas — respondeu o chofer, considerando o caso, de fisionomia fechada. Tinha colocado o carro a uma certa distância prá dentro. Era a poucos quilômetros adiante de Cidreira. Ele, o cobrador e Norberto estavam junto à roda. Uma das traseiras.

— Tem bomba boa? — perguntou Norberto.

Ninguém respondeu. O cobrador olhava-o com curiosidade.

Norberto resolveu porém observar uma atitude discreta. Chegou mesmo a se afastar dois passos. Tanto mais que o chofer não tirava do pneu a sua cara emburrada.

— Vai buscar a bomba — disse este por fim ao cobrador. O rapaz (era quase um gurizote) foi atender a ordem. Mas com os olhos pregados na cara de Norberto.

Uma vez inflado o pneu, todos subiram de novo prá o caminhão. Ele começou a botar outra vez setenta e cinco por hora. Velocidade altamente cômoda prá Norberto, a quem, a essa altura, o chofer arranjara um lugar espremido a seu lado.

Surgiu um problema. Havia lá dentro uma senhora (que só se sabia que era branca pelo cabelo cor de cenoura) que queria por força cair no mar.

— Onde é que ela vai trocar a roupa? — perguntou baixo Norberto ao chofer.

O outro, mesmo sem desviar os olhos do caminho, teve um jeito de desprezo:

— Atrás de qualquer cômoro.

Mas, voltando-se subitamente e fazendo uma verificação instantânea:

— Ela já viaja quase pelada.

É que estava esquentando. A maioria dos passageiros trajava calção e casaco de pijama. As mulheres — maiô. Tinham-se posto à fresca, retirando as roupas de cima.

O chofer cada vez apertava mais a velocidade. O carro chiava na areia batida e úmida, tão lisa como asfalto. Ele não queria ouvir aquela história de pararem prá tomar banho. Não entendia as indiretas.

Norberto de vez em quando olhava discretamente prá trás.

— Ela é boa — comentou só prá o outro.

— Não têm nenhuma vergonha — disse-lhe o chofer. E se pôs a filosofar. Um filosofar manso e triste:

— No tempo antigo...

— Mas você não é desse tempo — interrompeu Norberto, com um sorriso de lisonja amável.

— Não: era o tempo do meu pai. No tempo antigo, as mulheres tiravam a roupa (a saia) por baixo, pelos pés. No meu tempo passaram a tirar por cima, pela cabeça. Veja a diferença! E agora, em qualquer parte, por qualquer lado.

— É o tempo do ajudante... o bom tempo... — e Norberto meio indicou o cobrador (o gurizote) que se empoleirava lá atrás, no último banco.

— Ah! do José.

Recupera-se o bom humor

À chegada a Tramandaí, Norberto sentiu-se um pouco indisposto. Talvez fosse daquele banho. Haviam parado num lugar desabitado, muito longe de Cidreira. O carro fora retirado da praia, porque aí perigava afundar. (Contaram-se histórias de autos que se haviam inexoravelmente submergido em poucas horas.) O mar ali não estava bom: cheio de valos. Além disso o sol castigava muito. Em resumo: havia-se arrependido de cair n'água.

— E, depois, você tinha recebido o calor do motor — reforçou o chofer. — Eu nunca tomo banho sem primeiro esfriar.

Era o melhor. Mas Norberto (talvez porque isso não lhe houvesse de começo ocorrido) não lhe dava tanta importância. A seu ver, o sol é que lhe fizera o maior mal.

— E a água — acrescentou o outro.

— E a água, sim: estava muito fria e o mar com muito repuxo.

O caso é que se achava indisposto. Não iria até o hotel almoçar. Comeria com o companheiro qualquer coisa, em qualquer venda. Uma sardinha com pão por exemplo.

— Uma sardinha compõe o estômago — adiantou o outro. Mas depois de pensar um pouco:

— O seu companheiro... (Ele hesitava). O outro... Aquele...

— O maluco — completou Norberto, prá acabar logo.

— Ele mesmo!

— O que é que tem?

— É que ele podia almoçar no hotel, com todos.
Norberto fez que não.
— Eu estou adoentado. Claro que ele é solidário comigo.

Perdeu-se aí muito tempo. Norberto e o companheiro foram esperar o carro longe, na barra.

Veio ao encontro do caminhão, quando este procurava já enveredar pelo vasto lençol de areia semissolta que torna aquela travessia tão difícil. Fez um sinal com a mão prá deter o chofer.

— Por ali — dizia Norberto, em voz alta.
— Mas aqui é o lugar.
— Ainda agora mesmo um V-8 passou com muita facilidade. Parece que o trilho ali está mais socado.

O chofer pensou um pouco e concordou. Norberto foi prá o seu lugar no banco. O maluco lá se equilibrou. E o carro rodou firme pelo caminho indicado.

Dali até Capão da Canoa era um pulo. Todo mundo estava em ótima disposição de espírito. Norberto igualmente. Passaram por outra "praia", nova. À sua esquerda, fazendo-se cada vez mais bonita, a Serra apresentava-se com uma nitidez que chamou a atenção.

— Nem parece que fica tão longe.
— É sinal de chuva — disse o chofer, falando prá Norberto.

Esperava-se chegar em Capão à hora do segundo banho. Mas seria um tanto puxado. Melhor fazerem como de manhã: encostarem o caminhão num dos cômoros e se banharem em qualquer parte.

Havia uns rapazes que aderiam sempre a essas propostas. E que convenciam as mulheres das suas vantagens. Norberto, aliás, já vinha de calção por baixo da roupa. (Havia abandonado a sunga prá o companheiro.)

O banho foi mais à vontade do que na manhã. O próprio chofer dele participou, sem nenhum cuidado prévio. Como não tinha na ocasião roupa de banho, afastou-se um pouco. E tomou um banho com muita comodidade: — sozinho, numa vasta extensão de oceano.

Entraram em Capão da Canoa na hora do passeio. Era gente por toda a parte. Movimento de autos. E pouco a pouco as casas que se acendiam. Figuras de cores claras e pele muito queimada mexendo-se lá dentro, dispondo as coisas, abrindo uma janela prá entrar mais fresca.

E nos hotéis do centro, num ou noutro chalé mais afastado — os lugares onde se joga.

O caminhão parou na pracinha, na frente do hotel. Foi aquele tumulto alegre da descida.

Norberto e o companheiro desapareceram no mesmo instante.

Onde começam, mesmo, as aventuras

Fazia seguramente uns três dias que se encontravam ali. Tinham perdido o entusiasmo pelo mar, — essa obrigação árdua prá todo aquele que chega à costa. Socavam-se naquele chalezinho lá longe. E era um pegar na orelha da sota todo o santo dia e grande parte da noite. Protegido da luz do lampião por uma pala transparente de celuloide (que lhe pincelava de verde uma boa faixa pegando os olhos), no meio de fumarada densa, — Norberto jogava. O companheiro esperava invariavelmente num canto, na semiobscuridade. Já estava sem o chapéu. Em sua substituição, trazia um boné de brim (desses de praia), com uma pala de celuloide, também verde.

— Sempre tão quieto... O que é que ele faz? — quis saber certa ocasião um dos parceiros de Norberto.

— Ele cisma.

O mais das vezes olhava prá o outro jogar.

— Estamos levantando fundos — explicou-lhe um dia o amigo.

É que os esperava uma longa caminhada. E caminhada, mesmo, porque uma bela manhã pela madrugada, saíram os dois a pé, rumo do norte.

Norberto informara-se sobre o trecho a percorrer. Calculara gastar dois dias, com paradas boas, prá descansar, se restaurar (restauração de forças — era outra das suas expressões), gozar calmamente a praia, até. E ainda chegaria com dia.

Logo aos primeiros quilômetros pôs-se-lhe uma questão complexa: como andar na praia. Se rente do mar (na areia dura), se na linha dos cômoros. Junto do mar a coisa ia mais depressa. Mas castigava muito os pés, pois era obrigatório caminhar descalço. Pela orla dos cômoros era altamente fatigante. Eles acabaram sentando, prá resolver.

Já que haviam parado, arriscaram uma merenda. Norberto estabelecera todo um regulamento de prudência. Tinha racionado os alimentos que reunira. Café não havia. Em sua substituição, rapadura e cachaça, produtos da terra, de boa qualidade e baratos. Àquela hora (seriam as sete da manhã) acrescentaram à rapadura um naco de queijo, — porque haviam partido sem café e era preciso restaurar bem a força perdida na areia.

— Não pensa assim?

O maluco concordou com um lento gesto de cabeça, a boca muito cheia, nenhuma das mãos disponível.

Comeram e partiram. Era necessário aproveitar a fresca. O passo de Norberto era mais firme, quase militar. Mas o trancão do companheiro, o seu trancão de maluco, vinha ele observando, que coisa, (está vendo?) que coisa mais indicada praquele gênero de viagem! A constatação deixou-o pensativo.

Com a noite sobreveio um cansaço maciço, que os derrubou no próprio ponto onde se achavam. Vinham metendo de rijo, no crepúsculo todo sonoro com a ressonância do mar. Mas não deu mais do que prá achar uma boa duna onde se proteger, e cair como chumbo. Só acordaram no outro dia.

Recomeçou a caminhada. Procuraram avistar um farol. Era uma baliza e o termo. Pelos cálculos, o farol já devia estar aparecendo. Norberto não compreendia. No início da viagem fizera esta conta: medir mais ou menos o comprimento do seu passo. (Estimara em setenta centímetros. Setenta e cinco, vá lá!) Levou dez minutos prá fazer aproximadamente mil e quatrocentos passos, quer dizer: um quilômetro. Era a medida base. Todo o percurso era controlado pela redução ao fator tempo. — Por isso não podia compreender por que o farol não se mostrava, quando já era mais que ocasião.

Só ao chegarem em cima é que toparam com as penedias de Torres. (O farol servia o quadrante norte.) Era de tarde. Tarde azul. Os penhascos lavavam-se duma cor violeta. A próxima vila parecia risonha, naquele chegar tão desejado.

Mas em Torres a coisa mudou como por encanto. Norberto comprou duas passagens no Expresso do Nordeste, que, por acaso, passava ainda naquele dia. Mas mais tarde. Chegaria a Araranguá à noite (nove horas mais ou menos).

Na agência falou-se sobre a travessia do Mampituba, a necessidade duma ponte interestadual. Veio à baila então o desvio que se estava operando no curso desse rio. Coisa muito lenta, sem importância prática.

Norberto ouvia com atenção e falava também o seu bocado. Aqueles preparativos de viagem, tão simples, punham-no ativo, disfarçavam a sua fadiga. O companheiro, esse, arriava onde quer que chegasse. Sentou no bordo da calçada todo o tempo que estiveram na agência.

O caminhão! Vinha muito sujo. Trazia poucos passageiros. Todos de Porto Alegre. Apenas um ou dois se destinavam a Florianópolis, — que era o fim do percurso.

Serviço de meter gasolina ("Posto de Serviço"), regular os pneus, entregar encomendas e correspondência etc. — tudo, quase uma hora.

Já tinha entrado o sol quando largaram. Mas ainda deu prá ter uma visão sobre Torres, do lado oposto do território catarinense:

— Formidável! — Norberto se extasiou.

A noite chegava. Enquanto era ainda praia, menos mal. Entretanto, era forçoso deixar a costa, enveredar prá o interior. Dizia-se que eram doze quilômetros apenas.

— Mas tem mais — assegurou o chofer.

Um trilho fundo, cavado em terra de areia. Às vezes era preciso irem todos nos estribos, pelo menos os homens. O caminhão nessas ocasiões jogava desesperadamente prá os lados, ameaçando capotar. Foi num desses momentos que o maluco retirou um pé do estribo. Quis se amparar no solo. Sofreu um golpe seco. Foi uma dor aguda.

Ninguém viu a sua palidez, porque era de noite. Não pôde mais levantar do banco.

Norberto procurava servi-lo. A sorte é que já iam chegando. Com efeito, começou a se avistar uma massa esbranquiçada: era um rio. Depois apareceu a cidade — marcada por umas fileiras de carvõezinhos mal acesos: — a iluminação elétrica.

— E a de dentro das casas é também assim? — perguntou um.

— Exatamente.

— Mas então não se enxerga nada.

— Tem velas... — disse alguém numa voz explicativa.

(Sorrisos.)

Um dos passageiros adiantou que corriam vários projetos prá melhorar a luz elétrica das casas. O que mais simpatias granjeava era o de fortalecer a corrente de domicílio com a supressão da iluminação das ruas.

(Estoirou uma gargalhada franca.)

Alcançava-se Araranguá com um ótimo bom humor. Mesmo o maluco não parecia sofrer com o seu pé. Pelo menos estava quieto.

Aonde é que para o ônibus?

Na agência, que, de resto, era um dos melhores hotéis. Era bom ficarem lá mesmo. Prá Norberto isto servia perfeitamente. Era só por uma noite.

Quando o caminhão se aproximava do passeio, três homens, sendo que um vindo na frente, destacaram-se do lugar onde estavam, na calçada, mais iluminada, do hotel. Chegaram-se para o caminhão, mesmo antes deste parar.

— Quem é aí um tal de Norberto? Norberto? — indagava o homem que vinha adiante, em voz dura e precipitada. Os seus companheiros "tomavam posição" nos dois lados do veículo.

Norberto apareceu, no meio da curiosidade espantada de todos.

— Sou eu.

— Então me acompanhe.

Ouviu-se uma voz de terror, de terror pânico:

— Isto! Isto é o Cati.

Era o maluco, um pé no ar, a cara de dor e os olhos fundos escancarados para aquele "aparato".

Os outros detalhes se souberam mais tarde: A polícia estava prevenida da entrada de Norberto pela fronteira do Estado Oriental, por Rivera. Mas perdeu-lhe várias vezes a pista. De Tramandaí, onde se pensava capturá-lo, mas onde não fora encontrado, avisou-se prá Araranguá, suspeitando que ele já tivesse deixado o Rio Grande do Sul com mais antecedência. A polícia mostrou-se muito ativa. Muito inteligente, que é o termo que lhe é peculiar: como não se achava em Araranguá, só a alternativa: ou devia já haver partido ou ainda não ter chegado. Casualmente estava chegando.

Soube-se que o seu nome verdadeiro era José Cândido Morais e não Norberto só ou Norberto Molina, como se dizia chamar. (Ou quem sabe se aquele não seria o nome de guerra e o outro o nome mesmo? Ninguém foi capaz de deslindar.)

— É melhor dar a maior consideração possível aos dois nomes — sugeriu o delegado, com a aprovação de todos. — Mas com o sujeito em si nenhuma consideração.

No escuro

Um tesouro

A autoridade tomou logo várias resoluções. A primeira era considerar os dois sujeitos (Norberto e o companheiro) como presos de importância. — O delegado tinha por hábito andar sempre resfriado, a voz nasalada. Ele, mesmo, só se curava em último caso. Era moço e tinha gosto (rapaz de muito gosto), tinha gosto em andar assim, com a voz velada, rouca e íntima. Os outros também se compraziam, porque, nessas ocasiões, ele ficava mais comunicativo, mais familiar, trazendo amavelmente o focinho prá mais perto de todos. E a repartição tomava o ar de colégio em dia de chuva.

— Não sei por que — resmungava um dos subalternos, de parte, comentando o caso com um colega — não atino por que hão de ser presos de importância. — Suspendeu-se um pouco, como para reunir argumentos prá sua tese, prá o seu "ponto": — Um deles não pode nem caminhar!... Anda num pé só!...

— Psiu! — fez-lhe o companheiro. — Não convém espalhar isso.

A tese porém do delegado era que um homem que se trancafia sem se saber exatamente por que e apenas prá ser agradável a ilustres desconhecidos ("— Ilustres! Vejam bem!") só pode ser de importância.

O pessoal do "Expresso do Nordeste" e os passageiros que deviam seguir para Florianópolis não gostaram, quando foi dada ordem prá sustar a partida do caminhão. Mas ao saberem que era aquele o princípio do delegado, todos os que não puderam partir foram-se também aos poucos enchendo da mesma importância. A coisa chegou a exigir providências por parte da polícia, que teve de embarcar à força, pelo trem, dois ou três indivíduos, dos mais exagerados em dar tanta importância — ao caso... de ficarem.

Outra dúvida que a própria polícia, no seu zelo, levantou, porém destruiu, foi quanto à detenção do companheiro de Norberto. Mas o seu grito, na chegada, foi considerado sedicioso, e o homem como agitador.

— Como está ele?

— Ele tem estado muito quieto. (O funcionário não conhecia todas as formas de agitação.) — Depois daquilo não falou mais. Está com um pé muito dolorido. Nem se mexe.

— É um novo gênero, apenas. Há agitadores que nem comem.

Enfim, quase tudo já se havia decidido. Mas ainda faltavam fatos importantes a considerar. Por exemplo: para onde remeter os dois homens?

Todo o mundo participou do jogo de opiniões que se feriu no gabinete do delegado. E ficou estabelecido que eles fossem transferidos prá qualquer parte, desde que constituíam um tesouro — sim! — mas que nas mãos das autoridades locais permaneceria tecnicamente inaproveitado.

E despacharam os indivíduos prá Florianópolis.

De novo a caminho

O seu embarque de ônibus foi silencioso. Todo o mundo espiava-os. Os próprios passageiros que haviam sido seus companheiros há bem pouco tempo, pareciam olhar prá eles com uma outra curiosidade, que procurava descobrir os aspectos novos das velhas coisas conhecidas. — E não é que agora era tudo diferente? Até mesmo aquele chapéu de praia, chapéu de brim pardo com pala de celuloide verde, afigurava-se, enterrado até as orelhas, na cara escura do maluco, afigurava-se uma coisa o seu tanto misteriosa. Tal como se dá com os retratos dos que morreram: na fisionomia mais familiar há sempre uma expressão sobrenatural — que é a da morte. Não se julgou necessário tratar uma condução só para eles. Bastava isolá-los um pouco dos demais viajantes. O que facilmente se conseguiria, fazendo-os sentar na frente, com o chofer e os guardas.

Estes eram representados por dois policiais fardados (dois soldados) e outros tantos civis. Um dos civis era apenas o que chefiara a canoa que os havia prendido na frente do hotel: um funcionário graduado da polícia da capital, que estivera numa certa missão por aquela zona. Quando se cuidou de acomodar os homens no caminhão, esse indivíduo não se abancou com os demais: foi ocupar um lugar alguns bancos atrás, ao lado dum passageiro seu conhecido. Com uma cara severa e importante e o ar de quem não pode falar, porque os assuntos que versa pertencem à categoria dos que não convêm ao público conhecer, prá não se incomodar; mesmo assim, o homem foi prestando completas e cabais informações sobre a dupla que conduzia.

Norberto e o companheiro subiram prá os seus lugares. Antes porém entrara o outro civil, que fazia uma barreira entre eles e o chofer. Na ponta do banco ia um dos soldados. O outro ficou algum tempo de pé no estribo. Mas, ao ganhar velocidade o carro, acabou por se sentar também, — no banco logo atrás, à extremidade, num lugar que lhe fez obsequiosamente um passageiro.

A manhã estava bonita. A estrada — magnífica. Já começava a paisagem a oferecer aqueles panos de montanhas e mataria densa que tornam tão pitorescas essas regiões de vale.

Norberto quis fumar. Puxou da carteira de cigarros. Serviu-se do seu e deu outro prá o maluco. O policial à paisana que ia junto dele pôs-se a observá-lo, com cuidado. Norberto palpou-se todo, em procura de fósforos. Mas não os encontrava, desnorteando-se nos bolsos. O policial apresentou-lhe um isqueiro aceso. Ele chupou a chama; tirou uma grande fumarada. Ainda com a voz presa pela tragada, agradeceu, ao mesmo tempo que ia dando o fogo ao companheiro.

No banco da frente quase não se falava. O polícia à paisana continuava observando. O soldado que fechava o lado de fora do banco parecia triste: — curvava um pouco para diante, num ar de abatimento.

Norberto tinha a cara séria. Fumava com compenetração. Tirava tragadas grandes. Soprava-as sobre a brasa do cigarro.

No resto do caminhão corria uma conversa tímida, quase à meia-voz. Só se falava de negócios: de vinhos, da produção da uva, que prometia ser grande naquela colheita. De vez em quando — cochichos, com o olhar dirigido para a frente, para o primeiro banco.

Mas logo que se deixou Criciúma, a palavra tomou outro alento. Um dos passageiros era de Florianópolis. Trabalhava em peixe. Por essa época costumava viajar até muito ao sul naquela costa. Dessa vez tinha chegado a Tramandaí. Comprava em grande escala.

Essa condição pareceu impressionar um homem velho, que viajava com a esposa. Vinham de Porto Alegre e traziam qualquer coisa dentro duma lata de querosene, tapada cuidadosamente com um pano. Toda vez que podia, ele espionava a sua carga ou então fazia perguntas sobre ela ao chofer. Quando soube que viajava com eles um especialista em peixes, não lhe tirou mais os olhos.

— Não vai-se descer aqui? — indagou o velho prá o chofer. Antes que este lhe respondesse, alguém quis saber o que era aquilo ali. Estava-se entrando numa pequena localidade, um ar muito rural.

— Já é Urussanga?

Não: Urussanga ainda tardava; pelo menos uma hora.

— E por que não se desce aqui? — insistia o velho.

— O que é isto aqui?

— Cocal.

Nada aconselhava uma parada. Seria perder um tempo precioso. Era tocar, prá chegar no horário em Urussanga. — O velho teve um olhar prá esposa. Era um olhar triste, cheio de resignada recriminação.

O negociante de peixes contava coisas do seu comércio. A produção esse ano em Tramandaí excedera a todas as outras. Mas escasseava o dinheiro. Tanto, que as transações pequenas — compras em armazéns, pequenos pagamentos — eram feitos em peixes, feitos em espécie. Não se comprava mais dez tostões de biscoitos:

— É um linguado de tal coisa, meia garoupa daquilo ali.

— É uma caixa de fósforo? — perguntou lá da frente o chofer, que vinha prestando atenção a ele.

— É uma sardinha.

Risos. O policial à paisana, que ficava entre o chofer e Norberto, sorriu de leve. O outro, o chefe, fechou mais a cara, no seu amuo profissional.

Tudo vai bem

O calor já era insuportável quando chegaram a Urussanga. Um dos primeiros passageiros a saltar foi o velho. Dirigiu-se logo para as traseiras do ônibus, onde ia a sua carga.

Mas ele necessitava da ajuda do chofer, e o chofer encontrava-se ocupado com a entrega de encomendas e de correspondência. — Era de ver-se a figura do pobre homem transitando do ponto onde aquele se achava, até o lugar da sua lata de querosene. E tudo isso, com uma cara de apreensão ansiosa.

Aquele meio aparato policial e as pessoas dos presos já estavam chamando a atenção. Formavam-se pequenos grupos a poucos passos do ônibus. Cochichava-se. Apontava-se o dedo. — Os passageiros eram também muito olhados. E eles logo denotavam que o sabiam.

Mas o importante era a carga do sujeito velho. Assim que pôde, o chofer atendeu-o. Curvou-se sobre a lata e espiou para dentro, por uma fresta que abriu no pano. O velho seguia-lhe esses movimentos numa ânsia: dependia do que o outro pudesse constatar.

— Acho que não vão lá muito bem — concluiu o chofer, reerguendo-se, a face um tanto vermelha, em razão daquela posição forçada.

— Morrerão? — O pobre homem tinha a voz insegura.

O outro levantou os ombros. Nada disse. Arrumou de novo direitinho o tampão de pano.

O dono da lata continuava no mesmo lugar. Quem sabe?...

— E se se ouvisse a opinião daquele sujeito dos peixes?
Como quisesse.

O negociante, arrebatado a uma roda que conversava alto e da qual fazia parte o chefe dos polícias, veio solicitamente. Destapou bem a lata. Mergulhou a mão lá dentro. Pegou os bichos um a um. Examinou-os. Depois cheirou a água. Devia ser mudada — aconselhou. O velho, a mulher, o chofer, uma ou outra pessoa mais — estavam maravilhados.

— Chegam perfeitamente.

Foi um alívio. Depois, para o dono daquilo:

— Para onde é que vão?

— Palhoça.

O homem refletiu. Olhou mais uma vez para a lata. (Não se sabe prá quê.) Finalmente:

— Mas chegam bem, sim. É ter cuidado com a água. Mudar seguido.

Em Urussanga havia embarcado mais gente. O ônibus já estava bufando. Um dos soldados teve de ir de novo para o estribo.

— Quanto falta até Orleans?

— É onde se almoça?

— Às vezes.

— Uns trinta quilômetros.

— Vinte e cinco — corrigiu o chofer, virando um pouco o rosto para trás. Depois, mesmo sem despegar os olhos da estrada, meio baixou-se, baixou a mão direita, — a qual procurou qualquer coisa sob o tabuleiro, quase junto aos pedais. Ouviu-se um estalido. Segundos depois, um chiado. Finalmente irrompeu uma música, toda áspera das descargas. — Aquilo animou todo o mundo. Começaram conversas generalizadas, em tom alto, às vezes mais alto do que o rádio.

Norberto acendeu outro cigarro.

— O que eu garanto é que nunca mais viajo com essa classe de peixes — prometeu o chofer a Norberto, assim que chegaram a Orleans.

Acabava de fazer, a pedido do velho, uma outra vistoria na lata de carpas. Porque eram carpas.

Norberto interessou-se:

— São carpas mesmo? E estão vivas? Prá que é que ele quer esses bichos?

Decerto prá reproduzir.

Devia ser isso.

— Donde é que elas vêm?

— De Porto Alegre.

Norberto teve um vaticínio:

— Vão morrer.

— Se vão.

Passou-se para o salão das refeições. Já estava posta uma comprida mesa no meio da peça, toda rodeada de cadeiras rústicas, de assento de palha. Por ocasião de se sentarem, surgiu uma dúvida entre os elementos que escoltavam os presos: era saber onde estes iriam comer. Haveria vantagem em que comessem todos em comum: passageiros, presos, escolta. Facilitava o serviço.

— Por isso não — interveio o dono da casa. — Podemos arrumar uma pequena mesa aqui do lado. Uma mesa prá quatro pessoas.

O chefe refletia, olhava para a mesa grande, passava os olhos sobre o lugar a ser ocupado pela mesinha do projeto. O outro policial e o hoteleiro pendiam da sua decisão.

— Está resolvido: come todo o mundo ali na mesa.

Muito bem. O hoteleiro desapareceu logo, prá mandar vir o almoço.

Todos se acomodaram. O maluco vinha-se encaminhando para a sua cadeira, quando Norberto lhe observou qualquer coisa, baixo. Ele levou vivamente a mão ao boné, que ainda conservava na cabeça. Tirou-o e meteu-o num dos bolsos do casaco.

Aquele grupo ali ocupava uma das pontas da mesa. Bem na cabeceira — o chofer, sem casaco, a camisa remangada, as mãos muito encardidas. À sua direita — Norberto e o companheiro. Os dois soldados sentavam em face. O chefe da canoa e o outro policial dispersaram-se por entre os demais viajantes.

Depois de alguns minutos de espera todo o mundo mastigava. Azeitonas. Norberto reatou a sua conversa com o chofer.

Falavam baixo. O chofer arriscou uma pergunta. Mas Norberto respondeu prontamente que não. Melhor: que não sabia. E os modos como o fez não encorajavam a continuação do assunto.

As palestras surgiam e morriam, passado um rápido momento. Não possuíam um interesse que as enfiasse, como um eixo, e as sustentasse. Ainda o grande tema comum era a viagem.

— Felizmente vamos indo bem.

— Se for tudo assim, vamos chegar cedo.

Havia agora muito entusiasmo em saber a que horas entrariam em Florianópolis. O negociante de peixes, com a sua experiência, prognosticava a coisa o mais tardar prás seis horas, seis e meia.

— Mas chegamos antes — disse o chofer lá da sua cabeceira, mastigando as suas azeitonas.

— Qual é o horário oficial? — perguntou educadamente o outro.

— Cinco horas.

— Ah! Assim sim.

O vinho da região era conhecido e todos o tinham como bom. Correu largamente durante o almoço.

Quando o ônibus partiu de Orleans, a mentalidade ali dentro estava um tanto alterada. A ordem dos lugares também: no banco da frente sentava apenas, além dos presos e do chofer, o polícia que já viera nele desde Araranguá. Os dois soldados, sob o pretexto de irem fumar, tinham-se transferido por um momento para o último banco e por lá haviam ficado.

Aumentava o calor. Todavia, em compensação, à medida que o carro avançava, ia descendo gente.

— Mas se enche de novo, — profetizou um, um sujeito pessimista: — é só alcançar o Braço do Norte.

A estrada era aberta em plena montanha, que ela devia primeiro subir, descer depois, para ligar, num arco bonito, os dois pontos distantes do litoral.

A conversa generalizava-se. Norberto encetou uma longa explicação com o polícia que vinha a seu lado, — o qual o ouvia com a cara impassível, os olhos fixos. O chofer prestava também atenção. Era o relato de Norberto, o seu depoimento. Mas era sobretudo uma narração de viagem.

— E o pessoal então voltou prá Porto Alegre? Do Quintão, diz você? — indagou o chofer, com um ar alegre, afirmando que decerto conhecia esse Maneco Manivela e o seu companheiro, o Leo.

Devia conhecer. Oficina mecânica...

— Escute: o Leo é um sujeito alto, gordo? — interrompeu ele.

— Não: era um tanto baixo e meio magro.

— Então não é esse. Mas eu conheço. Pode estar descansado, que eu já vi essa dupla. Continue. E depois?

Bom. Aí é que começara a coisa. Ele pensara em prolongar o passeio, fazer uma viagem até mais acima. (Nessa altura da narrativa Norberto não fitava o policial, cujos olhos sentia estarem queimando-lhe a face; dirigia-se quase que exclusivamente ao chofer.) No primeiro instante não pensava em vir a

Santa Catarina. Isso constituíra uma resolução de último momento. — E não se teria arrependido, se não fosse aquela incompreensão das autoridades de Araranguá. Mas tudo se resolveria, tão pronto fosse ouvido em Florianópolis.

— Assim seja — almejou o policial, torcendo-se no banco, ajeitando-se melhor, prá saborear um cigarro — que adaptou numa longa piteira.

Um segredo

O ônibus rodara, rodara. Calor. Relativo mutismo. O próprio rádio fechado. (Havia muita descarga; decerto ia vir chuva.) O caminhão aproximava-se de Palhoça. Só a cara do velho resplandecia. Eram cinco horas da tarde.

Florianópolis estava perto. Não convinha puxar muito dos pneus com um dia quente como aquele. Por isso, nem bem se desembaraçou dos encargos, habituais a qualquer parada, o chofer deliberou tomar uma cerveja.

Formou-se outra vez o grupo: ele e Norberto na frente; fechando a marcha, o maluco, mais os dois soldados da escolta.

O bar não era longe.

— Duas cervejas, aqui! — pediu o chofer, assim que se abancaram. E depois, vivamente: — Não, olhe! traga primeiro uma roda da branquinha. — É que os corpos deles estavam muito quentes com o calor do motor, prá entrar logo de supetão numa cerveja fria.

Concordou-se com tudo. Afora o aviso do chofer, outra opinião que pesava muito era a de Norberto. Os dois soldados olhavam primeiro prá este quando era preciso resolver qualquer coisa, e depois entre si.

— Mas você não me respondeu — disse o chofer, dirigindo-se a Norberto e após saborear o primeiro gole da branquinha, — você não respondeu à minha pergunta.

— Qual?

— À que eu lhe fiz lá no almoço, em Orleans.

— Ah! Sim. Ali não era ocasião. — E virando-se prá os dois polícias:
— Mas eu lhes recomendo sigilo.
Os homens abanaram as cabeças, numa promessa conspirativa.
— Vai rebentar, sim. Terá a forma duma invasão, pela fronteira.
O chofer debruçou-se mais na mesa. Começou a explicar pormenorizadamente prá os soldados, que também se curvaram para ouvir. Norberto olhava disfarçadamente por cima das suas cabeças, espionando o salão.
Quando os policiais ergueram de novo a face, o olhar que depuseram em Norberto tinha a centelha inquieta da admiração.
Passou-se à cerveja. Estava ótima. Mas não convinha repetir. O melhor era levantar e ir marchando. — Não se deixou os soldados pagarem despesa alguma.

De novo na estrada.
Corria-se numa zona muito aprazível. Eram quase que uma cidade só Santo Amaro, Palhoça, S. José. Cidades-suburbanas. Hortas. Pomares. Enfiadas de pés de ananás rente das cercas, com suas folhas coriáceas, algumas da cor vermelha. Bananeiras, muitas bananeiras, vergando com o seu cacho. Já se sentia a respiração do mar. — Mais alguns minutos de marcha numa estrada-rua cheia de poeira, e era, galgando o Estreito, a ponte pênsil, — elegante e fina como um grande inseto pernilongo.

No escuro

O chefe do presídio (um homem baixo, com uma ferida rebelde na perna) tinha também o seu princípio. Era o seguinte: prá desordeiro — prisão sem luz e sem vício. Isso importava em meter o pessoal num quarto escuro, sem cigarro.

Norberto teve um choque, quando viu aquela porta fechada com grades e um soldado de baioneta calada montando guarda. (Em Araranguá, eles haviam estado numa sala; coisa camarada.) O maluco chegou-se mais prá perto dele, encolhido. Aventurou a medo:

— Isto não será o Cati?

Norberto teve uma reação brusca:

— Deixa de ser bobo.

Os seus olhares não se despegavam da porta gradeada e da sua sentinela.

O sargento que os acompanhava meteu a chave no cadeado. Foi um barulho cristalino de ferros, em cascata (da corrente que se desprendia). Depois, o rangido mais rouco da porta. Já pelo lado de dentro (ela abria prá um corredor) divisavam-se sombras. — Os dois presos foram metidos aí.

No fundo dessa galeria era o Vê-Cê. Uma pequena janela em escama dava um pouco de luz, que coava para o interior através uma porta de vidro granitado. À direita, logo a alguns passos da entrada, existia uma porta lateral. Ainda havia uma segunda porta mais adiante, no mesmo lado, mas estava condenada. Eles foram conduzidos pela primeira porta a um salão de uns oito metros de comprimento. Devia dar prá rua (era no sobrado), porque as frinchas dos tampos fechados das janelas deixavam surdir uns fios de luz, — que ficavam todos turvos com a poeira do ar que eles atravessavam e iluminavam.

Na semiobscuridade Norberto enxergou algumas camas, e, sentados aqui e ali sobre elas, alguns vultos.

A pretexto de privá-los dos fósforos (que tinham sido interditados, conjuntamente com objetos metálicos, tais como garrafa térmica etc.), a esse pretexto, arrebataram-lhes também os cigarros. O maluco deu algum trabalho aos guardas, porque não atinava onde é que os havia metido. Depois de muita busca foi que se viu que ele, desde o Quintão, no Rio Grande do Sul, estava sem cigarros. Houve risos.

— O senhor parece que é um tanto trocista — observou-lhe, severamente, o sargento.

— Muito. Vocês vão ver — informou Norberto, baixo, aos companheiros.

Os guardas abalaram. Fechou-se novamente a porta gradeada (outra vez a mesma escala musical e cristalina da corrente, deslizando nos ferros). Ficaram só os presos. Com os recém-chegados, eram, ao todo, sete. Gente barbuda, as faces muito brancas, tanto quanto Norberto podia observar dentro da penumbra. Houve autoapresentações. Perguntas. Por fim, indicaram-se os lugares onde os novatos se deveriam alojar. Um dos veteranos prontificou-se a reclamar os colchões e as cobertas. — Porque às vezes *eles* se esqueciam.

Quando tudo havia sido convenientemente disposto, fez-se uma roda, tendo por centro Norberto. Um dos presos foi espiar no corredor. A sentinela, lá longe, ia e vinha (era dentro duma saleta, servindo de hall). Tudo aquilo ali constituía o cassino dos oficiais, transformado em xadrez.

O sujeito que fora espiar, veio tranquilizando:

— Tudo limpo à vista.

Bem. Então Norberto fez o seu relato. Relato número dois. Era uma longa narrativa. A narrativa da sua estadia no estrangeiro, no Rio da Prata.

A luta

Norberto defrontava-se com um problema sério. Chegava a levantar um olhar de recriminação aberta àquele camarada magro, todo ossos, todo nervuras que propusera a coisa e que já ia levando prá diante. E pensava. Não sabia como resolver o caso. A negativa pura e simples era-lhe difícil, numa situação daquelas. Mas aderir — quanta complicação!

— Vocês já pensaram em tudo? — Fez a pergunta erguendo um pouco a face prá o sujeito magro. Norberto estava sentado na cama. O outro esperava a sua decisão de pé, hirto.

— Em tudo — respondeu, seco.

Com tamanho senso de previsão só matando. Era a opinião de Norberto, o qual, entretanto, se limitou a desviar os olhos e continuar na sua meditação.

Por fim achou uma solução: adeririam provisoriamente, ele e o companheiro. No decorrer da coisa tomariam uma posição definida. A "coisa" era um jejum prolongado, de protesto, — uma greve de fome.

— Ficam como observadores — interpretou o sujeito hirto — observadores ativos.

— Justo — confirmou Norberto.

Ativos?... — O maluco punha o focinho no ar, procurando o sentido daquela tarefa. — Que é que teriam então de fazer?...

— Só não comer — esclareceu-lhe Norberto, secamente. E ainda ficou matutando, sentado na cama.

Um jejum daqueles — explicava o sujeito magro — oferecia dois aspectos: um jejum a prazo fixo e uma greve mesmo. Greve *até o fim*.

— O que é isto: *até o fim?*
— Até a morte. — E depois de um momento:
— Ou até a vitória integral do nosso plano de reivindicações.
— Pomba... Mas sempre há uma alternativa.

Discutiu-se muito. Finalmente a greve foi posta em votação. O indivíduo magro, mesmo donde estava, percorria com o dedo os votantes, — sombras esquálidas, emboladas em cima das camas, no escuro.

— Até o fim!
— Até o fim...
— Escute: eu explico...

Era uma defecção. Novos argumentos. Depois, a colheita dos votos que se reatava:

— Eu não entro nisto. Não contem comigo. Não é este o meu gênero de luta — vociferou um deles, erguendo-se e fazendo o propósito de se afastar, de ir para o corredor. O rapaz magro suspendeu-se.

— Qual o gênero então que o amigo aconselha prá emergência? — indagou ele, calmo e frio.

— Nenhum! Não contem comigo prá coisa alguma! — E saiu, irado.

— E você? — perguntou o rapaz a um preso que estava acamado desde que Norberto entrara naquele alojamento. Era um indivíduo esquelético. Tinha a voz muito rouca. — "Laringe" — já havia diagnosticado Norberto.

— Até o fim — sussurrou o doente. A face fria do outro encheu-se duma cor arroxeada, que Norberto, que estava perto, chegou a distinguir; o seu olhar ficou velado. Sentia-se que uma prega, em qualquer parte do seu peito, dava-lhe um nó...

— Talvez, companheiro, não seja necessário um sacrifício tão grande — disse ele, afagando-lhe as cobertas: — havemos de vencer.

O maluco dirigia o focinho indagador e comovido para os lados de Norberto, — que logo esclareceu por que é que se estava lutando:

— Prá irem lá prá fora, onde há luz. E botar aqui dentro, no escuro, os outros. Por enquanto, foram estes últimos que venceram. Você deve estar vendo bem.

Um dia triste

O jejum já ia em três dias, quando houve uma mudança radical na situação de Norberto e do companheiro. Na véspera, havia-se operado uma certa alteração ali: tinham aberto a porta até então condenada (ela dava para uma peça menor) e colocado lá os dois defeccionistas. (Dois foram os que furaram a greve.) Mas agora o fato que se anunciava com Norberto e o companheiro era de uma natureza diferente. Talvez mais grave.

— Aprontem-se prá sair — ordenara-lhes o sargento.

Sair? Norberto já possuía a esta altura uma boa experiência, prá dar todo o valor afetivo a esta palavra.

— Sair prá onde?

O sargento encolheu os ombros. Não sabia.

— Pergunte a ele se você deve levar a bagagem — sugeriu-lhe o sujeito doente, num sopro. — Assim você fica sabendo se é prá sair mesmo.

— Mas eu não tenho bagagem — declarou Norberto.

— É o diabo, então — e o doente afundou-se outra vez na cama, esgotado.

Norberto estava nervoso (era decerto de fraqueza). Atava os sapatos com dedos frios. Pôs o casaco. Queria ver como estava o cabelo. Mas não havia espelho ali. Chegou-se a uma das janelas fechadas, em cujas vidraças se refletiu vagamente a sua cara:

— Santo Deus! Como estou com a barba...

(Ela crescera um pouco, na verdade.)

O maluco já estava pronto. Tinha o boné de brim, com pala verde, enfiado na cabeça.

— Espere! — fez-lhe Norberto precipitadamente. — Tire isso. Ponha o meu chapéu. — E depois de pensar um momento: — Eu tenho mais jeito de andar sem chapéu do que você. Deixe isso — e arrebatou-lhe o boné — como lembrança aqui aos amigos.

Ele mesmo enfiou o seu chapéu na cabeça do outro. Ficava grande. Entrava até as orelhas, as quais dobravam prá fora, sob a pressão das abas, como duas asas.

Durante todos os tempos da operação o maluco guardava uma cara quieta, — como têm as crianças quando as mães lhes experimentam roupas.

Só ao chegar embaixo, no pátio, é que Norberto teve uma semivisão do que lhes ia ocorrer; porque um carro fechado, de ferro, um "tintureiro", os esperava.

Mudança de presídio — concluiu.

Subiram prá o "tintureiro", cuja porta foi fechada com um cadeado. Aquilo ali dentro abrasava. Depois ele se pôs em movimento. Prá onde os destinariam? Como a cidade lhe era desconhecida, não pôde aventar nenhuma teoria plausível.

O automóvel corria num calçamento de granito, que os sacudia numa trepidação de média amplitude.

Norberto pensou em fumar. (Claro que haviam escondido cigarros e fósforos.) Mas desde o dia anterior que o seu estômago, colado nas costas, não tolerava nem mais uma tragada. E depois, estava com o coração rápido. Um gosto horrível na boca. — Nem fome mais sentia. Só dores. Dores nas costas.

(Os companheiros de prisão lá ficavam, roídos também pela fome, na meia-treva do alojamento... O sujeito doente — morreria? No último momento fariam a sua remoção prá uma enfermaria.)

A cidade não é grande. Do presídio ao porto vai pouca coisa. Logo o caminho esbarrou no cais. Uma escolta levou-os para bordo. Era um navio misto. Navio pequeno. Foram metidos num estreito camarote de porão, porão de popa. Tinha apenas dois beliches. — E imediatamente foram fechados à chave, por fora.

— Você enjoa? — perguntou Norberto ao companheiro.

Ele lhe respondeu qualquer coisa.

— Enjoa sim. Em todo o caso — continuou o outro — convém você ficar neste beliche de baixo. Eu vou prá cima. E vou agora mesmo, porque não aguento mais.

A primeira refeição deles foi um acontecimento.

— Estão enjoando — observou um dos membros da escolta, divertindo-se.

Decerto era. Mas Norberto tinha a impressão de que aquela náusea súbita, à primeira ingestão do alimento, devia ser fraqueza do estômago, originada pelo jejum.

Lembrou-se subitamente duma observação do rapaz que guiara o *Borboleta*: — "Se essa volta no estômago dá outra vez nele (no pobre do maluco)"... Como estava distante — aquilo! — Norberto via-os desaparecendo atrás dos cômoros, como através uns bastidores, — o Leo fechando a marcha, assobiando, uma lata com gasolina no ombro. — Já pareciam transparentes, vagos como espectros...

Era, ali no navio, aquele, um dia triste.

Aventura inesperada

Norberto quis tirar aquelas barbas: a sua e a do companheiro. A porta do camarote talvez fosse aberta dentro de pouco, para a limpeza. Às sete horas da manhã (viajavam já desde a véspera, à noitinha), às sete horas, haviam sido levados ao refeitório da "segunda", prá tomar café, tal como se havia feito no dia anterior para o jantar. Sentavam todos, os presos e o pessoal da escolta, numa das duas mesas do refeitório. A outra não era utilizada.

Agora, porém, Norberto observava que apenas ele e o companheiro se serviam. Mas não estavam sós. Contudo, diminuíra muito a sua guarda pessoal, pois só os acompanhavam dois funcionários da polícia (dois civis), dos cinco investigadores, duas praças e um sargento que compunham o seu séquito. — Os homens da polícia, sentados defronte, enquanto eles faziam a refeição, conversavam e fumavam. Só fumavam charutos.

Ali no camarote, depois do café, Norberto pensava em deitar abaixo aquelas barbas. Era na frente do espelho, passando a mão sobre o rosto, que fazia o seu projeto. O maluco também estava necessitando da mesma operação. Norberto olhou prá o seu lado: lá estava ele estendido no beliche, de barriga prá cima, as mãos inertes, o olhar sonhador, profundo, como diante dum horizonte infinito. Norberto reparou bem: ele dirigia o olhar para um dos cantos do estreito camarote. Fosse se entender esse camarada.

As horas passavam e nada do camaroteiro. Pelo corredor, para além da porta fechada por fora, transitava gente, ouviam-se vozes. Às vezes era uma risada. No costado do navio — um rumor de água, de água fendida, água rasgada. Uma trepidação vinha de baixo, monótona. — Por muito tempo, um reflexo de sol no mar, e que entrava pela escotilha, ficou bailando na parede oposta do camarote. Até que se sumiu.

O empregado da faxina não vinha mesmo. E aquilo ali já estava sujo. Ao menos o vaso precisava ser tirado.

Esquentava cada vez mais. O camarote tinha um cheiro característico — fino, mas mesmo assim nauseante. Norberto recorreu a um cigarro.

O estômago já estava em ordem outra vez.

Mas, refletia, deitado também em seu beliche, embalado lateralmente pelo jogo do navio (os beliches eram dispostos em sentido transversal); mas, ia pensando, que é que teria esse camaroteiro, que não aparecia? Queria mandar por ele um recado, um recado sobre a barba, prá o chefe da escolta... Nisso, Norberto teve um pulo no leito. Sentou-se. Havia compreendido: — A incomunicabilidade!

Julgou importante dar aviso do fato. Curvou-se. Meteu a cabeça prá fora. Veio inclinando-a prá baixo, até o ponto da intersecção daquele olhar do maluco. Disse-lhe dum jacto:

— Estamos incomunicáveis!

Reendireitou-se. Depois se espichou de novo, de barriga prá o ar.

Mas isso — ponderou — nada influía sobre a decisão de deitar fora as suas barbas. Procuraria falar com o chefe. Embora tivesse de esperar até a hora do almoço.

Por ocasião do almoço também, Norberto notou que a guarda se achava desfalcada: faltava um dos civis, um rapaz novo. Os dois investigadores dos charutos (que haviam supervisionado o café da manhã) estavam sentados juntos, mesmo defronte deles, e conversavam, à meia-voz.

— Que queira ir a negócio, compreende-se! — dizia o mais moço. Era um rapaz moreno, tinha o rosto comprido. O outro era mais velhusco. — É o meu caso. Creio que é também o de você. (O outro teve uma afirmação com a cabeça.) Mas incorporar-se a uma diligência dessas só prá ir farrear, é que me dana!

— Não tem perdão.

O velhusco respondia, mesmo sem interromper a operação do almoço. E depois de um momento:

— Ele hoje não apareceu por aqui?

— Quem? O Malmann?

Ele.

— Ajeitou-se na "primeira". Isso eu já previa. — O rapaz de rosto comprido sorria com amargura. — Eu já previa, mesmo antes de embarcar.

Também ele.

O chefe não tinha instruções para um semelhante caso. Nem tudo pudera ser previsto.

— Mas era de esperar que uma barba crescesse. Não acha? — fez Norberto, com ar malandro.

Sim...

— É só a sua? — perguntou-lhe o chefe, pensativo.

— Não — respondeu o outro, a cara séria outra vez: — as duas estão crescidas.

Isto é que era pau.

— Mas por quê?

Ele não respondeu logo. Só depois:

— É que o outro ainda é considerado mais perigoso.

Por ocasião do jantar ele o abordaria de novo sobre aquele caso. Até lá não haviam de crescer desmesuradamente. E que crescessem...

Mas é que já estavam incomodando. Sobretudo por causa do calor, que, ali no forno do camarote, aumentava a não poder mais.

Não queria, também, chegar ao Rio assim. Porque era prá o Rio que iam. Soubera-o nos primeiros instantes a bordo.

Deitou-se, a bem de esperar o escoar de todas aquelas horas. Mas foi bom que logo dormiu. Acordou já fazia quase escuro. O sargento abrira a porta, com muito barulho na fechadura.

Aprontaram-se logo. Foram outra vez levados por aquele corredor estreito. O refeitório tinha sempre o seu cheiro acre de interior de armário: entre adocicado e azedo. — Norberto engoliu uma pequena náusea.

Aliás, o mar cavara.

— É sempre assim, nesta altura — comentou um.

— Já passamos o cabo? — quis saber um dos policiais, um homem que arregalava, prá tudo, um olhar redondo de curiosidade serena.

— Há que tempos.

— Então já estamos perto de Santos.

Já se estava.

E a conversa esfriou, porque começaram todos a comer.

— Claro que eu lhe dou uma solução — dizia o chefe a Norberto.

— Não há então barbearia a bordo?

Havia. Mas era na primeira classe. Como levar — argumentava o outro — como levar dois homens que iam presos, à primeira classe? Já havia pensado em trazer o barbeiro para o refeitório, e, num canto improvisado, mandar raspar-lhes a cara. Mas dependia dele aceitar e do comissário de bordo consentir.

— E por que ele não vai no nosso camarote? — indagou Norberto.

— Ah! Isso não: tenho ordem de manter os senhores incomunicáveis.

Mas... (Norberto obstinava-se, já um pouco enjoado com aquilo). Ele achava que tanto importava, quanto ao conceito de incomunicabilidade, cortar a barba num canto do refeitório, como metido no camarote; ou então não apanhava bem o sentido da coisa.

— Ah! é complicado. — O outro teve o seu sorriso superior de orgulho profissional. — Só mesmo nós, prá pegar bem essa figura jurídica.

— É um segredo então da organização... — E Norberto se tocou para o camarote, seguido do soldado que o escoltava.

Em Santos surgiu uma novidade: os dois soldados da polícia e o sargento ficaram montando guarda, no cais, ao portaló do navio, durante o tempo em que este ali permaneceu. Revezavam-se muito (rendiam-se). A coisa chamou a atenção. Norberto, pela vigia, chegara a ver a cara embasbacada de algumas pessoas que rondavam o cais, no tumulto da carga e da descarga, percorrendo com os olhos, de ponta a ponta, a embarcação.

Mar alto de novo. Enjoo. Era uma crueldade manter aqueles homens encerrados num porão de popa. A reclamação foi ouvida. E quando se estava muito longe da barra de Santos, eles foram conduzidos, por alguns momentos, ao convés.

Almoçava-se, quando alguém da comitiva, espreitando prá fora, teve um grito alegre:

— Já são os morros do Rio!

Eram mesmo. Houve precipitação. Entusiasmo. Norberto, sem saber por quê, sentiu um frio por dentro.

Uma lancha em direção ao navio. É em plena baía. Param as máquinas. A lancha é da polícia. Encosta. Os presos vão descer. Serão entregues ali mesmo. A escolta que os acompanhou desde Florianópolis continuará no vapor.

Aquele aparato todo traz para a amurada os passageiros. Uma curiosidade envolve duas caras barbudas, quando os presos aparecem, conduzidos por investigadores. A cara do maluco — observa mentalmente Norberto — está tomando o jeito da casa do praieiro do Quintão: toda acolchoada de barba...

— A primeira coisa a fazer é mandar raspar isso! — ordenou um dos policiais, num modo ativo, brusco, a um dos subordinados.

Passos perdidos

O desembarque se fez, não no ponto habitual, mas num cais, àquela hora silencioso, duma praça em cujo centro havia a estátua de um homem célebre a cavalo.

O olhar do maluco — no meio da pressa de serem enfornados no "tintureiro" — percorria todas as adjacências. Parou um instante no monumento, com um brilho indagador. Norberto também olhou; não identificou o indivíduo. Mas o desígnio daquilo era claro:

— É prá não se esquecerem daquele ali. (Que era a significação de todas as estátuas.)

O "tintureiro" rodou. Um carro enorme. Mas os orifícios para entrar o ar podiam ser maiores, — quando mais não fosse em consideração ao clima do Rio. — Eles aí é que abafaram mesmo.

Como custava chegar... E o auto não se detinha. O maluco resfolegava. Um resfolegar quase sem ruído, mas violento.

De lá de dentro era impossível orientar-se. Só se sabia que se passava por avenidas, algumas cheias de passos, de vozes de avisos, de chiados de pneus sobre o asfalto. Às vezes, uma luz, vinda das árvores urbanas, joeirava para dentro um ar esverdeado e fino.

O "tintureiro" porém rodava.

Norberto só sabia que era para a polícia.

O automóvel estacou. Estava dentro dum pátio. Entrava-se no edifício pelos fundos, por uma galeria sempre cheia. E com tumulto. Obscenidades. Caras profundamente degradadas e trágicas enchendo os vários portões gradeados. Esse corredor só poderia conduzir ao inferno, se não levasse passos humanos, passos vivos, passos perdidos de gente viva — à Carceragem...

Norberto estava branco. Foi conduzido com o companheiro por uma escada, que ia ter no primeiro andar. O edifício era um palácio. Tinha um enorme claustro interior. Eles enveredaram por um dos lados da galeria quadrangular. Foram desembocar numa enorme sala, cheia de gente. Era a sala dos detidos. As camas, como meio de economia de espaço, achavam-se superpostas, de duas em duas, uma sobre a outra. No seu conjunto, aquelas longas filas de leitos encarapitados davam a impressão de beliches, num vasto camarote de navio.

Num puxado — era a portaria, ou coisa que o valha. Um sujeito raquítico atendia principalmente o telefone. E gritava muito pelo aparelho. Despachava-se. Brigava. Frente a frente emudecia, morria na roupa. Já se sabia disso por ali por perto. — "É um especialista em falar em telefone" — dizia-se.

Norberto, o que tinha medo, era da Carceragem. Entretanto, como observou um dos presos, com quem logo se acamaradara, o outro ("— Quem?") — o seu companheiro ("— O maluco?") — esse mesmo — era quem corria mais risco de ir prá lá.

— Nem me diga isso... Por quê?

— Porque é assim. Pessoal de uma certa aparência fica aqui em cima. O resto vai lá prá baixo.

Coisa engraçada. O olhar de Norberto procurava, com benevolência, qualquer aspecto agradável na figura do outro. — Talvez — refletiu — não se devesse ter metido o pau naquele chapéu de copa alta, o chapéu dele.

— Escute! — O preso de quem se fizera amigo levantou a face para ele; esperou. — Os que se destinam prá baixo, já quando entram não vão ficando por lá? Eu vi uma gente atulhando aquele corredor.

Não. A Carceragem tinha várias funções. Dali de cima mesmo muita gente baixava prá lá. E a qualquer hora. Ele ia ainda ter ocasião de ver.

— É proibido sentar assim nas camas! — ordenou alguém, em voz forte.

Cansava-se de dar a ordem. Mas sempre havia gente desobedecendo.

É que não havia onde sentar.

— E preso também se cansa — ponderou um dos que tinham sido pegados em flagrante.

— Mas você não é preso — disse o homem enérgico.

— E o que é que eu sou então? — O indivíduo tinha uma cara redonda e ingênua.

— Detido.

É: era uma compensação.

Todos ali eram detidos. Só passavam à categoria de presos quando eram transportados para o seu destino definitivo.

— E onde é isso? — quis saber Norberto.

O sujeito amigo explicou, com voz calma: eram vários os destinos. O mais comum era a Detenção.

Houve uma pausa.

Norberto:

— E lá se está melhor?

— Em parte nenhuma se está bem, quando não se está livre — filosofou o outro.

— Você tem razão — acudiu Norberto. — Mas o que eu pergunto é se lá o alojamento é... mais passável... E se esse perigo da Carceragem...

— Está com medo de cair lá embaixo...

— Receio muito, confesso.

— Pois então fique você sabendo que em lugar nenhum se está livre de vir amargar os dias na Carceragem. Da Detenção seguido vem gente, que é logo metida no porão.

A conversa ficou aí. Norberto meditou muito. O maluco já dormia. (Era noite.) O melhor era dormir também.

Foi só no dia seguinte que ele providenciou. Utilizou-se largamente do especialista do telefone. Este reclamou, ergueu a voz, ameaçou.

Por último, no fim da tarde, estavam Norberto e o maluco transitando de novo por aquela galeria, subindo outra vez no "tintureiro". Mas dessa vez o carro ia bufando. Com ele e o amigo eram ao todo dezessete. E com bagagem. — Esse é que era o verdadeiro inferno.

Música negra

Secção do Controle. Cerimônia de qualificação. (Queriam saber várias coisas.) Quase noite fechada quando se despacharam.

O chefe dá as últimas providências; e quando adverte que não se pode levar bagagem, porque, prá onde vão, não há lugar mais do que prás próprias pessoas, Norberto tem uma impressão esquisita, — de atropelo, de tumulto humano, confinado... Coisa horrível. Mas a sensação maior é quando o homem informa, para determinação dos guardas e apontando prá ele e prá o companheiro:

— Cubículo catorze.

Cubículo... degradação...

A maior parte dos presos destinava-se a outras secções do vasto presídio.

Tocaram-se, ao começo, porém, todos juntos. A uma certa altura, os dois grupos separaram-se. Com Norberto e o amigo vinham, afora os guardas, mais dois indivíduos, de olhar espantado. (Um deles usava óculos, de vidros muito redondos, muito fortes, que refletiam muito os pontos luminosos da noite.) Eram presos recém-chegados do Maranhão.

O grupo percorria um recinto todo atravancado de "instalações": cozinha, lavanderia, etc. À sua esquerda, na parte que dava prá uma das ruas, corria um enorme muro de proteção. Como a muralha duma posição fortificada, — picotado de ameias, interrompido de trecho em trecho por pequenas casamatas, onde se divisava, àquela hora sombria, um perfil escuro com o seu fuzil, guardando a cidadela.

Ao dobrar uma construção baixa e antiga, a "rua" por onde iam desembocava numa esplanada, calçada de paralelepípedos de granito. — E ao fundo, isolada, recortando-se muito alta no céu fosforescente, com alguma luz mortiça nas janelas gradeadas, uma massa parda, — que os esperava.

O maluco teve um movimento de fuga. Quis retroceder. Um dos guardas pôs-lhe a mão. Mas ele já soltava um grito:

— É o Cati! Não me digam que não! — E depois de uma respiração, ruidosa e difícil, numa voz berrada e choramingada a um tempo: — Não me levem prá o Cati!

(— *O que é que vão fazer com o homem, mãe?*
— *Vão matar ele lá no Cati...*)

O guarda segurou-o com força. Foi arrastando-o para a frente. Ele se debatia. E sempre protestando que não queria que o metessem no Cati.

Já ao seu aparecimento na porta do pavilhão, todo o mundo se movimentou. Ele não queria entrar, nem por nada. Procurava resistir, segurando-se no marco de ferro do grande portão; calçava o pé no degrau. Caras femininas apareciam lá no alto, contra as grades de uma porta, à esquerda duma galeria superior, servida por uma escada de ferro, em forma de Y. — À sua direita, em cima também (onde o aposento fora transformado em "enfermaria"), caraças barbadas de doentes chegavam com curiosidade às grades da sua porta.

O guarda do pavilhão, com enormes chaves pendentes duma corrente, foi abrir a alta grade que, por detrás da escada em Y, comunicava com os cubículos dos homens.

O pavilhão era aí um grande hall terminando lá muito em cima num teto abobadado, onde estavam as lâmpadas elétricas. Dum lado e doutro do hall — os cubículos. Uma escada em dois lanços lá longe, lá no fundo, subia para as galerias; daí seguia para o teto (para o terraço); então não era mais uma escada em dois lanços — mas um negro parafuso de ferro.

Veem-se caras às grades (quase todos os cubículos estão ocupados, tanto embaixo, como em cima). O número catorze é na parte térrea, à esquerda. Justamente no cubículo quase defronte, assim que a turma faz a sua entrada, ouve-se um indivíduo cantando. É um sujeito enorme, barbudo. Está nu da cintura para cima. Tem pelos nos braços, no peito, nos ombros. As duas mãos seguram os barrotes da grade da porta, de um lado e outro da enorme cabeça, enquadrando-a. E o queixo do homem-orangotango debulha, prá cima e prá baixo, uma música de negro, toda feita de batuques, de bate-beiço, escura, monótona, religiosa. O hall é mal iluminado. Atropelo (o maluco vem de arrasto, gritando). Mas o gigante cabeludo não relaxa a sua atitude, nem interrompe o cantochão africano.

À frente do cubículo onde deverá ser metido com Norberto, o maluco tem um arranco supremo. Emprega-se a violência.

— O senhor é testemunha — diz o guarda prá Norberto, a voz toda escandida pelo esforço: — se eu não faço assim, ele me domina e me morde todo.

Na certa.

Norberto tenta os bons modos contra o terror vesânico do companheiro. Mas ele só atende à força. É jogado para dentro. Norberto segue-o. O cubículo já tem outros habitantes: dois sujeitos, que acorrem. Por fora passa-se, rapidamente, uma enorme chave na fechadura da porta de grades.

No cubículo quase fronteiro, o símio em figura de gente, alheio, à força de compenetrado, continua mandibulando o cantochão, a música negra, de mandinga.

O número catorze

Felizmente havia ali dentro duas esteiras, enroladas contra a parede. Até dias antes tinham estado em uso: haviam sido de dois sujeitos, transferidos, na última leva, para a colônia correcional.

Porque, se não fosse isso — era a opinião de um dos ocupantes do cubículo, um rapaz simpático, cabelo à escovinha, camisa esporte — se não fosse isso, era de contar que haviam de dormir no puro cimento.

— O carcereiro ficou com medo aí do amigo: ele não abriria hoje nem mais uma vez a grade.

O *amigo* — estava exausto. Sentara-se sobre uma tarimba. (O cubículo possuía duas camas, estreitas como tarimbas de quartel.)

O outro morador do "Catorze" era um cidadão imponente, gestos pausados, — regularizados. De um "armário" (um pequeno caixão, suspenso da parede sobre a sua cama, com a boca prá fora) retirou um prato com comida. Estava fria. Arroz, tutu de feijão e carne. Pelo exterior, no fundo, o prato apresentava uma plasta de arroz esmagado. — Provinha do outro prato, do que ficara por baixo, na pilha, dentro do caixão que o "faxina" utilizava como tabuleiro; em compensação, como ele fez Norberto se certificar, faltava na sua ração de tutu uma boa parte: a que passara para o prato que viera por cima do seu.

Aquela boia ia-se dividir entre os recém-chegados. A não ser que preferissem um café ou um mate com pão. (Num dos lados da porta Norberto já notara uma fronha servindo de saco prá guardar qualquer coisa: era pão velho.)

Norberto optou por um café, prá ambos.

— Prepara então cartuchos — disse o sujeito prá o companheiro.

O rapaz simpático, cabelo à escovinha, camisa tipo esporte — que logo Norberto ficou sabendo ter um nome de mulher: Zica — sentou-se na cama, sobre a cabeceira (o maluco estava abancado no lado dos pés). Vinha já com uma espécie de caixa cilíndrica de madeira muito tina, uma barriquinha, cheia de farinha de mandioca.

Espichou o braço até o seu "armário" (ele também tinha um) e que ficava igualmente por cima da cama. Tirou daí um pequeno maço de folhas recortadas de papel de jornal, todas iguais, do tamanho aproximado da folha de um livro de pequeno formato. A mesma mão que vinha com o papel, trazia um pauzinho cilíndrico. Colocou à sua frente uma tábua, para servir de mesa, e começou o trabalho.

Norberto não lhe tirava os olhos.

Ele pegava uma das folhinhas. Estendia-a na "mesa". Punha o rolinho de pau sobre um dos seus cantos, enrolava-a toda a partir daí. O que sobrava na extremidade do cilindrozinho de pau, dobrava cuidadosamente, de modo a fechar o fundo do cartucho. Retirava, ato contínuo, este último da "forma" e alinhava-o na cama, junto de si. Fez seguramente duas dúzias deles.

Depois — Norberto não podia, na verdade, compreender aquilo — começava a retirar a farinha de mandioca da barriquinha e com ela encher os cartuchos de papel. Enchia-os; socava-os. O nível da farinha descia um pouco. Despejava-lhes de novo mais farinha. Socava outra vez. Fechava-os, pelo mesmo processo de dobrar a extremidade do cartucho. Dobrava primeiro um setor: era uma meia tampa; sobre esta caía a outra dobra, ajeitada previamente em forma de ângulo. O cartucho ficava quase rígido, resistente. Dentro de pouco tempo estava com dez ou doze cartuchos de farinha empilhados ao seu lado, na cama.

Norberto pegou um deles. Examinou-o atentamente. Recolocou-o no seu lugar.

Enquanto isso, o companheiro andava remexendo nos fundos do cubículo.

As duas camas haviam sido dispostas contra uma das paredes. Assim ficava um espaço maior para o trânsito. Um paravento de madeira dividia o cubículo em duas partes: a frente, onde se achavam as camas, e o fundo — a terça parte do comprimento total do pequeno e estreito aposento — para a pia e o Vê-Cê. Este, na ocasião, estava tapado com um caixão. Seguramente porque faltara água para a descarga. Assim se explicava (imagine-se cinquenta latrinas transbordando), assim se explicava o cheiro de privada que tinha todo o pavilhão e que Norberto farejara logo ao transpor o portão de entrada. Nessa ocasião, parecera-lhe impossível permanecer qualquer tempo ali. E, no entretanto, ali é que iria morar... — Um pedaço da noite carioca era visto através das raias perpendiculares das grades, por uma ampla janela, situada na parede do fundo, a uns dois metros acima do solo. A lâmpada do cubículo estava também colocada alto, no lado oposto, acima da porta, inacessível à mão. A luz que ela dava era muito fraca, avermelhada.

O companheiro de Zica tirou de uma "prateleira" um objeto estranho: não tinha jeito de coisa alguma; fora feito com duas latas de queijo de Minas, recortadas, furadas, dobradas e superpostas. Tudo isso dera o que aquilo realmente era: um fogareiro, com bojos como uma ampulheta, e que foi colocado no chão, sobre um canto. A seguir, o sujeito retirou de um prego do biombo de madeira uma caneca de alumínio.

— Me dê a sua caneca — pediu depois.

Zica interrompeu por momentos o seu serviço; baixou um braço; foi pescar a caneca debaixo da cama.

O outro fazia os demais preparativos prá o café. A "chaleira" era uma antiga lata de aveia.

— Quanto precisa? — perguntou-lhe Zica.

— Hoje de manhã eu fiz apenas com oito.

— Então já tem. — E Zica colocou no chão ao lado do "fogareiro" os cartuchos de farinha de mandioca que havia preparado. Guardou os vazios. Pôs de novo a barriquinha e os demais apetrechos no seu lugar.

O companheiro começou o fogo. Os cartuchos queimavam que era uma beleza.

— Não é de admirar o que aconteceu aqui com o amigo — filosofava Zica, palestrando, enquanto os dois novatos tomavam o café preto com pão. O maluco engolia com ruído. — A prisão — prosseguiu o outro — no primeiro momento, traz o desespero. O nosso sono mesmo é cheio de pesadelos.

O outro ocupante do cubículo, após haver "atendido" os recém-vindos, reclinou-se na sua cama. Antes porém procurou no seu "armário" papel e lápis. Recostou-se no travesseiro e pôs-se a escrever. Ele estava só de calção e tamancos. Mas mesmo assim continuava muito interessante.

— Vou contar essa entrada num poema. — Prometeu isso e se pôs imediatamente a escrever.

— É Leandro — informou Zica a Norberto, diante do ar de curiosidade manifestado por ele.

Dos outros cubículos vinha um sussurro. Sentiu-se por cima das suas cabeças um barulho de coisa que cai no chão. Risadas. Depois, uma voz pedindo silêncio. E um silêncio realmente.

— Às oito horas é o silêncio relativo. Ainda se pode falar. Falar baixo, naturalmente. Às dez começa o silêncio absoluto.

Zica prestava todas essas informações com um ar calmo e natural.

— Donde vêm vindo?

Norberto não sabia como responder. Não quis fazer alusão àquele passeio pelo interior do Rio Grande. Era melhor simplificar a coisa:

— De Florianópolis.

— Barrigas-verdes?

Norberto hesitou:

— Não, somos gaúchos...

— É o que eu pensava. Aliás o Cati fica no Rio Grande do Sul.

Começa o dia

Norberto acordou na manhã seguinte com uma enorme algazarra, acompanhada de um barulho de canecas batendo nas grades de ferro. Era a hora do "bromureto".

O "faxina" (um penitenciário da seção comum) trazia, escoltado pelo carcereiro, uma grande vasilha de lata, espécie de regador de jardim, sem o ralo. Insinuava o longo bico através as grades das portas e despejava nas canecas que lá de dentro lhe estendiam a afamada mistura. Outro faxina, atrás, vinha distribuindo o pão, que retirava de um saco.

Norberto espichava-se todo, contra a porta gradeada, para acompanhar aquela operação. Mas eles já desapareciam, seguindo adiante. Foi aí que, ao relancear os olhos prá um lado e outro, deu de cara, defronte, mas um pouco afastado, com os óculos redondos, muito grossos, do rapaz da véspera, um dos dois que haviam chegado do Maranhão. Cumprimentaram-se. À porta do mesmo cubículo apareceu então um sujeito magro, de camiseta já muito gasta, toda esburacada. Os cotovelos eram agudos, os ossos das clavículas salientes.

Tinha uma caneca cheia na mão.

— O louco do Cati está precisando de uma boa dose disto — e agitou a caneca; com o movimento, um pouco do líquido escuro e fumegante derramou. Norberto ouviu uma risada curta, que partia de lá. O rapaz do Maranhão tinha os óculos redondos assestados para ele.

Retirou-se da porta. O maluco acordava. Havia passado toda a noite encolhido, quieto, sobre a esteira nua. Tinham conseguido travesseiros com os amigos. Ao acordar, ele pusera de novo o olhar sonhador sobre um ponto. Naquele momento fitava a lâmpada, que ainda se achava acesa: àquela hora do dia, era uma luz muito branca.

Leandro já preparava o café. Ia recitando qualquer coisa, à meia-voz.

Sobre a tábua de Zica (a "mesa"), que fora colocada outra vez na cama, estavam as duas canecas de alumínio.

— Precisa-se reclamar as canecas deles — recomendou Leandro, completando aqueles arranjos domésticos.

Zica olhou primeiro prá Norberto. Depois encaminhou-se até a porta. Ficou de guarda. Norberto veio-se juntar a ele:

— É prá o guarda que se pede?

— Prá o "faxina" mesmo.

Zica pôs-se a falar prá os outros cubículos. Conversas. Por fim surgiu ao alcance deles alguém a quem puderam fazer o pedido. As canecas demoraram muito. Só vieram quando outra vez deu entrada o "regador" de novo carregado e o segundo saco de pão. Eram acompanhadas por duas colheres, das grandes. — Uma caneca de alumínio e uma colher: estava assim completado o "serviço de mesa" de cada preso. A caneca era ao mesmo tempo — xicrinha de cafezinho, taça de café grande, copo prá água e prato fundo prá sopa.

O "bromureto" corria o seu giro. Começara pela direita, parte térrea; subira pela escada em dois lanços, lá no fundo; percorrera as galerias superiores (todos os seus vinte e cinco cubículos estavam cheios; eram os primeiros, mesmo, que se ocupavam); finalmente descera, vinha pela esquerda. Já eles se achavam perto.

— Olha o café! — O "faxina" fazia o anúncio com uma voz de pregão, malandra.

Norberto preparou-se para receber a sua parte e a do maluco. Ao mesmo tempo Zica apanhava o pão:

— Pão prá quatro.

O faxina meteu a mão no saco; trouxe quatro pães pequenos presos nos longos dedos muito escuros, encardidos. Norberto, uma caneca em cada mão, ia receber o café:

— Não se bebe isso! — advertiu vivamente Leandro. E prá o faxina:

— Não se quer café aqui.

Os homens passaram.

Só uma vez, desde que caíra naquela prisão — rememorou ele prá os amigos — uma vez só se tinha servido do bromureto da casa. Precisava mesmo dum calmante então... Quando não lhe era possível ter o seu café, comia o pão. Aliás, arranjara outro substituto para o bromureto...

Zica sorria:

— E sempre com o mesmo sucesso?

— Está visto!

Norberto tinha um olhar que pedia uma explicação.

— Parece que misturam...

Leandro interrompeu o amigo:

— Não é café, não: tenho experiência comigo. É bromureto de cânfora.

Norberto ouvia incrédulo.

Não: de fato se acusava a direção da casa de servir no café dos presos uma mistura anafrodisíaca.

O poeta

A limpeza do cubículo cabia, naquele dia, a Zica. Norberto ofereceu-se. Mas os outros não consentiram:

— Aqui nós fazemos semana, como as mocinhas do tempo antigo — disse Leandro. — Você terá também a sua.

Começou a limpeza. O combate ao percevejo era o primeiro tempo. Queimava-se as camas: uma tocha de papel de jornal na mão, Zica percorria o lastro, os varões; demorava-se nos pontos que a experiência demonstrava ser o refúgio desses bichos. Depois passava ao colchão, — um saco mole, quase vazio, contendo como recheio apenas uma poeira de palha. Aí se empregava o fósforo. Mas ainda a luta não estava terminada: era preciso estendê-la ao seu último setor, — as paredes. Todos os buracos do reboco eram primeiro vistoriados, flambados, em seguida obturados com sabão. (Uma vez que esse escasseou, usou-se para isso miolo de pão previamente amolecido.)

Vinha a segunda parte da faxina: a lavagem da "louça", da pia, do *water closet*. Finalmente, a baldeação do chão. Depois desta última operação, o cubículo tinha um ar fresco, um cheiro de roupa lavada.

Zica já estava em meio da mortificante tarefa com os percevejos, quando se ouviu o barulho dum fiozinho d'água correndo.

— Está na hora. (Era Leandro chamando a atenção.) Zica voltou-se. Ergueu a cabeça procurando "acomodar" melhor o ouvido: um fio débil de água entrava com efeito na caixa de descarga do Vê-Cê.

Ele apressou-se. Num momento passava à faxina propriamente. — É que a água tinha as suas horas, como certas febres malignas, e era necessário aproveitá-la.

— As esteiras — recomendou Zica a Norberto — é melhor irem para cima. Na hora do banho de sol.

Os dois veteranos concorreram para a toalete caseira dos novatos, fornecendo-lhes calções.

— Infelizmente, só tenho disponível um casaco de pijama — lamentou Leandro, dirigindo-se a Norberto. — Será seu. O Louco do Cati fica só de calção. — E voltando-se para este:

— Para o companheiro não faz diferença...

Não, não fazia.

Os trajes foram guardados em cabides feitos com pequenos sarrafos. Depois de aí colocarem as roupas, cobriram tudo com folhas de jornal e dependuraram na parede.

Antes mesmo da hora, o Louco do Cati já estava preparado para o banho de sol no terraço: trazia um calção verde desbotado; pusera chapéu (o chapéu de Norberto, que lhe dobrava as orelhas para fora). — Mas parecia haver emagrecido ainda mais.

Todavia, tinha um certo ar de entusiasmo. Rondava a grade do cubículo, — numa impaciência de criança que se aprontou com grande antecedência para um passeio. Mas a coisa demorava. Já se ouvia um barulho de reclamação:

— Queremos o banho de sol!

Por fim, era um coro só — praticamente de duzentas vozes, numa sofreguidão ritmada:

— Que-re-mos-o-ba-nho-de-sol!... Que-re-mos-o-ba-nho-de-sol!...

O carcereiro veio com um ajudante abrir um por um os cubículos. Outro guarda subira pela escada em espiral que se prolongava até o teto. Pouco depois, dois tampos de ferro eram levantados, giravam nas charneiras e caíam lá em cima, sobre o terraço, num baque reboante. A turma, que deixava os cubículos, teve um grito de celebração. Começou a subida das escadas: da que vinha até as galerias, do parafuso negro que ia até o teto. Norberto não imaginou pudesse ser tanta gente. Todos seminus. — O Louco do Cati, carregando a sua esteira, encolheu-se, procurou uma proteção junto ao amigo.

Era um interminável bater de tamancos nos degraus de ferro (muito sonoros) das escadas.

Manhã sombria.

Pouca coisa se divisava dali. Apenas telhados. Longe — alguns morros, eriçados de casebres. Um ou outro edifício identificável. Bocas de ruas. Num dos lados, perto, entre outras construções, um sobrado de cinco ou seis andares, edificação antiga e monástica, sem gosto, o ar fantástico pela sua vetustez: era um dos pavilhões da Casa de Correção. "Talvez a capela..." — conjeturou Norberto.

Houve apresentações. Leandro fazia o introdutor. Saía-se com muita galhardia. Depois, começou o seu "exercício". Era um passeio — marcha ginástica — o busto erguido, o olhar em frente, tudo muito interessante.

O intervalo que ia entre o banho de sol e o almoço era muito grande. Pelo menos prá uma parte dos cubículos: aqueles que seriam servidos por último. No geral, o trabalho de trazer pilhas de pratos com comida, em caixões-bandejas à cabeça dos faxinas; depois voltar com pilhas de pratos vazios, para recomeçar várias vezes a operação, — tomava duas horas, duas horas e meia. — O almoço, certos dias, terminava às três horas da tarde. — O que representava enorme vantagem para os estômagos, que uma hora depois — às quatro,

quatro e meia — ainda não estavam em condições de aceitar fosse o que fosse daquela casa. Economizava-se o jantar, que vinha a essa hora. Se alguns apanhavam então o seu prato de comida, era para guardar. Às vezes sem uma finalidade muito definida.

Leandro, assim que retornou para o cubículo com os demais, começou o trabalho interrompido à noite anterior: o poema.

Interiorizava-se muito. Mas não tanto, de modo a esquecer que era necessário manter-se vigilante, para o caso de alguém poder estar olhando prá ele, admirativamente.

Escrevia recostado no travesseiro.

Às vezes ficava com o olhar pairando no ar. Depois de alguns instantes assim, caía de lápis sobre o papel, num mergulho, e escrevia febrilmente. Passava do meio-dia, quando recolheu de novo no armário as suas folhas de papel e o lápis. Estava nervoso, excitado. Um murmúrio rimado escapava-se-lhe dos lábios, perseveradamente.

A boia não vinha. Mas um dos faxinas já fizera a distribuição, aos cubículos, da laranja dos asilos e das penitenciárias. — Leandro comeu a sua.

Era de tarde. já havia terminado a sesta. Zica, no fundo do cubículo, sentado num caixão, lavava a roupa num balde. Estendia-a em cordas, que atravessava de parede a parede.

— Já veio a água?

Viera.

Começou então o banho. Por meio de cimento, havia-se construído no chão, prá os lados da pia, uma pequena "cerquinha" — um anteparo —. Dentro dessa encerra, um buraco no solo, rente à parede, ia alcançar o cano de esgoto da pia. — Era o caminho de evasão da água. Na torneira, em cima, adaptava-se um "cano", feito com meia dúzia de latas vazias de doce de coco, embutidas umas nas outras. A altura em que o cano deveria ficar, era regulada por um cordel que se fixava num prego na parede e que partia da sua extremidade livre. — Abria-se a torneira. A água era recolhida por aquilo. O sujeito baixava-se um pouco e recebia-a nas costas. — O sistema, inventado e aperfeiçoado depois de muitas tentativas, muitos fracassos, resolvera de forma singela o problema do banho de duzentos homens, nos cinco ou seis chuveiros do pavilhão, à mesma hora e invariavelmente sem água. — O Louco do Cati curvava-se muito (as suas costelas, a espinha, a crista dos ossos da bacia ficavam muito salientes), curvava-se muito, no cuidado de não ir de encontro à "instalação" e desconjuntá-la.

Leandro (vestia pijama, muito limpo; a tarde com efeito refrescara), Leandro aproximou-se (Zica e Norberto liam; o Louco do Cati estava sentado no chão, contra a parede, as mãos esfregando lentamente as canelas, — de baixo para cima, de cima para baixo).

O sujeito vinha comovido. Trazia o seu poema na mão. A pouca distância a vencer dentro daquele corredor estreito que era o cubículo, ele a percorreu num passo agitado. Quase tropeçou numa das unhas do pé do maluco. Teve de fazer um desvio, uma figura de tango. O homem desmanchava-se, desmanchava aquela aparência cuidada e regular. Até pálido estava (pálido ou muito lavado; era depois do banho).

— Quero que ouçam... (A voz tremia). Terminei agora mesmo. Acabo de fechá-lo. (Lembrou-se de qualquer coisa importante, e suspendeu-se.) Esperem! (Veio quase caindo — na comoção — até a porta do cubículo. Atirou a face contra a grade. Espiou para cima. Torceu-se muito. Mas alcançou: alcançou o grande relógio, um relógio redondo, elétrico, que ficava lá no alto, à entrada.) São cinco e trinta e cinco...

No relógio do Pavilhão! — Escreveu no pé do seu poema a data e a hora exatas. Depois, numa voz de sonho: — Este é o — Cubículo Catorze... (Escreveu isso também no papel). Em frente... (Interrompeu-se. Voltou atarantado para o lugar que primitivamente ocupava, junto da sua cama. Espiou qualquer coisa na parede, chegando-se muito perto, porque era curto de vista e teimava em não usar óculos). Em frente — prosseguiu — da imagem... Melhor: do ícone de... Já não se lê bem — explicou, noutro tom. — Mas não precisa: diante de um belo corpo desnudado de mulher! Em imagem, claro. (Anotou também essa última circunstância.)

Depois de haver assim mais ou menos situado no tempo e espaço a sua produção, passou a recitá-la.

É esta:

ALMAS PENADAS
(Sugestões do Cárcere)

Não se sabe quem foi. Nem sequer se foi Deus.
Ou se foi o Demônio Engenhoso e Magano.
Ou mesmo um Poeta triste e por isso com seus
Sorrisos de Comédia, entre divino e humano.

Não se sabe quem foi. Só se sabe que os Céus
Um dia se fecharam; que um profundo oceano
De fogo e de sofrer se abriu para esses réus.
— O Inferno, assim criado, entronizava o Insano.

Uma a uma, depois, vieram todas as almas.
— Almas sem esperança, ímpias almas penadas:
É do Fado amargar dores mudas e calmas.

Todas têm um sinal: são possessas, danadas.
Mas passam, sem ouvir o apupo ou as palmas...
— A tristeza que há nessas faces geladas!

— Que é que você acha desse camarada como poeta? — perguntou Norberto a Zica.
— É muito fecundo. Já tem uns mil e oitocentos versos, dos quais seiscentos publicados. Ele leva contado.

O amor

De cima, do terraço, por ocasião do banho de sol, Norberto observou o passeio das mulheres. Iam ao pátio delas à mesma hora. Era uma área estreita e comprida, que ficava do lado esquerdo do pavilhão, entre este e uma outra construção baixa. — O fundo do Catorze dava para essa área.

Lá de cima, debruçado na amurada do terraço, a cabeça protegida do sol por um turbante feito com a túnica do pijama, o lombo nu, — Norberto acompanhava o recreio das mulheres.

Geralmente não paravam. Iam de uma extremidade a outra daquele corredor comprido. Voltavam. Renovavam a manobra. Sempre conversando.

Às vezes davam a impressão de andarem discutindo. Sobretudo duas delas, — uma ruiva, magra (interessante), muitos gestos; outra baixa e morena, tipo nortista. Formavam um par obrigatório. Falavam com tudo que estivesse ao seu alcance e que serve para isso: mãos, cabeça, tudo. — E a coisa era tanto mais estranha, quanto sempre deviam estar juntas, — pois as mulheres habitavam um alojamento coletivo. Mas a impressão — a impressão que teve Norberto — é que deixavam os assuntos mais árduos para serem tratados àquela hora amena da manhã, à hora do sol.

A sua área era dividida de meio a meio, em todo o comprimento, pela sombra da construção baixa, que lhe ficava à esquerda. Norberto reparou que uma das mulheres, uma amazonense de cabelo liso, repartido no centro (uma cabeça original de índia), que ele já tivera oportunidade de ver outras ocasiões naquele caminhar ininterrupto; observou que, nesse dia, ficara todo o tempo recostada na parede, à sombra. Não guardava imobilidade: de vez em quando dobrava uma perna para trás, aplicava a sola do sapato contra a parede. Mas eram movimentos aparentemente inconscientes. Tinha — ou parecia ter — toda a atenção voltada, conjuntamente com a face, para qualquer outra coisa na sua frente, na parede do pavilhão. E pela altura, para um dos cubículos térreos.

Norberto inclinou-se o mais que pôde, mas não conseguiu ver muita coisa. Apenas, que aquela cabeça original de índia bonita conversava com alguém nalgum dos cubículos. E um cubículo perto do seu — ou no seu.

Esteve ainda por um tempo observando aquilo, e depois se afastou (doíam-lhe as costas, queimadas do sol). Resolveu dar também o seu passeio higiênico. O terraço era bem espaçoso. E depois, estava quase livre, pois a maioria dos presos formava grupos, rente à amurada. Discutiam baixo. Haviam, ao que parece, perdido o entusiasmo pelo sol: nada dos passos ginásticos, dos duelos de boxe, da ginástica respiratória e outros atos de ar livre, que aquele sol ali, o meteórico sol dos encarcerados, patrocinava. Só pareciam querer conversar, confabular. De tempos em tempos, um deles punha-se isolado dos companheiros, com a frente para o outro presídio, lá longe. Perto, só um ou dois presos, que pareciam confabular ainda e decidir. Depois começava uma linguagem morse por meio dos braços: — um braço no ar: ponto; dois braços: traço.

Norberto quis saber o que era aquilo. — "Estamos falando com a Capela". — Mas o interessante é que a Capela não era então aquele edifício ali, de ar lúgubre e monacal. Era o sobrado de dois andares, lá no fundo.

(Um silêncio nos vários grupos, cada vez que o guarda se aproximava.)

Norberto já havia feito várias voltas, no seu exercício, quando encontrou o poeta. Ele tinha de novo o seu ar superior e interessante. Mas não viu Zica, nem passeando, nem nos grupos. — O maluco, por uma das janelas que se abriam de cada lado da abóbada, olhava para baixo. Norberto acompanhou-lhe o olhar de sonâmbulo: era um poço aquilo.

Terminou a hora do sol. É o que o guarda está há minutos lembrando. Começa a descida pela escada em caracol. Para o poço de novo.

Quando chega ao cubículo, Norberto topa com Zica, que está muito tranquilamente sentado à sua cama, naquele ambiente fresco, repassando entre os dedos algumas cartas que retira de uma latinha quadrada.

— Não foi ao banho de sol?

— Não. (Zica fala-lhe sem mesmo levantar os olhos.) — Estive um pouco adoentado.

Continuou remexendo nas suas cartas.

— O que é que ele teve?

Zica dormia a sesta. O maluco também. Leandro catalogava alguns poemas, espalhados em vários cadernos. Não compreendeu bem, no princípio, a pergunta de Norberto.

— Ele disse que estava doente.

— Zica? — Leandro estranhou: — que que ele teve?

— Pois é o que eu não sei.

Decerto nada.

— Mas por que pergunta?

— Foi ele que me disse.

Leandro interrompeu o trabalho. Refletia. Depois:

— Ele foi ao banho de sol?

— Não...

Ah! Era isso...

Leandro sorriu. Retomou o seu serviço literário.

— *Almas Penadas*... (A sua voz tinha um tom de recitativo). — Serve prá um título de livro.

Estava com o seu poema na mão.

— Foi uma sugestão daquela entrada, a do Louco do Cati. Ele — possesso, e aquele fundo negro, — o fundo musical. A primeira sugestão foi a dum Demônio Vocalizador, recepcionando as suas vítimas. — E, meditativamente: — Talvez fosse um tema mais interessante...

Pensou. Juntou o seu poema aos demais. Levantou por fim a face, pôs os olhos no sono sereno de Zica:

— Ele decerto esteve pegado no namoro. — Meditou outra vez. E num ar o seu tanto melancólico:

— É de noite que o invejo...

Caiu outra vez um silêncio. O poeta na sua tarefa. O maluco, numa respiração igual, levantando serenamente o tórax, todo riscado de costelas. Zica — na sua mocidade fresca e despreocupada — dormia, o ar feminino de todos os grandes amorosos, — um dos braços roliços de atleta escapando da manguinha curta da camisa esporte e descrevendo um arco sobre o peito. Tudo tão natural. Nem parecia a prisão...

O jantar foi acolhido com uma algazarra violenta. Chegou-se a ouvir o barulho de objetos metálicos (as canecas talvez) batendo contra os ferros das grades. Mas tudo muito rápido. Leandro e Zica suspenderam-se um momento. Olharam-se. — E a vida do cubículo entrou outra vez na sua rotina.

Leandro ideara uma "chave" para a luz. Aguentara um dia aquela luz nos olhos, toda a noite. Aguentara mesmo uma semana, um mês. Mas, com o passar dos meses, a coisa, longe de acostumar, tornava-se insuportável. O recurso era tapar a lâmpada. Outros haviam inventado uma espécie de tampa. Era uma armação de sarrafinhos, revestidos dum pedaço de manta (a manta que cada preso recebe com a sua caneca e a sua colher). Parecia uma miniatura dessas "caixas" que caem sobre a cabeça do *ponto*, no teatro. Por meio de um cordel, caía sobre a lâmpada e tapava-a. Mas imperfeitamente.

Passou então a destorcer o bico. Todas as noites, escalando a cama de Zica (que ficava à frente, junto à porta) e um caixão sobre ela, equilibrava-se, de braço espichado, e destorcia. No dia seguinte ao vir à luz (quando não na mesma noite, para qualquer coisa imprevista), tinha de torcê-lo, pô-lo em ordem, para destorcê-lo outra vez à hora de apagar.

Começou a matutar num "comutador". E achara. Agora, mesmo da cama, podia acender e apagar a luz à vontade: — um pequeno sarrafinho adaptava-se fortemente à lâmpada (por meio de um fio de arame); duas cordas compridas (duas guias) eram atadas às duas pontas do sarrafinho e trazidas para baixo, contra a parede, até uma certa altura, onde passava cada uma por uma "argola" feita de um prego curvo; daí vinham as guias para um lado e outro da sua cabeceira; puxando a da direita, forçava o sarrafinho para baixo, o qual fazia girar o bico da lâmpada, dando contato e acendendo; puxando a da esquerda, destorcia e apagava. Magnífico. — Leandro lia assim até tarde. Tinha um ar sério e uma vaidade de "conforto", quando fechava o volume, repunha-o no armário e apagava a luz para dormir.

— Camarada engraçado.

Aquela noite, as suas mãos procuravam revistas já lidas e relidas, guardadas. As mãos tremiam. Folhava a revista sem método. De vez em quando os seus olhos se detinham nalguma página, numa gravura. Examinava-a detidamente (tanto quanto lhe permitia o seu nervosismo). Com a página aberta à sua frente, tirava-lhe por momentos o olhar e punha-o no ar, como Norberto lhe vira fazer quando "compunha". Mas voltava à revista, passava adiante, insatisfeito. Numa ocasião se ergueu, veio meter o nariz na "imagem" da parede, no tal corpo desnudo de mulher. Todavia, pela sua atitude, via-se que nada o contentava. As revistas eram ainda o seu único recurso:

— Quero ver se me excito — explicou ele a Norberto — com essas imagens eróticas... Tenho de ter um sonho essa noite...

E voltando às revistas, às gravuras, naquele seu preparo de sonho:

— Mas é uma miséria: tantas revistas da moda; tanta gente nua ou quase nua, claro; e nenhuma mulher do meu gênero.

Por fim, numa filosofia complacente, mas melancólica:

— Zica é que está bem servido.

(Referia-se à amazonense.)

O amigo teve um sorriso malandro:

— Eu? Com todas essas grades entre nós dois?... Estou preparando o terreno apenas... — E depôs um olhar, um olhar que sorria e sonhava, nas grades da janela do cubículo, — situada lá em cima, a dois metros mais ou menos do nível do solo, e por cujos vãos entrava um pouco da noite. Era na janela que ele se encarapitava para falar com a Jeni.

Leandro ainda ficou contemplando o seu olhar que sonhava e sorria. Depois:

— Vamos apagar a luz? Vamos dormir?

— Vamos.

"Capela! capela!"

Nílson já havia fulminado tudo aquilo com a sua experiência. Sabia bem por que é que elas entravam prá o movimento: era prá...
"— Você não pode dizer isso! Não se esqueça que a mulher do seu irmão também está aqui! Aguentando conosco!"
De modo que Nílson — sempre sombrio, sempre encolhido na sua cama, sempre "estudando" — era um inimigo da entrada das mulheres no que se chamava o "movimento". E decerto era também um inimigo do amor. Como era inimigo de outras coisas:
"— Este Zica é fotogênico..." Reconhecia pensativamente, olhando a fotografia clara e aberta do outro, quando o haviam levado ao Juizado. — E isso que a sua atitude serena, mas firme recebia a aprovação daquele puro. (Porque ele sempre ou estava aprovando ou reprovando a conduta — a "posição" — dos demais.)
Desde a véspera, desde a hora do banho de sol, que ele andava excitado. Fora dos que mais haviam confabulado. — Dali de dentro do cubículo, naquela manhã, Norberto, quadrando-se um pouco, podia vê-lo através das grades, num cubículo lá muito à esquerda, adiante do do maranhense de óculos grossos e redondos. Via-o discutindo, sentado na cama, os pés sob as nádegas, como os muçulmanos, uns lanhos roxos de ira sagrada na face magra e repuxada.
O banho de sol, nessa manhã, foi reclamado com mais barulho, mas em vão. Tinha sido cortado. Como haviam sido

cortadas as visitas. Os próprios embrulhos que semanalmente os presos recebiam das famílias (pelo menos os do Rio) eram entregues com demora e após sofrerem uma vistoria meticulosa, não habitual. Sentia-se um hálito novo, que se infiltrava em tudo, se impregnava em tudo; — um hálito de luta. Leandro e Zica mesmo estavam muito quietos, meio pálidos. Depois, muito delicadamente, chamaram Norberto e o Louco do Cati e puseram-se a lecioná-los sobre o modo de se defender dos gases. Eram regras pormenorizadas. Exigiam perguntas, explicações, figurações de exemplos. Os exemplos eram figurados por meio de traços de lápis numa folha de papel: aí se esquematizava a direção do vento, a posição deles; um ou outro dos dois casos: ataque com gases mais leves ou com gases mais pesados do que o ar. — O maluco metia muito o focinho no papel; não deixava quase ninguém ver.

Norberto nada observara antes, ou observara muito pouco. E, entretanto, tudo parecia disposto de modo completo. Era de admirar que, encerrados em cubículos, vendo-se apenas uma rápida hora por dia, sempre sob uma vigilância contínua, pudessem ter tomado tantas medidas, combinado um plano tão amadurecido.

— É necessária a adesão da Capela.

(A essa distância?... Não compreendia.)

— E a Capela ficou de aderir?

Leandro erguia os ombros. Mas Zica tinha uma convicção mais firme:

— Podemos contar com a Capela. Vocês vão ver.

À hora do jantar, ninguém pegou nos pratos. O maluco — esquecido das recomendações — quase ia apanhando o seu. Mas Norberto chegou a tempo de o impedir.

Reforçou-se a guarda. Os faxinas estavam mais diligentes. Tinham um ar de satisfação, — a satisfação da luta próxima. Um silêncio.

Depois, já noite fechada, o silêncio foi rompido com um chamado, um apelo, numa voz de estertor (a voz do homem-orangotango, encarapitado na janela do seu cubículo, falando para a noite):

— Capela! Alô! Alô! Capela!

Tudo como antes

Norberto não se descuidara. Por meio das visitas dos outros (quando eles ainda recebiam visitas), dos que deixavam o presídio, por intermédio dos faxinas, estendera a sua trama. Um dia mesmo foi chamado à central. Ficou lá mais de vinte e quatro horas. Tinha voltado satisfeito. Cavara.

A sua saída deu-se alguns dias depois. Mas com uma etapa — a Carceragem. Tinha havido remoção de presos para lá, depois *daquilo*. Norberto (não se sabia se por engano) fora metido no porão também. Mas só por pouco tempo.

Uma manhã, sem gravata e sem cinto (não importava!) deixava a Carceragem — e a prisão.

O cubículo Catorze levava a vida de sempre, embora o namoro na janela não se tivesse ainda restabelecido. Os faxinas, cada dia, traziam uma novidade. Novidade que agora era sussurrada com outra precaução, desde que um deles fora "punido" (retirado dum serviço disputadíssimo como aquele, e metido uns dias numa cela, sob a acusação de manter inteligência com os presos do pavilhão).

Um dos boatos mais simpáticos era que seriam de novo concedidas visitas. Com as "visitas" e os embrulhos que elas sempre carregam, conjuravam-se vários outros inconvenientes. O cigarro, por exemplo, que estava escasseando muito. Em certos cubículos, já se fumava "em roda": passando um cigarro de boca em boca, como chimarrão.

***

Um dia, foi a promessa formal de que teriam banho de sol. Pouco antes da hora, começou o velho ritmo:

— Que-re-mos-o-ba-nho-de-sol!

Novamente o Louco do Cati subia com a sua esteira, enrolada. O calção verde já fora lavado várias vezes (estava mais puído e mais desmaiado). De Norberto herdara o casaco de pijama.

Uma vez lá em cima, todos se movimentavam, — desenferrujavam-se. Ele andava também, é claro: sozinho, incerto. Depois cansava. Sentava-se então numa das janelas da abóbada, — todo atraído pela profundidade daquele "poço".

Gente vivendo

O professor da universidade

O professor Castel era encontrado todas as sextas-feiras no serviço da Clínica. Nesses dias, ele e os assistentes davam consulta geral. Havia sempre muita gente. Norberto já uma vez estivera aí (logo depois da sua libertação).

O serviço estava instalado num edifício de estilo colonial, no fundo de um pequeno jardim. Parecia uma residência. Como era na Clínica que o professor Castel exercia a cátedra, havia também um anfiteatro, — que ocupava a parte central do pavilhão, a igual distância das seções de homens e de mulheres. — Era no anfiteatro que funcionava o ambulatório.

No dia de consulta para o público, trazia-se uma mesa de exame para o espaço compreendido entre o estrado (que recebia a mesa do catedrático) e as bancadas. Nestas sentava-se o corpo clínico, sempre numeroso: — a "escola". Com o professor ficava um ou dois assistentes, manobrando — manipulando — o doente. Enfermeiros. Às vezes pessoas da família do paciente, — invariavelmente de pé, afastadas, a face triste, as mãos ocupadas com as peças de roupa que ele ia despindo e não atinava onde largar.

A porta que dava para o hall no geral não se fechava.

Norberto chegou e foi entrando. Avançou até o anfiteatro. As primeiras filas de bancadas estavam ocupadas. Os espectadores tinham uma completa indiferença para tudo que não fosse o doente que o professor remexia embaixo. Nem o viram aproximar-se. O doente era um sujeito magro, encurvado, o queixo meio pendente, a cabeça insegura. Ele quis ver quem entrava. Tentou dirigir o olhar para os lados de Norberto: a cabeça descreveu uma série de movimentos parciais, incompletos, que nem chegavam a inteirar um quarto de círculo. Os seus olhos parados ficaram contemplando o recém-chegado. Uma mosca pousara numa de suas pálpebras. O homem ou não dava por ela ou não tinha forças para afugentá-la. A mulher (que o acompanhava) avançou um passo. Abanou uma peça de roupa junto à face do doente.

— Que é? — O professor Castel interrompeu bruscamente a exposição que fazia ao auditório.

A mulher explicou qualquer coisa. Ele não ficou entendendo muito bem. Mas já havia retomado a preleção:

— Assim, o "sistema" que indiquei aqui no esquema do quadro-negro pela letra "A" não é o que está em causa. (Realmente, o quadro-negro, colocado ali perto, apresentava uma figura a giz, um corpo humano, todo riscado com traços de várias cores.) — Nem o sistema "B". (O professor, munido dum giz branco, ia eliminando, com um risco o seu tanto oblíquo, todos os "sistemas" coloridos não interessados.) — Não é também o complexo "X-Y-Z".

Nessa altura, não havia mais ali no quadro nenhum "sistema" que pudesse estar comprometido. Largou o giz, bateu levemente as mãos para tirar-lhes um pouco daquela poeira branca. Afagou indiferentemente o ombro ossudo do pobre-diabo, enquanto concluía, voltado para a assistência:

— Não tem nada, em suma.

Ao circunvagar o olhar, para receber o aplauso da "escola", muito visível na expressão fisionômica de cada um, esbarrou com a cara de Norberto. Este era um leigo e, portanto, estranho à influência da sua "magia". Não compreenderia toda a extensão das suas conclusões — conclusões negativas — sobre o caso, um caso grave. Assim, voltou-se para ele e inteirou-o com uma palavra compungida, já não de professor, mas de homem também sensível:

— Incurável.

— E sem nenhuma daquelas doenças? (O olhar de Norberto pousou na figura do quadro-negro.)

— Sem doença nenhuma.

— Já falei.

O professor era muito cortês. Levara Norberto para um canto afastado. O doente, as pernas bambas, pendulando à beira da mesa, vestia-se auxiliado pela mulher. A "escola" comentava, corrigia as suas notas.

— *Eles* (e o professor teve um gesto de cabeça indicando qualquer coisa fora, longe), eles hoje estão construindo também a sua "teoria", sobre o caso.

— Teoria?

O professor Castel confirmou com a cabeça.

— Acham de duas uma: ou trata-se dum rapto... (Norberto não compreendia; tinha um olhar redondo). Ou um rapto, tendo o senhor se apropriado desse maluco, o Louco do Cati — não é assim que o chamam?... — tendo-o coagido a acompanhá-lo... (O professor não reproduzia bem as palavras da polícia). — Um rapto, em resumo! — concluiu, numa voz visivelmente irritada.

— E a outra hipótese?

— Ah! Sim. Ou então, que o senhor apossou-se dele com o fim de despistar a polícia, arranjando uma companhia "natural", insuspeita, a companhia de um pobre louco.

Norberto sorriu:

— Ainda bem que acertei com o gênero de amizades permitido pela polícia...

O professor também sorria, — mas por educação.

Pausa. Depois Norberto:

— Quer dizer então que a coisa assim está fácil: reconhece-se a inocência dele.

— Sim.

— Posso esperar a sua liberdade...

— Pode — assegurou o professor. E depois de refletir: — Mas, o senhor, talvez seja melhor se cuidar.

— Muito obrigado. Mas não há perigo.

Novo silêncio.

Norberto:

— Devo procurar o professor ainda uma vez? prá lembrar? Não! Estava tudo arranjado.

Castel teve um sorriso polido, ao mesmo tempo que lhe estendia a mão:

— Só prá nos vermos. — Apertou cordialmente a mão do outro.

— Prá agradecer mais este grande serviço — emendou Norberto, também gentil.

Castel esboçou uma reprovação frouxa, com um gesto, todo lisonjeado, da sua bela cabeça de professor da universidade.

Em liberdade

"— Não… (Norberto refletia, concluía). Não há mais 'perigo'." Contudo, a "tática" era, agora, a aproximação com aquele mundo, pelo menos com o professor Castel.

Demais, com um clima daqueles e numa cidade como o Rio, que encanto — uma roupa nova! limpa! (Porque a Carceragem acabara por esmolambá-lo). — Mas às vezes achava excessivo o preço de cento e sessenta e dois mil-réis (Para que o quebrado?) que dera pela roupa na "Nacional". (*Sob medida. Em Vinte e Quatro horas!*) — O anúncio era verdadeiro.

O Louco do Cati estava por ser posto em liberdade. Norberto não queria informar-se em pessoa. Nem ficava bem estar rondando o presídio. Depois, pouco adiantava. Às vezes eram metidos num "tintureiro", fechado, levados à Central e daí postos na rua.

Devia esperar.

Mas, uma vez na rua, sozinho, onde o maluco iria parar? — Era preciso estar acompanhando o seu caso. Era o que ia fazer.

Num dia de visita aos presos, Norberto lá se apresentou, com o seu cartão, fornecido pela polícia. Esteve com o companheiro. Falou-lhe. Instruiu-o. — Mas, à noite da sua saída, em companhia de mais dois (um engenheiro e um bacharel), se esqueceu das recomendações. Foi conduzido pelos outros a um pequeno hotel do Flamengo. Era tarde.

— Eu já estive morando nesse hotel — argumentava o bacharel. — Hão de se lembrar de mim. Tenho certeza de que nos arranjam acomodações.

Mas o hotel havia passado de gerente (parecia que até de proprietário). Ninguém o reconheceu.

— Os nomes?

O gerente estava com sono. Era no pequeno hall, defronte da porta de entrada, no fundo. Tomou nota dos nomes.

— Procedência?

Estavam-se enchendo os cartões para a polícia.

"— Da Detenção" — ia dizer o maluco, que "a Casa" ainda assombrava, como um espetro que nos intimida, mas nos prende na sua volúpia.

— Do Rio! — retificou prontamente o bacharel.

O gerente passou-lhes de alto a baixo o olhar. Suspendeu-se. Desconfiou. Mas depois de um momento registrou a procedência, dizendo alto, à medida que escrevia:

— Do Rio... de... Janeiro... não é isso?

Acomodaram-se aí. Seria só por uma noite. Depois, se dispersariam.

Foi na Avenida, só no dia seguinte à tarde, que Norberto se encontrou fortuitamente com o bacharel. Abraços. (Haviam-se visto na prisão.)

— Ele tinha a sua diária paga até o meio-dia — informava-lhe o outro. — Duas meias diárias; foi o que combinamos com o gerente. Deve ter deixado o hotel a essa hora.

E a uma outra pergunta:

— Não: não disse nada a ninguém o destino que tomaria. Aliás, ele pouco fala.

— Muito pouco.

Norberto respondia por delicadeza. Estava ansioso por se descartar do bacharel.
— Pois muito obrigado!
— De nada.
— Até logo.
— Até mais ver.

Já havia saído do hotel. Não dissera prá onde.
— Obrigado, até logo.
— Às ordens.

Chegava rapidamente a noite sem crepúsculo do Rio. Nada do maluco. Sem saber por quê, Norberto se pôs a recordar a fuga do homem praquele matinho lá, lá longe em Palmares... A noite trágica que deveria ter passado na véspera, quando todos dormiam no *Borboleta*, e era só ele a vagar, com a sua loucura...

Olha onde estava ele!

Norberto reconhecera o chapéu (um chapéu de uma forma diferente, comprado em Montevidéu). O homem metia o focinho nas frestas dum tapume que havia numa "construção". Não se soube o que é que queria espiar.

Vida nova

Num café da Praça Tiradentes (para os lados do *Recreio*) Norberto e o companheiro encontravam-se sempre com um rapaz de Alagoas, boca muito grande, bengala, ar de pessoa estabilizada. Mas não era. Chamava-se Lopo. Vivia num quarto no Catete. Era um sobradinho. A dona da casa dormia embaixo, na sala, à esquerda da porta de entrada. Dali fiscalizava tudo. Ele comia fora, — quando comia.

No café, depunha cuidadosamente os jornais (tinha sempre um maço de jornais) sobre uma cadeira, a seu lado. A bengala ia por cima dos jornais. Ou então ficava nas mãos, servindo de apoio. Não tirava o chapéu armado. Às vezes cumprimentava. Cumprimentos sérios. Norberto acompanhava com o olhar: no geral eram pessoas que tinham também o mesmo ar estabilizado.

— Arranja-se.

Lopo fazia a sua afirmativa com convicção.

(Era uma roupa para o Louco do Cati.)

— Não digo um terno, quer dizer: casaco e calça da mesma fazenda. Isto é mais difícil. Mas um casaco e uma calça diferentes — arranja-se. Aliás, eu mesmo não uso terno.

Não usava: o casaco era um jaquetão escuro; a calça duma outra cor, mais clara. — E ficava bem.

Norberto já lhe havia informado... (Não havia?...)

— O quê?

Que estava curto de dinheiro...

Ah! já havia.
Mas ele esperava não terem de desembolsar coisa alguma.
— Isso é que era formidável.
Tinha um plano. (Norberto curvou-se um pouco.) Era por intermédio de um conterrâneo, um alagoano como ele. — Porque havia negociações para levarem-no como prefeito de uma pequena cidade do seu Estado. Esperava conseguir uma apresentação do conterrâneo para o alfaiate. Norberto, a essa altura, quis saber qual era o homem. Mas não o alagoano: o alfaiate.
Não se devia preocupar, respondeu-lhe Lopo: deixasse isso com ele.
Tomou-se outro café.
Lopo perguntou-lhe, depois de haver cuidadosamente limpado os lábios com o lenço:
— Onde é que estão morando?
Norberto disse-lhe. Era numa pensão. Mas estava saindo caro.
— Precisam morar comigo.

Aquela noite já iam dormir no quarto de Lopo.
Passava da meia-noite. Hora perigosa, como observou o dono do quarto, ao chegarem à frente da casa: essas velhas têm o sono muito leve depois da meia-noite.
Lopo girou a chave com muito cuidado.
Entraram. Já estava tudo combinado: regulariam o passo nos degraus, de modo que parecessem um só, — o do dono do quarto, a recolher-se (Lopo abria os olhos, a fisionomia, os braços, expondo para os outros aquele plano tão natural). — Mas o maluco atrapalhou-se. Não ritmou bem o trancão. Houve um momento em que se ouviu um passo suplementar. Suspensão! Mas nada de maior, felizmente.
O sistema passou a funcionar por algum tempo e muito bem.

Uma pena. Uma pena mesmo. Porque é sempre o casaco que dá mais na vista. Um casaco novo vale por um traje novo. E só se pudera arranjar uma calça... Lopo também estava aborrecido — podia-se acreditar. A culpa não fora dele. A culpa parece que se repartia entre o alfaiate e o tal de alagoano.

— Agora... o casaco dele não está muito surrado, não. — Norberto examinava a roupa do outro. Ele se achava só de cueca, sentado à beira da cama de Lopo, as mãos mergulhadas no meio das pernas, o dorso curvo.

— Está tremendo? — indagou-lhe Norberto, retirando por momentos os olhos do paletó que tinha na mão. (O outro fez que não.) Depois, segurando o casaco pela gola, lançando-o e contemplando-o meio de longe, Norberto considerou:

— Não está mau. Vamos escovar isso. Vai botando as calças.

Lopo ergueu-se da sua cadeira. Veio ajudar.

O Louco do Cati foi vestido convenientemente. Norberto pôs-lhe o chapéu na cabeça. Ao mesmo tempo ia dizendo para o dono da casa, que estava um pouco atrás:

— Ele tinha um chapéu como o seu. Copa alta. Chapéu armado.

Lopo *fez* que havia ouvido, fechando pesadamente as pálpebras.

Iam à casa do professor Castel.

— Temos de aguardar um momento — disse o dono do quarto, fazendo-lhes com a mão o gesto de esperarem, e encaminhou-se para o corredor. Ia entender-se com a criada. Ela é que lhe dava os avisos.

— A velha já anda desconfiada — informou, ao voltar. — Mas não tem importância. — E depois de um momento:

— Já pensei que ela pode nos esperar à noite, atrás da sua porta, e surpreender a entrada de nós três. Por isso imaginei este plano: eu durmo de noite, — chego sozinho; vocês dormem de dia, — vêm me visitar. As visitas não são proibidas. E além disso ganham uma cama.

Ótimo.

Naquela semana iniciou-se esse novo método.

O professor Castel estava à espera deles. Tinha falado do maluco para a criada. Alguma recomendação (talvez para tranquilizá-la). Fez a coisa com a sua pressa habitual. Pressa muito precisa, sem dúvida. Era talvez a única desvantagem daquela doença da esposa: até certo ponto ele era também "dona" de casa.

— Mesmo o outro maluco, o do Cati. Faça entrar. Faça entrar os dois.

— Sim senhor.

A empregada havia recebido ordens de não deixar entrar naquela casa senão doutores. Assim, logo que os dois amigos se apresentaram, ela os mandou passar, com as palavras rituais:

— Passe, doutor. (Norberto ia na frente). — Passe, dr. Cati.

A surda

O professor fora habitar uma casa recém-construída num dos bairros há pouco conquistados ao mar. Ficava bem sobre a água. Do terraço, principalmente àquela hora (anoitecer), era uma beleza: primeiro a enseada, ainda brincando com várias cores (as cores do céu); depois o casario de Botafogo; e tudo isso fechado pela montanha. — A família do professor costumava comparar aquilo a uma paisagem da Suíça, — um lago encravado nos montes. Só faltava a neve.

Norberto conheceu aí um dos assistentes de Castel, quase da mesma idade do professor (um amigo): o dr. Lourenço Marques.

Um dia, Norberto e o companheiro saíram com ele. Não morava muito longe dali. Foram seguindo a pé, conversando.

— Cati... — considerava ele, referindo-se ao maluco. — Alguma família do Norte?

— Não...

(Norberto respondia de modo ambíguo.)

— Somos gaúchos.

— Ah!

Pausa. A cidade iluminou-se. Os pontos da luz elétrica pareciam mais brancos, quase lívidos, na meia-claridade do crepúsculo. A baía ficou toda alfinetada de luzes, algumas retorcidas, onduladas, — dos arrepios da água.

Depois falaram sobre madame Castel.

— Viu como é surda? — perguntou o dr. Lourenço Marques. E após considerar a coisa: — É muito surda.

Norberto nada dizia. Mas tinha uma atitude de interesse, de atenção.

— Ainda há pouco, tivemos um jantar aí. Castel e nós não precisávamos nos cuidar. Saiu até (você sabe o que são homens), saiu até... pornografia. Nós ríamos. Castel dava-lhe tapinhas no queixo (ela estava muito curiosa). Mas não escutava nada. — E terminou a história com a sua reflexão:

— É muito surda.

Norberto ainda não tinha o que dizer. Pensava em madame. Via-a, muito frágil (era moça ainda), o cabelo dum castanho fofo. Ela tinha um hábito galante, contraído com a enfermidade: encostava-se toda no interlocutor; colava a orelha muito fresca, a sua face macia nos lábios do outro. A primeira vez que lhe vira fazer isso, havia sido justamente com esse dr. Lourenço Marques. — Bela mulher...

— Não têm filhos?

— Não... — O dr. Lourenço Marques parecia querer acrescentar qualquer coisa. Mas nada mais disse.

Norberto tinha agora um motivo real para vir seguido à casa do professor Castel: era a doença deste. Vinha com o Louco do Cati.

O companheiro ficava quieto no seu lugar. Só esse lugar é que variara. Começou por ser metido na sala. Mas — com o afluxo das visitas — aquela figura atrapalhava. Haviam-no transferido, então, para uma banqueta, no terraço. Todavia, agora que as visitas estavam interditadas e a sala constituía o lugar mais deserto da casa, ele voltara a ter o seu lugar ali. — Norberto entrava para o pequeno gabinete. Chegara mesmo ao quarto do doente. Oferecera-se e era utilizado. Prestou muito serviço.

— Não imagina como *ele* se interessou pela sua liberdade e pela liberdade de Cati — dizia-lhe madame, um dia, sentados no gabinete, ela fumando um cigarro atrás do outro.

O professor não melhorava como era de desejar. O dr. Lourenço Marques pedira mesmo uma conferência com o médico mais em voga no Rio nessa ocasião.

Norberto ergueu as sobrancelhas.

— Ele não vai fazer mais do que eu. Posso até dizer que nada adiantará a vinda dele aqui. Não é um caso da sua especialidade. É antes da minha.

— Mas então, doutor?...

O dr. Lourenço Marques baixou a voz.

— Eu já compartilho de uma dupla intimidade: na casa e na clínica... — Parou. Refletiu. Depois:

— Faço questão de dividir as responsabilidades. É melhor assim.

Norberto arriscou:

— Ele está grave...

— Não! (O médico levantou-lhe um olhar de tranquilização.) Ele, não. Mas o caso era grave.

— Compreendo...

O quarto do doente, apesar de se conservar aberto, aberto para o mar, estava quente naquele dia terrível.

O calor não podia-se manter por muito tempo (já se estava quase no outono).

— Talvez chuva... (Pelo menos no Sul era assim, assegurava Norberto).

— A época das chuvas já passou — observou o dr. Lourenço Marques, olhando para o "tempo" (estavam no terraço). — Agora vem um longo período em que não há nem calor, nem chuva, nem vento. Principalmente o vento me fez muita falta nos meus primeiros tempos aqui. Eu havia chegado mais ou menos por esta época: maio, junho...

Norberto quis saber delicadamente — o doutor donde era.

— Do Norte. Do Pará.

Pausa.

— O professor Castel é daqui mesmo?

Sim. Madame queria-lhe parecer que não... — Não sabia ao certo. Mas tinha a ideia de que pertencia a uma família do Estado do Rio. Ou de Minas.

— O pai era engenheiro. Teve o seu nome ligado a muita coisa desse Brasil dos começos da República.

— Sim...

A palestra afrouxou de novo.

Momentos mais tarde, o médico:

— Do Sul é que são, diz você?

Eles?... Sim: eram do Rio Grande.

Nova pausa, meditativa.

— Mas *Cati* não é nome...

— Não, não é o nome dele — esclareceu Norberto. (Aquele embuste involuntário não podia prosseguir).

— Percebo — justificou o médico: — é um diminutivo, uma abreviatura de gracinha, que se põe nas pessoas em casa... Ele talvez mesmo se chame Catarino...

Mas Norberto duvidava.

— Hoje fica um colega aqui — adiantou o médico, mudando de assunto.

— Ele tem piorado...

— Está-se agravando dia a dia...

Norberto quis fazer uma pergunta. Mas um tabu antigo deteve-o.

Aquele calor não era natural, não. Nem mesmo no Rio.

À noite, Norberto e o maluco encontraram Lopo num dos seus lugares habituais. Havia-se agravado muito o estado do Castel; Norberto fizera o propósito de passar a noite lá.

Os amigos já não moravam juntos.

Falou-se em negócios. A prefeitura estava por sair, sabia? Mas uma de São Paulo:

— Na zona do oeste.

— E você vai aceitar? — Norberto interrogava o homem sem mesmo levantar os olhos do pão que cortava e rebocava de manteiga. O Louco do Cati sorvia a sua média com uma sofreguidão muda, canina.

— Tenho de aceitar.

— E prá quando é isso?

Breve.

— Por todo esse ano?

— Talvez dentro dum mês.

Melhor então.

— É o que parece.

— Mas o que é que você quer?

(O que ele queria era não sair do Rio. Não confessava: sabia-se.)

Norberto acabou o café. A palestra tinha ficado assim.

— Espere. Eu vou telefonar. (Telefonar prá casa do professor. Ficava gente lá. A noite estava pavorosa de abafada. Talvez fosse mais útil noutro dia).

Depois de muito tempo fez a ligação. Era isso. Iria passar a outra noite. Desligou.

— Estou com vontade de caminhar.

Saíram.

Entardecer. Madame não chegava nem ao terço do cigarro: logo pegava outro. A sala — todos se haviam reunido na sala — já estava leitosa, de fumaça.

O dr. Lourenço Marques falava. Falava no seu ouvido. Mas não queria gritar. Ela compreendia muita coisa, a face pálida, colada à boca do outro. Mas o médico, mesmo falando com ela, se dirigia muitas vezes para um dos outros dois colegas, ali de pé, no grupo. E só ele falava. Os outros conservavam-se sérios.

Num dado momento um deles emitiu uma opinião. (Estava atemorizado.) Dirigia-se a Lourenço Marques. Este teve um movimento rápido, de interrupção. O outro ficou interditado, o olhar de susto, como têm as crianças pegadas em flagrante. — Mas madame interceptara aquele relâmpago:

— Que é que ele disse?

Lourenço Marques escusava-se...

— Que foi que disse?

Era um pedido instante. Não havia outro remédio. O amigo começou a falar-lhe no ouvido. Ela retirava as mechas de cabelo da orelha, para ouvir melhor.

— Não escuto.

Lourenço Marques teve um olhar para os outros, um olhar de dificuldade, — intransponível.

— Que é que ele estava dizendo? (Era só o que ela perguntava.)

O médico levantou então a voz. Ela virou-se para um lado. (Norberto viu-lhe o olhar.) Num movimento brusco tomou de cima duma mesinha uma lâmina delgada, flexível, escura, que meteu entre os dentes, onde ficou vibrando. — O dr. Lourenço Marques, curvando-se um pouco, despejou aí a notícia. Viam-se os dentes brancos de madame.

Essa noite, no café, Norberto encontrou-se com um homem, — que lhe falou numa mina.

(E o caso é que o professor Castel estava paralítico.)

O Rio — cidade igual às outras

O ponto de vista de Norberto cada vez ficava mais inabalável. Os argumentos contrários só serviam para robustecer a sua tese.

— Eles podem dizer que vocês se dirigiam para cá... — aventurou o amigo. (A discussão era com Lopo, numa mesa daquele café à Praça Tiradentes).

— Mas não é exato. Nós tínhamos passagem até Florianópolis, só. E pensando bem — acrescentou Norberto, depois de uma reflexão — a polícia ainda tem de devolver o valor das passagens de Araranguá a Florianópolis. Não é direito que haja corrido por nossa conta uma viagem que faríamos noutras condições.

— Noutro meio de transporte (num ônibus mais confortável)... — insinuou Lopo.

— Não: o ônibus era o mesmo.

— Mas mesmo assim... — concordou o outro.

— Lógico.

Pausa.

— Mas ela pode dizer então que vocês vinham até Florianópolis — martelava delicadamente o amigo.

— Pode! (Norberto arredondava-lhe o olho).

Lopo triunfava educadamente:

Estava vendo?

— Pois que mandem colocar o Louco do Cati em Florianópolis então! Eu por mim — concluiu num tom mais acomodado — vou ficando no Rio. Mas ele, ele eu quero que volte prá Porto Alegre.

Falar na polícia não era difícil — observou Lopo. — A questão era conduzi-la à concessão daquele favor. Só talvez metendo um pistolão... Talvez o seu conterrâneo...

— É uma pena a doença do Castel... — lamentou pensativamente Norberto.

Silêncio.

— Vamos nós os dois, naturalmente... — meio consultou Lopo.

Sim: os dois. Norberto não queria aparecer muito por ali; por isso não os acompanhava.

O Rio começava a ter aquele inverno vaticinado por Lourenço Marques: nem chuva nem vento. Os costumes também sofriam com a passagem do tempo: cuspia-se demais. Cada vez — Norberto observara nos seus passeios de lá prá cá, daqui prá lá, ao longo da Avenida — cada vez crescia o número daqueles que falam sozinhos. Nasciam aspectos inéditos. Por exemplo: estava-se muito afanosamente criando uma "mentalidade de máquina". (Considerava-se um rudimento o fato de já ter a de automóvel.) Topavam-se figuras vulgares: o estrangeiro que fala com a gente puxando um dicionário do bolso. Certas delicadezas de opinião: o petardo lançado no viaduto e que matara dezenove pessoas (muitas das quais — crianças) não tinha o alcance trágico dos grandes recursos terroristas: era uma "bomba de amador" (é coisa técnica). Não há bilheteiros (vantagem incalculável!): são todos "cambistas". Homens que trazem ou o corte do cabelo ou o talhe da manga de uma maneira não usada pelos outros: — estão ocultando qualquer *coisa* física. Maneiras práticas de designar com precisão certos momentos do tempo: "— A que horas diz você?" "— À meia-noite." "— Você sabe que eu sou muito ocupado." "— Sei."

"— Mas a que horas, mesmo?" "— À meia-noite." "— Ah! A essa hora — deixe ver — a essa hora você me encontra... (E num tom vivo, de informação segura): — Me encontra bêbedo, no Casino!"

Tudo isso estava visto. O Rio era agora uma cidade como as outras.

Três almoços

Para Lopo não havia "démarche" incômoda: ele aparecia sempre muito alinhado. A bengala, quando devia largar nalguma parte, era com muita delicadeza que a descansava, — sem precisar espetar na cara de ninguém, como no tempo antigo (no tempo das bengalas). — De modo que era igualmente agradável tratar com um indivíduo assim.

O alto funcionário da polícia a quem se dirigiu, ainda não era o sujeito mais altamente colocado na escala burocrática. Daí o não poder decidir ali na hora. Tinha de consultar seu superior. Eles deviam aparecer no dia seguinte.

— Ele pensa voltar por mar? — perguntou o funcionário.

Lopo julgava que sim. Aliás, por qualquer via.

— Eu quero por terra.

Aquela voz soou no gabinete com um tom estranho, subterrâneo.

Os dois fitaram o maluco. Ele não tinha nenhum outro desejo a exprimir. Assumira outra vez o ar indiferente.

O funcionário da polícia fez ver a Lopo que a coisa assim ainda ficava mais difícil. Mas ele ia-se interessar. Aparecessem no dia seguinte.

— Eu não imagino por que esse capricho de não querer voltar por mar — comentava Norberto, quando Lopo o punha ao corrente da "démarche".

— Ele talvez enjoe…

— Claro que enjoa. Mas não é razão... Não atino com o que possa ser.

Lopo e o maluco voltaram no outro dia à repartição policial. O funcionário informou:

— Não se conseguiu senão uma passagem até a estação do Norte.

(São Paulo.)

Lopo procurava visualizar a coisa. Até São Paulo... Ele também devia seguir até a capital paulista por aqueles dias...

Servia!

Bem: então era agora ir procurar a requisição para a Central.

— Onde? Aqui mesmo?

Ali mesmo: no dia seguinte.

Norberto (que os esperava no café) começou por implicar com aquele refrão: "No dia seguinte".

Mas tinha de ser assim — ponderava o outro:

— Você não imagina como qualquer coisa é importante com a administração.

Se imaginava...

De São Paulo ao Rio Grande abandonava-se o maluco!...

— Você tem conhecidos em São Paulo? — perguntou-lhe Norberto, interrompendo as suas observações.

Ele fez que "não", com uma enorme lentidão da cabeça, enquanto os olhos estavam mergulhados longe, na praça, — àquela hora muito movimentada com as pessoas que procuravam os bondes (era quase meio-dia).

— Você sabe que eu tenho um dia de fazer essa viagem a São Paulo — ia dizendo Lopo a Norberto. — Aproveito e vou com ele agora. Tem ele assim uma companhia.

Norberto pensou um pouco. E a seguir:

— Pode-se ajudar ele com alguma coisa, prá deixar São Paulo...

— Nem resta dúvida! Eu em São Paulo me encarrego de meter o nosso amigo (e Lopo voltou-lhe um sorriso de animação, como se faz com as crianças que se acompanha até o bonde), de meter este aqui no trem prá o Rio Grande (e bateu-lhe educadamente no ombro). Deixe por minha conta. (Sorriu de novo para o maluco, um sorriso que queria infundir uma confiança. — Mas ele não estava prestando atenção).

Norberto mantinha-se preocupado. Lopo calou-se. Olhava em torno. (Movia a cabeça com muita cautela. O chapéu — sempre impecavelmente armado).

Norberto olhou o relógio.

— Foi aqui que ele ficou de nos procurar?

Lopo respondeu que sim com a cabeça. O chapéu tinha um movimento de navio: — de proa a popa.

Esperavam um sujeito — um amigo de Lopo, apresentado há pouco a Norberto. Iam almoçar todos juntos na pensão desse indivíduo, — que por sinal também era Lopo (mas não se assinava). Tornara-se conhecido por esses dois nomes apenas: Adroaldo Marinho. Nem eram parentes.

Norberto mostrava uma certa impaciência.

— Ele não faltará — assegurou-lhe o amigo. — Conheço Marinho há muito tempo. Muito meticuloso.

Ainda bem. Isso já era uma virtude.

— Onde é que ele come?

— Numa pensão da rua Senador Dantas.

Silêncio.

Norberto, despertando: — Não é ele — aquele ali?

— Onde?

— Ali no balcão!...

Era! Era Adroaldo Marinho. Estava telefonando.

— Ele já nos viu.

Outro silêncio.

— Fui avisar a pensão — esclareceu o recém-chegado, sentando-se, depois de cumprimentar o pessoal.

— Mas então não vamos almoçar lá?...

Iam sim: por isso mesmo. Não gostava de dar surpresas:

— Tanto mais, que às vezes é a gente que leva a surpresa: não nos espera uma ração conveniente.

(Sorrisos.)

Adroaldo Marinho parecia de cera. Norberto admirava-se dele ainda ter disposição para rir: parecia muito doente.

Não aceitou o café (não usava). Mas pagou a despesa (que era pouca), porque tinha muito troco e convinha não chegar tarde.

Na rua aventou-se a hipótese de ir de bonde. Mas Adroaldo Marinho se opôs (àquela hora não usava nem bonde, nem ônibus, nem táxi, nem qualquer outro veículo: a trepidação dos intestinos vazios fazia muito mal).

— Nunca imaginei...

— Pois é um fato.

Tocaram-se a pé.

O refeitório da pensão era um tanto sombrio. A única luz provinha de duas janelas que davam prá uma área, no fundo. Muitas vezes era preciso acender luz à entrada do salão ou no hall da escada, que lhe ficava contíguo. A mesa, porém, de Marinho era no melhor lugar: mesmo junto duma das janelas.

O menu — minúsculo. Por um luxo, vinha em pequenas folhas de papel escrito à máquina. E daquele menu reduzidíssimo era ainda necessário escolher alguma coisa: tudo não se servia.

— Eu tenho o meu prato habitual e característico — dizia Marinho, dirigindo ao mesmo tempo um pequeno sorriso ao garçom, que esperava de pé, ao seu lado, e que lhe retribuía o pequeno sorriso com um outro sorriso-linguagem, sorriso de entendimento.

Norberto e Lopo consultaram-se. E mandaram vir uma canja — canja prá três.

O garçom depôs uma garrafa de água junto de Marinho.

— Que é que tomam? — perguntou este.

— Vinho... não é assim? — fazia Lopo, respondendo à pergunta do outro, mas falando prá Norberto, consultando-o.

Norberto firmou logo esse ponto:

— Tomamos vinho.

— Vinho prá três — ordenou Marinho ao garçom.

E ele não os acompanhava?

— Não uso.

Veio o almoço.

O prato de Adroaldo Marinho era inidentificável. Só se percebia que era feito de legumes.

Comeram. (A canja não estava má.)

— Que mais vai?

Marinho presidia a refeição. Devolvera o seu talher com o prato.

— Escolha mais alguma coisa — convidava ele, entregando a lista datilografada a Norberto.

Ali, a escolher, só um bife, — um bife com ovos.

— Bife prá três? — queria saber o empregado, com a sua delicadeza impaciente de garçom.

— Não!... sim: prá três — corrigiu imediatamente Lopo: — porque eu não quero bife, quero massa. Mas Marinho os acompanha.

O garçom esperava.

— Não uso carne — informou o outro.

— Mas então me acompanha na massa? — fez Lopo.

— Também não uso. Aliás, não uso segundo prato.

Houve uma pausa.

O garçom:

— Então só prá três? Quer dizer! (Abanava a cabeça, amolado com aquela coisa da sua memória). Dois bifes. Massa prá um. Os bifes... acompanha arroz? — Ah! Muito bem.

No dia seguinte foi-se buscar a requisição prá passagem do Louco do Cati. Norberto também foi junto. Mas não estava pronta. Aliás, era cedo ainda (era de manhã). Deviam voltar à tarde. Ser-lhes-ia entregue o papel àquele dia. Sem falta.

— A que horas, disse?
— Às quatro. Ainda têm tempo de ir à Central.
— Acha?...

Mas lógico! Eles atendiam o serviço de requisição de passagens até as sete horas. Principalmente daquela repartição...

Deixaram o gabinete do homem. Lopo concordava que, uma vez entregue a requisição, a retirada da passagem era um minuto.

Saíram dali e separaram-se. Norberto e o maluco tinham de dar umas voltas. Lopo devia reunir-se a eles num dos grandes restaurantes baratos do centro, desses de dois mil-réis, onde almoçariam. O primeiro que chegasse esperava os outros.

Três almoços

(continuação)

Norberto ia procurar um sujeito, dono dum cartório. Era também do Sul. Não o conhecia. Mas seu pai falava muito nele. Tinham sido amigos, quando moços, em D. Pedrito. Chamava-se Perdigão.

Era um passo difícil — aquele. Porque tinha de invocar a família; e isso devia ser sempre a última coisa...

O cartório ficava numa daquelas ruas estreitas e entupidas da parte comercial do Rio.

Norberto rodou. Rebocava o maluco, que o trânsito retardava, desviava, jogava contra lugares (como vãos de colunas etc.) donde era muito difícil uma pessoa se safar.

Perdigão lá estava. Era uma cara escanhoada, fria.

Lembrava-se muito bem da sua mocidade no Rio Grande, em D. Pedrito. Mas não podia era se recordar do primeiro nome daquele velho amigo.

— Do meu pai?
— Sim.
— Júlio.

Era isso. É que sempre tratara o Júlio pelo sobrenome.

Mas na ocasião estava desprevenido. (A coisa foi dita com a cara fechada. Aquela cara que só um instante se abria: quando recordava...)

O pai desse Perdigão (contava Norberto mais tarde prá os amigos), o pai dele ficara célebre por uma excentricidade: costumava guardar o doce em... urinóis.

O Louco do Cati teve um leve repuxo dos cantos dos lábios... Norberto atentou bem: um sorriso?! Procurou chamar a atenção de Lopo, surpreso e entusiasmado. Mas Lopo queria era ouvir a continuação:
— Deixe isso. E depois?
Estavam tomando um cafezinho, — prá moderar o apetite.
Bem. Não lhe ficava difícil, porque ele tinha uma loja. Retirava os "vasos" da prateleira e mandava-os para o seu guarda-louça. A mulher era obrigada a se servir deles como compoteiras.
— E ela não reclamava?
— Não se atrevia.
O velho Perdigão era também muito escrupuloso. A "louça" vinha à mesa reluzente de limpeza.
— Punham à mesa, diz você?
Lógico. Principalmente quando havia gente de fora. O que era quase todos os dias, porque a vida daquele tempo era muito patriarcal.
Lopo meditava.
Depois:
— Um trocista?...
— O velho Perdigão?
— Sim.
Norberto sacudiu a cabeça.
— O meu pai chegou a conhecer esse homem: um sujeito maldoso, usurário, sombrio.
Lopo então não entendia.
— Ninguém entendia — rematou Norberto.
Pagou-se a despesa.
Passava já do meio-dia. Talvez o restaurante não tivesse tanto movimento àquela hora.
Foram andando.
Ao entrarem no grande estabelecimento, Lopo ia na frente. O seu chapéu sobressaía. Ia teso, olhando do alto para um lado

e outro, procurando lugares. Não esbarrava em ninguém e não via ninguém. O entra e sai era pavoroso. Parecia que não se fazia outra coisa no Rio, àquela hora, a não ser comer nesse vasto salão, — com a parede do fundo toda tomada por um balcão esterilizado, branco, desses que guardam, lado a lado, os alimentos mais quentes junto com os mais gelados. — Mas sentia-se no ar um cheiro de comida barata.

Lopo conseguiu a mesa. Ainda havia um sujeito nela. O garçom porém afiançava que estava desocupando.

O grupo avançou.

O sujeito que acabara o almoço, achava-se contando o troco. Ainda mastigava e engolia (misteriosamente).

Ao levantar a face e dar com Lopo e os outros, teve um cumprimento, ao mesmo tempo que corria os olhos no grupo, investigando.

Era um indivíduo gordo, relativamente moço, mas muito triste.

— Vocês já podem ir sentando — convidou ele, dirigindo-se a Lopo e continuando a investigação sobre os demais.

— Eu vou lhe apresentar aqui esses amigos — disse-lhe Lopo. O sujeito era um velho conhecido: Pinheiro.

Não havia tempo a perder naquela casa. Norberto e Lopo ergueram-se para ir até o balcão, escolher o prato. Pinheiro e o maluco ficaram frente a frente, aquele observando muito, com seu olhar melancólico, seu ríctus de náusea.

O garçom arranjava sumariamente a mesa. Trouxera guardanapos. Não levantara a toalha.

Quando os dois voltaram, já havia pratos e talheres para três.

Encomendou-se o almoço. Lopo dava as ordens muito à vontade, os braços um tanto erguidos, esfregando as mãos vagarosamente uma na outra. Ao contemplá-lo, sentia-se ali, mesmo por cima daquela toalha enxovalhada, um ar de conforto, de finura. — Norberto recordou o Poeta — o Poeta do

Cubículo Catorze, quando apagava comodamente a luz, prá dormir...

— Já imaginava você lá por Pernambuco — disse Lopo a Pinheiro, logo que o garçom se afastou para executar o pedido.

— É...

(O outro tinha dificuldade em responder. Mas se via que não era preguiça.)

Lopo ainda insistiu:

— Decerto não mudou de zona...

Pois era isso: mudara.

(Lopo explicou para Norberto, tirando-o dum vago sonho: — Pinheiro negociava com o subsolo.)

— E qual a zona, agora?

— O Rio...

Norberto a custo admitia se pudesse tirar qualquer coisa do subsolo carioca. Quis saber, mesmo assim, se isso dava.

O outro abanou a cabeça. A náusea da sua cara acentuou-se mais, repuxou-lhe os lábios:

— Nem prá viver.

O garçom já havia voltado com a boia.

— O que é que vamos tomar?

O melhor era chope.

— Então, chope prá três. Isto é: venha cá. Prá quatro. — E, voltando-se para Pinheiro, Lopo fez com cortesia:

— Você toma um chope conosco.

Tomava...

(Norberto não o perdia com os olhos.)

Comiam com muito apetite. O "prato" era farto. Mas, nunca como ali, Norberto havia notado aquela circunstância, que lhe devia ser entretanto tão familiar: que a sua ração era precisamente *uma parte*. Porque se fazia comida naquela casa (e noutras do gênero) para um número *determinado* de pessoas: quinhentas.

Dentro de algum tempo (não muito) Pinheiro já era companheiro.

— Vocês dizem que ele (*ele* era o maluco), que ele está em apuros: não podendo ficar aqui; não podendo voltar. Eu só *lhe* aconselho um meio. (Pôs os olhos tristes, um momento, no focinho impassível do outro, como que *avaliando* qualquer coisa). Pois bem. (Animou-se um pouco; remexeu-se na cadeira, — cadeira por sinal que muito pequena para ele). Eu aconselho o expediente de — conversar com os forasteiros.

Nenhum dos dois conhecia o golpe. Ao menos pelo nome.

— Bom — fez Pinheiro justificando-se. — Eu não sei se é essa mesmo a sua denominação.

Um plano simples: nos cafés, punha-se o indivíduo de parte, a *manjar* a conversa dos forasteiros, dos sujeitos dos Estados. Prá não perder muito tempo (o tempo é precioso prá um sujeito que está com fome), prá andar rápido, convinha já ir com uma primeira constatação — um primeiro diagnóstico, como dizem os médicos — de que um dos sujeitos pelo menos era gente de fora mesmo.

— E não é difícil — comentou Lopo, bebericando o seu resto de chope.

Muito fácil: só o pessoal de fora é que fala alto, de maneira a se deixar ouvir pelo interessado.

Essa, mesmo, constituía a segunda parte do truque; pela conversa, pescava-se o nome, os interesses, outras particularidades do forasteiro. No geral, este sempre é abandonado na mesa do café pelo amigo que mora no Rio e anda invariavelmente atarefado. Ele uma vez só, a pessoa em questão se aproxima: "— Bom dia, seu Fulano". " — Bom dia." A pessoa já vai sentando. "— Então, como vai a nossa terra?" Nossa? O sujeito está intrigado, embora lisonjeado, porque, uma cidade daquelas, e há gente que sabe o seu nome... Mas, um conterrâneo? Sim... — E o outro fala sobre os parentes dele, mesmo alguns dos amigos; cita negócios... "— Desde quando por aqui?" acaba perguntando o forasteiro. " — Cheguei pouco depois do senhor, na quinta-feira passada." É um conhecido, mesmo, embora não o conhecesse antes. " — Tome um café!" Aceita. Mais uma média, com pão e manteiga...

— Assim — rematou Pinheiro com um cansaço triste — se for um pouco ágil e paciente (paciente parece que ele é), se for essas duas coisas, aqui o amigo (e designava-o com o polegar voltado para trás) terá já uma média garantida.

O plano era muito bom, mas não despertou um entusiasmo imediato.

— Agora... — acrescentou Pinheiro, lentamente — há um outro também ao alcance dele. Mas é um pouco violento.

Lopo e Norberto quiseram saber qual era.

Pinheiro arregalou muito os olhos. Fez uma carranca, um ar demoníaco.

— É chegar assim prá uma pessoa na rua — segredou ele; — meter-lhe um dedo espetado no peito e exigir-lhe de chofre: — "Me dê dez mil-réis!".

Ele emprestara muita vivacidade à cena. Norberto e Lopo estavam com os olhos pregados na sua cara.

— Sempre — rematou ele, já noutra voz, tendo já "desmontado" aquela fisionomia — isto sempre rende dez tostões. — E acrescentou, passado um segundo:

— Que é o preço da gente se descartar dum maluco.

E, pensativamente, calculando todo "aquele jeito" do companheiro de Norberto:

— Se Cati se decidisse — concluiu — seria o seu gênero.

Os outros dois meteram os olhos no maluco também. E ficaram considerando.

Três almoços

(conclusão)

O serviço de "passagens requisitadas" tinha o seu horário: começava às dezessete menos um quarto e se prolongava até as dezessete e um quarto. Dentro desse período — muita ordem, muita meticulosidade, muita verificação de papéis. Mas fora do horário, nem se abria o guichê.

De maneira que o pessoal — que só apareceu, lá pelas seis horas da tarde — teve de aguardar o outro dia.

A situação de Norberto e do companheiro ia piorando. Já haviam retornado ao quarto de Lopo, no Catete. Aplicaram os dois sistemas já anteriormente ensaiados. Mas numa grande apreensão, — porque havia indícios de uma redobrada vigilância por parte da dona da casa.

A manhã tinha uma transparência azul-violeta. Norberto à janela (o quarto era nos fundos) sorvia aquela tinta volátil e fina.

A empregada veio com um recado para o Sr. Lopo. (Entreolhares.) A dona da casa mandava chamá-lo. Mas o indivíduo levantou-se, seguro. Pediu, com um gesto de mão, tranquilidade, sobretudo até a sua volta.

Norberto, não tendo nada que fazer, retornou à janela.

Um espigão bonito da montanha sobressaía dos telhados e furava a poeira azul-violácea do ar. Chegava até ali o rodar sonoro dos bondes no asfalto da rua. Mugidos doces, surdos — das buzinas dos autos. — O Louco do Cati aproveitava a cama do outro. De barriga para cima, tinha, dessa vez, um focinho inquieto, que queria farejar qualquer coisa, — mas não se sabia onde.

A "arrumação" da véspera já fora, lógico, desfeita: consistia fundamentalmente nuns jornais abertos, colocados no chão. No começo usaram três jornais, transversalmente. Foi um entusiasmo: tinham exatamente o comprimento duma cama. Mas, pena é que ficava estreito prá dois... Resolveram pôr ao comprido, utilizando porém dois jornais na largura: gastaram ao todo quatro — dois por dois. Dava... embora fosse mais curto do que do modo primitivo; uma folha atravessada, ou na cabeça ou nos pés, remediava a coisa.

Mas... desde que era preciso pôr dois jornais na largura, talvez fosse o caso de fazer duas camas... Estudou-se esse novo projeto. Renunciou-se a ele entretanto por vários motivos, dois dos quais eram preponderantes: primeiro, tomava muito espaço; depois, dificultava a distribuição (a repartição) do forro da cama entre os dois, forro esse que era constituído por uma capa do dono do quarto — reminiscência duma revolução — e que não podia ser utilizada, separadamente, prá mais de um, sem cortar.

— É, nem se pensa mais.

(Essa capa era um tanto popular. Já havia sido servida pela própria dona da casa. Desapertava. Era "a capa de Lopo").

Norberto acabou deixando a janela. Veio sentar numa mesinha que havia no quarto.

Estava nervoso, como um pequeno animal contido.

Lopo não aparecia.

Naquele dia mesmo (Norberto se prometia, erguendo-se, indo até a janela, depondo no companheiro deitado um olhar decidido), talvez mesmo naquela manhã, solucionava tudo! — Às vezes parava no meio do quarto, ficava olhando prá o ar com o olhar do Poeta do Cubículo...

(Era verdade: passava dias e dias sem pensar naquilo; sem pensar neles... Seu pensamento recuara outro pouco: foi pousar no quarto escuro do presídio de Florianópolis. Ouvia nitidamente o "sopro" do doente da laringe querendo dizer-lhe qualquer coisa, alçando-se do leito, avançando uma face esquelética e transparente, toda cheia duma barba de longos fios…)

Já fazia muito tempo, quando o amigo voltou. No primeiro momento, ao olhar prá sua figura surgindo na porta, Norberto teve a impressão de o haver visto com o seu chapéu, o seu chapéu armado. Estava muito bem penteado (o cabelo alisado, uma risca deixando ver um couro meio avermelhado). A cabeça era comprida de trás para diante e um tanto achatada nos lados. Daí decerto a impressão… (Mas Norberto se certificava bem. Coisa esquisita…)

Bom. Era uma surpresa:

Tinham um convite prá almoçar.

— Com ela?!

O outro sacudiu afirmativamente a cabeça. Norberto seguiu-lhe o movimento com atenção…

Ele explicou tudo.

A mulher era uma infeliz. Agora, o caso da filha (a filha mais velha). Ele já sabia… Todos ali já sabiam. Mas a mulher só nesse momento parecera ter descoberto. Ou quem sabe? talvez só agora lhe conviesse dar o alarme.

O rapaz também morava ali.

Pausa.

Norberto:

— A rapariga está grávida?

Pois era isso.

Outra pausa.

Norberto, de novo:

— É aquela morena, cara de nortista…

Lopo não entendia a "descrição".

— De maçãs do rosto um pouco salientes, como têm todos vocês do Norte?…

Ah! Era essa, sim.

— Sujeita bonita!

— Muito bonita.

Mas então?

Pois bem: a mulher necessitava dum auxílio.

Silêncio.

— Você se ofereceu?

— Não: mas me pus à sua disposição.

Todos estavam com a toalete ultimada. Lopo já possuía o seu plano de ataque. A delegacia ficava logo ali.

Quando chegaram os três, o comissário, um homenzinho baixo, muito amável, atendeu-os logo. Falava muito prá Lopo e Norberto: mas não tirava os olhos do Louco do Cati.

A questão era pegar o sujeito.

— Como é o nome dele?

Lopo disse-lhe.

O comissário refletiu. Depois:

— Era bom saber se a essa hora está lá.

Isso ele não podia informar.

O funcionário chamou um amanuense:

— Telefone prá o número... — E perguntando ao outro: — Qual é o número? (Tem telefone, certamente...)

Lopo recitou-lhe um número enorme. Escandia os algarismos muito bem. Tinha o busto meio inclinado para diante. Muita linha.

— Telefone prá este número. (O comissário tomara nota; passava o papel prá o subalterno). — Pergunte por Newton Sales. Não diga da onde é: diga que é um amigo. — E para os outros: — Se está lá, mandamos buscá-lo.

O amanuense não demorou muito. Voltou com uma notícia boa. Newton Sales ainda dormia. Mas tinha sido acordado naquele momento (já passava das dez).

— Então é encarar o rapaz agora mesmo.

Atividade. Nervosismo. Lopo achou mais conveniente não esperar ali. Deu algumas sugestões ao comissário. Sugestões principalmente da mãe da moça. O funcionário recebia tudo com muita atenção.

Como nada mais havia a fazer, eles voltariam a outra hora.

— De tarde. Ele agora fica aí. De tarde é que será ouvido pelo delegado. (O delegado não vem de manhã).

Então era isso. Lopo fazia a menção de consultar os amigos. Viriam à tarde.

Cumprimentos. Chapéus apanhados. Saíram. — Mas o comissário não tirava os olhos do maluco.

De todas as "pessoas da casa" Norberto só conhecia a empregada, — que era, ao mesmo tempo, camareira e copeira.

D. Amélia (a dona) estava muito bem-vestida: tinha aquela frescura que Norberto via em todas as mulheres naquela cidade.

D. Amélia fazia Norberto um outro tipo:

— Gaúcho...

Mas defrontava um "carioca" — em tudo.

Norberto agradeceu o cumprimento. D. Amélia devia ser muito infeliz, como lhe assegurara o amigo. Entretanto, tinha-se arranjado com um pouco de consolação, — para aquele momento.

A moça — Nanci — não apareceria: estava passando uns dias com a avó, em Paquetá. A outra filha era uma menina já grande, morena corada. Desde que rebentara aquilo, vivia com um olhar aceso, de curiosidade e de pudor. Sondava os visitantes. Não tirava a atenção de Norberto. — Este achou-a picante, assim.

— Mas ela vai precisar comparecer à delegacia — insinuava Lopo, quebrando a pontinha do pão e alisando-a com manteiga.

(O almoço já havia começado.)

D. Amélia não sabia como fazer.

— Pensei que se pudesse dispensar a presença da menina. Se ele confessa...

(A outra olhava prá mãe. Interrompia a comida.)

— Ela também tem de ser ouvida — explicava o hóspede.

D. Amélia contou a cena da prisão de Newton. O "amigo"...

— Quem é esse rapaz?...

(Lopo já o vira muitas vezes mas não sabia donde era.)

— De São Paulo. Da mesma terra do outro.

Mas então?

— O amigo foi com ele.

A menina chamou a atenção prá mãe sobre alguma coisa, que lhe transmitiu num cochicho.

— É verdade — acrescentou D. Amélia, — ameaçou de nos mover ainda um processo por aquela "violência". — E depois dum momento: — Ele diz que nesse período... — Ela hesitou, como que envergonhada. — Não sei... não entendo... Mas ele diz que já não se pode provar coisa alguma.

A menina depunha os olhos em Lopo e Norberto, um olhar de compreensão, um olhar adulto.

Era um caso complicado mesmo. Lopo aguardava a audiência do delegado para agir. Recomeçou portanto a comer. Os outros fizeram o mesmo.

O Louco do Cati deglutia com uma certa atrapalhação. Fazia algum ruído.

Falou-se então sobre suas "dificuldades", — de que D. Amélia já fora informada de manhã pelo seu hóspede. — E designou o sujeito.

Ela também achava uma crueldade abandoná-lo, assim, em São Paulo.

Tanto mais, como acrescentou Lopo, dando aquela notícia principalmente a Norberto, que ele tivera de adiar ainda uma vez a sua viagem à capital paulista.

Norberto emudeceu.

Lopo baixou os olhos para a carne que trinchava cuidadosamente.

— Por que ele não fica mais algum tempo? — perguntou delicadamente D. Amélia, depois do silêncio que se fizera.

— Mas ele já tem a passagem — observou Norberto. — Quer dizer: a requisição prá tirar a passagem.

A passagem vendia-se, acudiu D. Amélia. Ali na sua casa mesmo havia todos os dias pessoas que viajavam prá São Paulo e que a comprariam. Por isso não: era coisa garantida.

Norberto contemplou primeiro o maluco. Depois colocou um olhar aceso em Lopo. Era uma ideia.

Nanci

O delegado chegou tarde. A exemplo do pessoal da casa, todos os presentes (detidos, testemunhas etc.) se levantaram. Era pessoa de grande importância. Trajava roupa leve. Face pálida (moreno pálido). Todo ele muito bem cuidado, muito distinto. Um anel de bacharel na mão bonita, bem tratada.

Lopo e os companheiros foram mandados passar.

O delegado sentara à sua mesa. Esta logo ficou rodeada de altos funcionários, cada um com o seu "expediente", um serviço, uma questão prá ele resolver. Via-se que o homem não tinha muito tempo para dedicar à repartição. Despachava com pressa, às vezes várias coisas simultaneamente.

O detido e o amigo também passaram. O comissário, o indivíduo baixo e amável, mantinha-se perto deles, como que consultando-os. Ainda não tivera a oportunidade de abrir a sua brecha até a autoridade.

Quando chegou a vez do caso, o delegado deu algumas ordens terminantes ao comissário e afastou-se. Retirou-se para uma outra peça, seguido por uma enorme cauda de subalternos, que iam muito satisfeitos, a julgar pelo muito que sorriam, entre si.

— Ele vai ouvir o rapaz dentro de um momento — veio o comissário informar ao grupo. O acusado e o amigo, que não estavam longe, prestavam atenção.

O amigo falava constantemente com o companheiro. Mas este conservava-se calado, preocupado.

— Newton Sales! — gritou uma voz, depois dum momento. O comissariozinho delicado prontamente se acercou do rapaz, conduziu-o, — como o empresário de um astro ou de um boxeur, levando-o para exibição.

Os outros ficaram ali mesmo. (Estavam só eles.) O amigo de Newton de vez em quando contemplava o grupo.

Quando apareceu um dos funcionários (um que também acompanhara o detido), o rapaz foi ao seu encontro. É que ele queria ser ouvido. Tinha declarações a fazer. Importantes. — Disse isso com visível hostilidade ao grupo.

O funcionário não possuía instruções. Mas sempre ia ver o que o dr. Delegado resolvia.

— Então me deixe ir lá dentro.

— Impossível... (O empregado atendia-o com um sorriso, em que havia perdão pela ignorância do pessoal do povo com respeito aos trâmites judiciais).

O outro porém não afrouxava:

— Eu talvez seja o principal interessado — dizia o indivíduo, já com lanhos vermelhos no rosto.

(Rapaz violento, constatou Lopo para si; — e desviou os olhos, passando a olhar para fora, pela larga janela que dava para a rua.)

O funcionário, os olhos baixos, ouvia a argumentação do sujeito. Ele falou muito, grande parte do tempo à meia-voz. O empregado, de certo momento em diante, começou a prometer, com gestos de cabeça. Por fim, deixou-o. Voltou lá para a peça dos fundos. O rapaz sentou, o ar um tanto fatigado. Passou o lenço pelo rosto (estava quente mesmo).

Depois de algum tempo foi mandado passar também. Só ficaram na sala Lopo e os amigos.

Fazia-se tarde. Combinou-se que, enquanto ele esperava ali a decisão daquilo, Norberto iria com o maluco à Central buscar a passagem, — que Pestalozzi ficara de aguardar na Galeria Cruzeiro, à tardinha daquele mesmo dia.

— Está certo. — E Norberto, que não se decidira sem refletir, tocou-se prá Central, levando o maluco.

Lopo ficou esperando. Só muito tempo depois é que o comissariozinho amável veio até onde ele estava. Convidou-o delicadamente para irem à sua salinha. Era na outra ala do edifício (a casa era de esquina). Dava para a rua principal, — muito barulhenta.

Sentaram-se, — o comissário à sua mesa, o outro quase defronte.

O funcionário então expôs:

Newton Sales não negava. Mas protestava contra a acusação de lhe haver "feito mal". A investigação aliás recompusera todo o passado da moça. Ela começara como modelo.

— Modelo?

— Sem a mãe saber, é o que ela confessou a Newton. Queria um ganho.

Foi quando o rapaz, que estuda pintura, como Lopo devia saber...

— Sim...

... Foi quando se conheceram.

Estavam de exame — depusera Newton:

"— *Caiu* ela: eu tirei distinção."

Daí em diante encontraram-se muito. O seu amigo...

— Como é que se chama esse rapaz? — perguntou Lopo, interrompendo o relato.

— Custódio Alvarenga.

Bem: Custódio tinha um quarto na casa da mãe dela. Aí mesmo... Um dia levou lá o amigo. Teve então ocasião de mostrar-lhe uma particularidade: — dava uma batida, forte, no soalho com uma bengala que havia ali (o quarto era em cima); era o sinal prá ela vir. Newton não queria acreditar. "— Você vai ver." Apanhou a bengala: bateu. E, duas, — completou — o sinal de que havia gente, desse volta. — Esperaram um pouco. Daí um momento, um ruído lá embaixo, ruído cauteloso de alguém que se aproximava. Custódio então martelou com a bengala as duas batidas no soalho. — O ruído sumiu-se num momento.

— Como vê, — concluiu o comissário, numa voz fria e descritiva, mas que acordava uma ressonância de tristeza, um ar de desgraça: — como vê, é a prostituição.

Esse Ponsard

Lopo levava uma comissão pelos seus pequenos serviços. Mas era coisa pouca. Agora: um emprego era caso diferente.

Não sabia se sairia. Entretanto, haviam-lhe feito uma proposta formal na empresa (empresa jornalística).

O trabalho a exigir do sujeito — a função — era cavar dinheiro.

— Mas então, um cargo na gerência...

Não: o que havia era a promessa de um cargo de redator.

Bom: fosse o que fosse. Quando é que saía? — quis saber Norberto.

— Temos um encontro prá agora. Ele vai me dar a resposta.

— Convém que eu vá junto?

Por um certo lado convinha, como reconheceu Lopo. Todavia... Pôs os olhos no Louco do Cati. Depois, reatando a conversa:

— Mas o ideal é se fôssemos só os dois.

Houve um silêncio, meditativo.

— Encerra-se ele no quarto de você — concluiu Norberto.

— E ele até vai gostar — vaticinou o outro.

Algum tempo depois estavam os dois amigos no lugar que o sujeito indicara. Mas ele tardava.

— Quem é ele?

— Alberto Ponsard.

Norberto não conhecia. O que aliás não admirava. Mas é que nunca ouvira falar nesse nome.

— Ele é troço lá dentro?

Já fora mais, noutros tempos. Estava atualmente um pouco boicotado.

— Por quê?

O outro não sabia. Ele dizia que era perseguição.

Pausa.

O caso é que Alberto Ponsard surgira no jornalismo com uma nota imprevista: numa imprensa gaiata, escrevia coisas sérias. Mas não da seriedade obtusa de um ou dois jornais que não acompanharam aquela moda avassaladora. Geralmente tratava problemas econômicos, sociais. Isto deu na vista. Principalmente daqueles para quem o jornal era feito: um grupo de banqueiros e financistas. Ponsard encaprichou-se mais: estudou, organizou um fichário (fichário caro), com todos os dados sobre orçamentos, produções, consumos, exportações, importações. Havia uma classificação esquisita: "Produtos queimados".

Essa última rubrica com o tempo mesmo tomou um grande desenvolvimento. Os amigos do jornalista viram aí como havia coisas fáceis de pegar fogo: não era só o café, não; era o algodão, o trigo, o milho. O que não queimava mesmo era o combustível: o petróleo, o carvão.

Bem. Alberto Ponsard descobriu assim a sua vocação. Dentro de pouco tempo já era um "especialista". Num segundo, graças já agora a um fichário suplementar, *especializado* também, podia responder com precisão o que é que estava queimando no momento, em qualquer parte do mundo. — O pessoal tinha-se curvado.

Mas foi quando surgiu o boicote.

O diretor começou por entravar a publicação de alguns dos seus artigos. Ou "censurá-los". Recorreu ao auxílio eficiente da revisão: esta encheu de erros os artigos de Ponsard. Mas como o outro teimava e triunfava, apesar de tudo, a empresa teve de

recorrer à violência: proibiu-lhe tratasse de assuntos que se relacionassem com a queima de qualquer coisa, sob a alegação de que isso andava fazendo mal aos nervos...
— De quem?
— Das mulheres dos leitores.
— Pois que não leiam.
Fácil de dizer... — Mas, em compensação, deu-lhe uma secção fixa no jornal: a bibliografia.

Um talento sabe tudo transformar (um talento ou um querer também com a sua "especialização"): e o diretor e os demais interessados viram então como havia já uma literatura sobre aquele assunto enjoado. Escrevia-se muito ("metralha" grande) sobre essa fantasia mórbida e predatriz de povos incendiários, que, no seu delírio, confiam ao Fogo as suas oferendas, na semiconvicção de as purificar. E — é natural — Alberto Ponsard aproveitava. Os seus artigos assim ficavam até mais místicos, mais atuais.

Desesperado, o diretor achou por fim a fórmula. É que se fazia há alguns dias uma intensa propaganda pancontinental. Movimento de palavras, de conferências, de troca de visitas. Bobagens. *Agora* — era isso, — que, aliás, dava muita literatura. Principalmente no estrangeiro (o estrangeiro é sempre, duma fronteira ou outra, o mais frívolo para tais coisas). — Foi a tarefa que coube a Alberto Ponsard: fazer a crítica dessa literatura.

— *Do Exílio* — quis ele intitular a sua nova secção. Um sarcasmo (ou uma graça?...)

Esse Ponsard...

Ele recebeu muito bem a Norberto. Prometeu auxiliá-lo.
— Eu já não tenho nenhuma influência. Mas um cargo como esse que quer, penso que ainda se apanha por meu intermédio.
E sorria. Dentes bonitos, numa face larga, branca, simpática.

Vestia uma roupa de casimira clara. Todo ele dava uma sensação de limpeza. Falavam na Avenida. Tudo ali aliás era leve e fresco. Perfumes, por ondas (mulheres que passavam e que obrigavam a interromper a conversa, a olhar). — Mas, pairando sobre aquela parte da cidade, pelo menos — um cheiro adocicado de maresia, levemente picado por um traço penetrante de gasolina. O cheiro do Rio, — que Norberto farejara já à chegada, mesmo de dentro daquele "tintureiro", quando passava... quem sabe se não por aquele ponto onde agora conversava e esperava?...

Onde talvez se encontra a solução

O primeiro recebimento do ordenado importou em muitos cálculos. Lopo considerou-se satisfeito, satisfeito com tudo. Mesmo numa conjuntura como essa, mostrou-se muito superior, muito digno.

Mas outras contas preocupavam Norberto. A despesa com a volta do companheiro, por exemplo.

— Você não pode custear essa viagem.

— Nem penso nisso.

No que Norberto pensava era em cavar uma passagem na Costeira ou no Loide.

— Escute!

Lopo parecia ter achado a solução.

— Possível?...

— Então veja. — E expôs as linhas gerais do plano.

Norberto refletia.

— É exato — admitiu o outro — que ele não quer viajar por mar...

— Vai à força — observou Norberto.

O plano era, realmente, de tentar. Norberto não lhe achava senão um ponto fraco.

— Qual?

— A polícia não vai cair.

Bom... (O amigo na ocasião cumprimentava um conhecido. Como sempre, cuidadosamente, principalmente por causa do chapéu). Estavam no seu lugar habitual, no café da Praça

Tiradentes (era de manhã). O maluco tinha ficado no quarto de Lopo, encerrado, — pois a coisa, experimentada convenientemente uma vez, mostrara virtudes. Aliás, em caso de grande necessidade, D. Amélia (que ainda tinha uma chave, como invariavelmente se dá com donas de pensão), repararia por ele, — D. Amélia que, desde a reconciliação com Newton e a volta da filha, se achava também muito acomodada.

— Bem — observou o autor do plano — na minha teoria a polícia terá de cair, fatalmente.

— Então é uma teoria toda particular.

Exatamente:

— É que a passagem será tirada em seu nome.

— Mas é isso! Eu também tenho direito à volta!

Por que perder tempo? (mas não era mesmo?) Já era bom irem mexendo os pauzinhos.

— Pensei em meter o Ponsard na frente — adiantou Norberto, que estava refletindo ainda naquele projeto e na maneira mais fácil de levá-lo à execução. Lopo separara os níqueis para a despesa. Não disse nada na ocasião. Só quando já avançava na calçada é que falou. Escolheu mesmo um canto mais vazio, naquela frente de resto tão "habitada".

— Eu penso que você não deve meter Ponsard nisso. Ele é da empresa onde você trabalha. Não convém desvendar-lhe todos os segredos. Prá que — acrescentou, após breve pausa — prá que deve ele saber que você já teve coisas com a polícia?

Era um fato. Norberto apertou a mão do outro, como expressão de admiração reconhecida. — Um sujeito que viu aquele aperto de mão, assim, "isolado", pôs um olhar na dupla. Mas Norberto não se importou, e o amigo — nem viu.

Foram seguindo. Era quase meio-dia. Norberto e o maluco comiam o almoço duma pensão situada numa das ruas que iam ter ao largo da Glória. Lopo timbrava em conservar a sua independência: comia quando podia e onde podia. Foi ficando ali pelo centro.

Norberto tocou-se para o Catete, a fim de levantar o amigo, que ficara encerrado. No caminho, ia revolvendo aquele plano, completando-o nos seus detalhes. — Àquela tarde mesmo trataria do caso.

Chegou à casa. Subiu as escadas. Parou à porta do quarto. Tirou a chave do bolso (a camareira emprestara-lhe uma). Meteu-a na fechadura. Deu-lhe a volta. A porta se abriu. — O quarto era uma meia-penumbra. E lá do fundo, atraído pelo ruído, surgiu o Louco do Cati, como um cachorro...

O embarque

Todo o mundo procurava persuadi-lo. Mas ele não se movia. D. Amélia arranjara-lhe uma pequena mala.

— Não está bem? — dizia ela, revirando-a para os outros verem.

Muito bem!... Aliás, D. Amélia tinha muito gosto na ponta daqueles dedos esguios. — Mas ele se mantinha inamovível.

Nanci e a irmã — a irmã de olhos acesos — também ajudaram. Nanci logo se fazia muito íntima:

— Meu benzinho vai embarcar, sim — animava ela, quase acariciando-o. A irmã, desde que entrara no quarto, tinha a face mais esbraseada. Seu olhar, quando relaxava a cara e os movimentos de Norberto, procurava sondar profundidades, — os cantos, um ou outro desvão (os móveis não eram muitos).

Lopo considerava a coisa dum outro ponto de vista. Não adiantava gastar argumentos. Só... (Procurava a expressão, hesitando). Só... empregando...

— Eu também pensei em usar a força — interveio Norberto, o ar meditativo. — Mas não sei se faço...

— Mas eu não digo a força. Acho mais indicado... (e baixando um pouco a voz) ... o engano.

Norberto interessava-se. Afastou-se com o amigo. Foram até a janela. Era *dizer-lhe*, segundo o plano de Lopo, que iriam levá-lo à estação, ao trem. Prá maior segurança, se quisessem, podiam recorrer ao auxílio dum amigo, humilde, mas solícito...

— Quem é?

— Manoel. Mora aqui mesmo. Ainda não deve ter saído!...
Lopo dizia isto, já olhando para o lado, para as pessoas da casa, como consultando. Foi a camareira (que também acorrera, naquela luta) que informou não haver o sr. Manoel ainda saído. — Essa camareira era portuguesa. Tinha a voz doce e da garganta, como um arrulo.

Manoel era um alto funcionário da Light (no mundo dos funcionários, não havia nenhum que não fosse alto): tinha três ou quatro galões doirados, em cada punho. Também Norberto achou que servia maravilhosamente.

Mas, infelizmente, ele, naquele meio-tempo, seguira para o seu trabalho. — Norberto conhecia esse homem e o seu serviço. Agora se lembrava de o haver visto num dos pontos "de partida" do centro, despachando os bondes, com um apito.

— Ele vai, sim — dizia Nanci, com um ar de convicção fingida, para ter efeito sobre aquela obstinação. Ela já estava um pouco enternecida com o olhar que ele lhe botava. Um olhar de uma pureza de criança. A moça sentiu uma volta doce dentro de si... Um aperto bom... Um desejo de abraçar, de estreitar, de afagar alguém...

— Eles vão me levar prá o Cati... — sussurrou-lhe o outro.
— O que é que ele diz?... — Aquilo foi uma diversão para a sua emoção.
— É uma mania que ele tem — explicou Norberto, já um tanto impaciente, porque o tempo corria, enquanto eles falavam.

Pouco a pouco, lentamente, o maluco ergueu-se. (Todo esse tempo estivera sentado na cama de ferro). Foi um rebuliço. Puseram-lhe o chapéu. Norberto pegou-lhe a mala. — Ele já estava escovado, brunido.

— Já estava até ficando um carioca — observava D. Amélia, animada, lisonjeira.

O olhar impotente e doce do homem procurava Nanci, Nanci, que depois daquilo, ficara muito pálida, as mãos contra os seios.

Ele foi entregue no porto a um sujeito (amigo de Alberto Ponsard), sujeito fino (capitalista ou coisa que o valha) que também seguia. A seu lado, no cais, estava uma mulher. Mas decerto não era a mulher dele. Embarcava também.

Eles logo os tranquilizaram. A mulher, como informou, tinha muita prática de viajar. Não fazia outra coisa. O seu amigo ia ver. Quanto ao capitalista, recordava-se de haver já uma vez viajado cuidando alguma coisa. Mas era diferente: era de trem e a coisa que ele cuidava era um casal de cães — galgos — para uma exposição. — Mas, de sua parte, podiam também estar tranquilos.

— Eu recomendo todo o carinho. Ele tem pouca prática — pedia Ponsard.

— Vai de segunda, certamente...

Ia.

O capitalista refletiu um pouco. Depois:

— Mas não há dúvida.

O capitalista procurava fazer uma viagem de comodidade, naquela curta travessia até Santos. Era também a preocupação da mulher, — a qual, morena e um tanto baixa, meio mongoloide — tinha um ar oriental, asiático. Seguiam naquele navio considerado "grande", porque não haviam conseguido lugar num dos verdadeiros paquetes que demandavam Buenos Aires.

— Mas essas gaiolas já estão mais confortáveis — justificava-se o homem.

— Se estão.

Santos era o seu primeiro destino. Daí subiam até São Paulo. Seguiriam depois para Florianópolis, também. E por mar. De Santos, portanto é que era o horror.

Tinham de tomar navios pequenos?

Tinham.

(Silêncio.)

— Mas havemos de nos conformar — acudiu a mulher, com o seu ar otimista.

O homem concordou.

De modo que até Santos (onde o Louco do Cati baldeava para outro vapor que combinava com esse e ia tocando em todos os portos) ele ia bem acompanhado. De Santos prá diante precisaria de alguma pessoa, pois continuaria a viagem sem eles...

— Deixe por nossa conta — assegurava a asiática. — Nós recomendamos a alguém, em Santos.

— Ao próprio comandante do navio!... — sugeriu o companheiro.

— É isso mesmo. Ou ao comissário. A qualquer de bordo.

Esse ponto estava resolvido.

A passagem era até Florianópolis, naturalmente. Mas ele levava algum dinheiro para o ônibus dali prá diante. O capitalista escreveria algumas linhas por ele para um amigo de lá.

— Como é o nome dele?

Atrapalhação. Alberto Ponsard arregalava os olhos.

— Bem... — (Lopo deu um pequeno passo à frente). — É melhor diante do pessoal de bordo, tratá-lo por "Norberto"...

Ponsard metia um olhar agudo, — mas era na cara de Norberto, um olhar que queria decifrar. Compreendeu por fim. Sorriu...

Sineta de bordo. Um tilintar que subia e baixava, aumentava e diminuía, como uma onda. Despedidas. Encontros de pessoas na escada do navio. Caras barbeadas. Olhares investigadores (mas investigação educada, acariciadora). Em torno, no cais, no mar, — os ruídos e o movimento de todos os portos.

Os amigos não esperaram pela largada do navio.

Aliás, o Louco do Cati logo se sumira.

De volta

As classes dum navio

Percebia-se que o pobre do homem (o capitalista) estava constrangido: aquela era uma *primeira classe* que ele não reconhecia, nunca vira; mais parecia uma *segunda*. A sua companheira de viagem, porém, saíra-lhe mesmo de muita utilidade. Era quem o guiava, — a ponto de nada fazer, nem sequer levar um garfo à boca, sem primeiro ver como é que ela se portava na mesma situação (nessa situação especial).

Mas dois dos costumes da classe ele não pudera, nessa travessia, apesar da boa vontade, incorporar ao velho cerimonial: era — ou não sentar, absolutamente, ficar sempre de pé, todo o tempo, pisoteando as unhas dos outros ao menor pretexto, gesticulando no nariz do interlocutor; ou então sentar mesmo, sentar de verdade, meter-se todo na poltrona: corpo, pescoço, a nuca, os dois pés. Ele sempre se esquecia e se sentava na moda das outras primeiras classes a que se habituara. — Ficava muito engraçado...

O inverno começava a fazer o seu primeiro ensaio. O mar, já mesmo na baía, achava-se inteiramente salpicado de branco. — Todos vaticinavam que no Sul devia estar medonho.

À aproximação da primeira refeição a bordo (o jantar), a mulher fez questão de ver o sujeito lá na segunda.

— Você está na obrigação de pedir ao comissário que ele venha comer aqui em cima — disse ela ao companheiro, na volta.

O capitalista mostrava-se indeciso. Mas, na verdade, constituía uma tarefa por demais ingrata vigiar todos os passos dum indivíduo, quando entre um e outro se interpunha uma separação tão severa como aquela das classes dum navio. Para o responsável da ordem a bordo, um viajante de segunda (quando há também viajantes de primeira) é tão diferente destes últimos, como se houvesse realmente nascido nessas acomodações inferiores.

Mas havia exemplos de indivíduos, pertencentes a uma classe, serem admitidos numa outra situação acima. Como também se sabia de casos de degradação, — dum percurso inverso.

A mulher — que muito viajara — fora já testemunha duma infinidade de casos do gênero.

A alta administração do navio estudou o pedido. Um dos seus membros foi mesmo despachado para o porão, a fim de inspecionar o tipo, a figura. Por fim, convocaram o capitalista para o camarote do comandante e informaram-no das condições da transação (porque em princípio esta fora aceita): uma comissão em dinheiro (certamente a parte que competia ao interessado por aquela transferência — o capitalista — como suspeitou o comandante); e a promessa, a ser assumida pelo passageiro, de mudar de roupa, trocando-a por outra da sua nova classe.

— As duas obrigações caem é sobre os meus ombros.

O comandante não quis discutir.

O Louco do Cati, algum tempo depois, foi içado à primeira classe do navio. O capitalista viajava com muita roupa. Nenhuma servia exatamente no corpo dele. Ficavam grandes. Mas isso é o que menos importava. Contanto que fossem regulamentares. E eram, claro.

Jantar.

A primeira coisa que chamava a atenção na comida era a cor: — tudo azul (inclusive o gelo), azul desmaiado, que era a cor da moda. — E ficava bom, como reconheceram todos, quando provaram.

Mais tarde, no trabalho de digestão de tanta tinta, passeando no convés, ninguém podia admitir que houvesse gente que se alimentasse com comidas de outra cor.

Na outra classe — na segunda — nada existia digno da atenção daqueles ali. Quando muito, estes iam espiar algo de pitoresco, se havia. Mas, como jogava muito (o tempo ficara feio), o próprio pitoresco escasseava pelos salões e corredores. Os turistas desse novo gênero tinham de voltar aos seus cômodos, sem terem podido ver coisa alguma. Nem mesmo pagando, — como quiseram fazer no caso dum sujeito, cuja especialidade era não poder desembarcar em parte alguma desta nossa Terra (um indesejável).

Mas havia outros divertimentos a bordo. Por exemplo: a conversação.

De manhã: um enorme interesse pelo modo como cada um passara a noite. Obrigavam até sujeitos que nada podiam adiantar, porque haviam dormido sem essa preocupação, a dar informes também.

— Que tal? Como dormiu à noite?
— Muito bem!
— Enjoou muito?
— Não notei.

— O sujeito, esse nos vai fazer perder tempo — confiava o capitalista à companheira.
— Quem? "Norberto"?
— Sim...

O navio aproximava-se do cais, lentamente. O casal já estava na amurada, pronto para saltar.

Caceteação.
— Você não perguntou onde é que *eles* atracam?
— Eles não sabiam.

O capitalista relanceou o olhar. Ali não devia ser, nas imediações daquele espaço reservado ao navio que os ia descarregar dentro dum momento, espaço aberto entre duas embarcações e limitado por pequenas bandeiras.

— Você depois vê isso.

Era mesmo. Mas o caso é que não queria perder muito tempo com essa tarefa, porque ambicionava almoçar uma comida de "terra", quentinha, fumegante, perfumada. — E tendo uma convidada de honra...

— Eu?... (E ela sorria com uns dentes e umas gengivas úmidas de contentamento).

Já se haviam lançado os cabos de manilha. As máquinas (depois daquele período indeciso em que parece que vão parar, mas tocam de novo, e isso várias vezes, até colocar o navio a ponto de se insinuar na sua brecha); as máquinas finalmente tinham-se detido.

— Será que o navio sai hoje mesmo? — perguntou o sujeito, passado um momento.

— Acho que sim.

— Mas depois se vê, depois do almoço — rematou o homem, após refletir suficientemente.

Depois daquele almoço azul e dos outros duma longa temporada mundana, a refeição à la carte, do restaurante de Santos, tinha o sabor de coisa picante e proibida. Comiam os três.

— Acabado este "entrecôte" nós tratamos do seu caso — prometia o capitalista.

O maluco aquiescia, com a boca cheia.

Mas o fato é que o tempo se fazia escasso, segundo opinava o chofer. A estrada — sempre atravancada. E perigosa, porque caminhão de carga e ônibus não davam passagem, sistematicamente. Precisava pois um tempo bom — grande — pela frente.

Eram essas as principais razões. O chofer poderia aduzir outras, justificativas da pressa em embolsar os cobres daquela "corrida" especial até São Paulo. Mas era estrangeiro —

japonês — e, da nossa língua, só havia aprendido o necessário para guiar um automóvel.

— Então... Que é que se resolve?... — consultava o capitalista.

A mulher fizera o propósito de estar aquela tarde ainda em São Paulo. Ele também, conforme lhe anunciara no Rio, ao traçarem os planos de viagem. Portanto, era embarcarem no auto e chegar dentro de duas horas o mais tardar ao seu destino: — Quanto ao companheiro — levava-se.

Bem pensado.

Escrúpulos

A mulher (num ar de mistério), para o capitalista:
— Veja o que eu soube...
— Sim... Que é?
— "Norberto" já esteve em prisão!
Como! — Mas depois o homem sorriu: Se era pela passagem com a qual viajava, passagem fornecida pela polícia, não havia perigo, porque ela lhe pertencia tanto, quanto aquele nome.
— Posso garantir a você.
Bom. Então era outra coisa.
— Não faz muito, mesmo, que saiu da cadeia.
Ele teve um interesse vivo:
— Mas não veio da Colônia Correcional!
— Onde é isso?
O outro explicou.
— Ah! não. Por que perguntou?
Na Colônia, ao chegarem as levas de presos, seiscentos de cada vez, o representante da administração (era fato), assim que eles iam descendo do navio, começava ordenando: "— Os pederastas prá este lado". Um grupo grande se dirigia para ali. Coisa natural, para uns e para outros. Fazia-se uma triagem necessária, necessária numa prisão destinada originariamente a malandros...
— Você compreende que nós devemos estar esclarecidos sobre *isso* — e designou discretamente o companheiro de viagem, que ia na frente com o chofer.

Mas não, tranquilizou a senhora, ele não saíra da Detenção. — E depois de refletir:
— Ora, o pobre...
O grupo estava chegando naquele momento a São Paulo.
— Você quer saber duma coisa? — fez a companheira, um ar trêfego. Ele ergueu os olhos.
— Prá que havemos de nos meter num "Rotunda"? ou noutro hotel?...
— Mas onde então?...
É claro — ela sabia — o conforto... Mas eles não iam precisar do hotel — hotel de luxo — senão para... para poucas horas em cada dia. Porque, enfim, ele não havia de querer continuar se intoxicando com aquelas tintas da moda...
— Deus me livre!
O programa era comer assim, em qualquer parte, meio à boêmia...
— Justo.
Alojamento com uma cama, para a noite, qualquer um servia; não era necessário mobilizar o pessoal enfadonho dum hotel de primeira classe, toda vez que fosse se deitar. Nem era discreto.
— Tem razão.
Ora, numa das ruas da cidade, (era verdade!), bem no centro, ela possuía uma parenta, — que os receberia com enorme prazer. Vivia só, numa bela casa.
— Sempre se dá uma companhia à velha.
— À noite... À hora de dormir... — gracejou o amigo.
— Não! "Norberto"!
"Norberto" ia metendo o focinho em cada coisa. Quase destroncava o pescoço, pois queria ver tudo, ao mesmo tempo, tanto na sua esquerda (no lado do japonês), como à direita.
A rua da velha vinha desembocar numa praça, escondida por detrás duma enorme igreja (sé). O lugar era muito movimentado (principalmente bondes). O auto deles teve de aí

parar um momento, esperando a vez. Num dos lados, exatamente nos fundos da sé, na linha que a rua continuava, ficava uma "praça" de automóveis. Todos os seus choferes eram japoneses. Quando um carro saía, para atender algum chamado, um outro dos que estavam ali, vinha ocupar a sua vaga (se a colocação era melhor). Como havia chamados muito seguidos, era uma dança ininterrupta. — Aquilo, visto de cima, de muito longe, por um camarada descansado e que não conhecesse a razão desse constante movimento, iria parecer tão instintivo e irresponsável, como o empenho que as formigas põem em se chocar e se beijar, no seu carreiro, cada vez que se encontram.

O sujeito, à medida que o carro rodava, levantava uma questão, ditada pela delicadeza. E era: se deviam dar-lhe essa surpresa.

— À velha?

— Ela é velha? — quis ele saber primeiro.

Era.

Mas não seria surpresa, tranquilizou a companheira: de Santos, ela tivera a ideia de telefonar. A parenta já estava à espera deles.

O outro ponto era a liberdade que eles precisavam ter:

— Não quero ficar sujeito a horários e outras importunações duma casa de família.

Mas essa era a vantagem! — esclareceu a mulher. — Porque, como a velha era surda (mas o que se diz: surda), a casa perdia o aspecto enfadonho de uma casa de família.

— Não vejo a relação.

A explicação que ela dava era esta: a velha parenta não ouvia os ruídos, as palestras, a vida, em suma, da sua casa; cada dia se desligava, forçada, do seu papel de dona do próprio lar.

Além disso, como acontecia consigo própria, que, quando entupia o ouvido com algodão, pouco enxergava, ela, a pobre, quase já não via, devido à surdez.

Para exemplificar, informou, mesmo, o seguinte:

— Da outra ocasião, em quinze dias que me hospedei com ela, não me viu entrar a única vez que fui obrigada a isso.

Esse fato deveria afastar (achava ela) todos os escrúpulos do amigo, — como afastou.

(Toda a conversa se desenvolvera em voz baixa. Compensação — no mundo moderno — para a quantidade de ruídos que ele reúne e depois despeja nas cidades).

Mulher-velha

— Espere. — O sujeito tinha alguma coisa importante a dizer. A companheira pôs os olhos nos olhos dele. Não aparecesse alguma modificação de última hora...
Era uma modificação. Mas ela haveria de aprovar.
— Que é?
A bem dizer, nada de fundamental. Já era um tanto tarde...
— Quatro e dez — adiantou ela, num tom preciso, consultando a pulseira. Tinha um olhar que exigia o fim da história. Havia avançado no banco (no banco comum); achava-se quase defronte dele, tamanha era a preocupação de ver-lhe a cara, frente a frente.
... E, naquele dia de inverno, prosseguia o amigo, parecia mais tarde; sentia-se fome cedo...
— É da viagem — comentou a outra, sempre na mesma atitude de prevenção, de expectação hostil.
Talvez. O caso é que ele achava melhor não desembarcar na casa da velha.
— Mas não precisa, claro! Basta que eu desça e as bagagens.
Pois era o seu plano. Iriam diretamente a uma casa onde pudessem tomar o seu chá.
Estava-se em meados de julho. São Paulo parecia escuro, mesmo de dia. O chofer não se prejudicava incluindo uma pequena informação sobre o tempo na "corrida". Nem se diminuía. Fazia quase uma semana, pois, que — ou chovia, ou caía uma neblina como aquela, acabara por desembuchar.

O Louco do Cati estava muito desagasalhado, como notou a mulher de cara mongólica. Depois, entre o seu corpo e aquelas roupas muito maiores do que deviam, circulava muito vento, — até um pouco daquela neblina.

— Espere, que eu vou-lhe arranjar qualquer coisa.

O auto já havia chegado à casa da velha. Só a sujeita e o japonês tinham descido. Um criado acorrera. Era conhecido da mulher (o chofer da família).

Puseram-se a descarregar a bagagem. O capitalista quis descer para ajudar.

— Não precisa. Está muito frio.

A mulher ativava-se. Às vezes, ela e o japonês ficavam um momento lado a lado, puxando uma maleta, qualquer coisa. — E pareciam pessoas da mesma raça.

Estava tudo na calçada, finalmente. O criado começou a carrear aquilo para dentro. Na última viajada, a mulher embarafustou também, — uma valise numa das mãos, agasalhos de viagem na outra, ainda uma grossa manta suplementar enrolada metade no ombro, metade no pescoço, — que eram os únicos lugares disponíveis.

O seu companheiro ficou espiando aquela figura que se sumia, ágil e bem-feita, com um sorriso, um sorriso contente... Chegou a se espichar, retesar as pernas contra o chão do auto, as mãos metidas nos bolsos (estava frio mesmo), num espasmo, agradável e invencível, dos seus músculos...

Cinco horas. Chá com torradas. Música (principalmente de violino e piano).

O maluco está de capa, — capa de borracha. (Não foi possível arranjar uma coisa mais adequada ao frio).

A desculpa é que está neblinando — ponderou a mulher, numa espécie de consulta e de justificativa, ao seu companheiro.

Mas esse não demonstrou o menor entusiasmo por aquele problema. Seguia o violino e o piano. O violinista mesmo lhe pusera os olhos, e tocava toda a música assim, voltado para ele, contente (ao que parecia) por estar sendo visto, — numa casa, como aquela, onde só se entra para não ver, como certos teatros.

Horas depois, no cinema, o indivíduo se virava para os lados, de leve. A companheira estava embevecida para o écran prateado, sobre o qual um cone de luz quase azulada de tão lívida e que atravessava o salão, atirava umas figuras, — figuras que, no momento, se amavam e sofriam como gente mesmo. A cara meio asiática da mulher tinha um sorriso, — que ela decerto não sabia que pusera ali, porque o que ela queria não era sorrir simplesmente, mas exprimir uma emoção. O companheiro, educadamente, pegou-lhe uma das mãos. Ela, mesmo sem desviar o olhar do filme, tirou a luva, abandonou-lhe uma mãozinha tranquila. O homem então olhou prá tela, depois olhou prá os lados. Fungou. — Na fosforescência da sala, o focinho do maluco tinha uma expressão adunca.

O cinema fatigara-os. Mas não era só o cinema: também a viagem. Não descansavam desde a véspera, desde que haviam saído do Rio.

— Porque, não sei se você sabe, eu a bordo não durmo — preveniu o homem.

— Nem eu.

O melhor portanto era irem-se tocando prá casa da velha.

— Também esse pobre homem deve estar moído.

Devia.

São Paulo, àquela hora da noite, ainda parecia mais sombrio. Mas não era a falta de luz. O centro mesmo, apesar da sua pobreza de perspectivas, era um contínuo palpitar de cores, cores no espaço, que apregoavam, que orientavam, às vezes com intermitências rápidas, num monólogo mudo, — dos reclames.

— Se a velha estiver acordada ainda, você não me apresenta.

A companheira prometeu com a cabeça, — e se recostou maciamente no seu ombro. Ele aderiu também. Estiveram um momento assim. Mas o chofer indagou qualquer coisa do maluco, que ia ao seu lado. Sem a devida resposta, impaciente, voltou-se para trás. Eles se endireitaram de novo. E responderam, quase ao mesmo tempo:

— No meio da quadra.

A velha estava sentada numa poltrona duma linha muito moderna. Pequena saleta com aquecimento. As paredes eram da cor verde. O resto — móveis, molduras dos quadros, mesmo a carapuça que velava a lâmpada posta a seu lado — guardava uma tonalidade entre o marrom e o vinho. — Mas o novelo de lã que se desfazia, de tempos em tempos, aos ressaltos, à medida que crescia a trama frouxa entre aquelas duas agulhas longas e cromadas; esse novelo de lã — era amarelo.

A conversa dos dois

A neblina havia evoluído: no dia seguinte era uma chuva franca.

Desde manhã cedo, o Louco do Cati pusera a "sua" capa de borracha. Como naquele dia tão diferente (dia de verão), rondando a porta gradeada do cubículo, para sair prá cima, prá o banho de sol, também agora ia e vinha em todo o comprimento do corredor (era no primeiro andar), rondando as portas dos quartos *deles*. — Mas eles nada de saírem. (Em toda a casa — um grande silêncio).

Então ele baixou, muito sutil. A escada acabava já quase na porta da frente. Puxou cautelosamente o trinco, — desses trincos patentes, que se maneja para um lado e que é muito agradável de abrir, por causa da mola. Foi arrastando com cuidado a porta pesada e lavrada, ainda com um cheiro, distinto, de verniz (mas muito suave). — E subitamente se encontrou na rua.

Chovia forte. Mesmo assim, era um carreiro de gente.

A cabeça hesitando, virando prá um lado, depois prá outro, — tomou, por fim, a sua decisão. Desfez o caminho que o auto percorrera ao chegarem: rumou em direção à praça que a igreja enorme ocultava da curiosidade dos paulistas.

Lá estavam os automóveis, na sua dança.

Ele permaneceu muito tempo, na chuva, observando-os: eram mesmo uns bichos, animados dum instinto qualquer, tão irrequietos como quaisquer outros...

Logo dobrando a esquina, à esquerda, ficava um café, — bem defronte daquele outro lado da praça, que era ponto de bondes. Farejou um pouco na porta. Depois entrou.

Vieram os bulezinhos. Num — o do leite — cabia só a quantidade de leite para uma média. Mas o do café não trazia a porção exata: havia sobrado um pouco. E ele quase meteu o nariz dentro, para ver.

— Tinha alguma coisa?

O garçom interpreta aquilo ao modo habitual.

O outro levantou-lhe um olhar de incompreensão.

Mas o garçom insistia:

— Alguma coisa no café?... (Alguma coisa que ele pudesse ir imediatamente *mostrar* ao copeiro...)

— Não... (A cabeça do maluco, sem se dar conta do interesse do garçom, negava docemente).

Os bondes (um número incalculável, chegando e partindo, de minuto a minuto, um atrás do outro, no seu ruído e no seu ritmo) os bondes apareciam não se sabia donde e também perdiam-se em qualquer parte fabulosa da cidade. Só um momento à vista... — ... Como — como um par de trilhos, também misteriosos, que cruzara (mas há muitos meses, num dia de calor e dum vento morno que soprava do mar), trilhos que vinham dum descampado, onde havia umas palmeiras, e se enfiavam por outro descampado, — ponte rápida e sonhadora entre dois enigmas...

Quando voltou à casa, o casal já tinha saído, "prá rua". A mulher deixara recados, instruções. O chofer da família, que fazia as vezes de criado, recebeu-o na entrada.

Foi fazendo-o passar. Primeiro, um espécie de gabinete, — um jeito severo, um leve cheiro no ar, em que se sentia o odor de couro de lombada de livros, e de cigarro: — cheiro de homem... Depois, era a sala de jantar, toda cintilante de cristais, de objetos em que havia delicadas guarnições, guarnições metálicas. Ainda se passava por uma ou outra peça mais (desvãos para um desafogo, um tête-à-tête, uma "fuga", em dias de aglomero). — E lá no seio mesmo de todo esse sistema de salas onde se recebe e se está, protegida e aquecida, — a saleta da velha.

A tonalidade verde-vinho da parede e dos móveis ficava mais nítida com a luz do dia (embora dia sombrio). Também o amarelo da bola de lã.

O criado não o acompanhou senão até uma espécie de pequeno vestíbulo (uma dilatação dum corredor de passagem) que comunicava com a saleta; uma moça bonita e bem-vestida, mas onde se sentia a empregada, tomou conta do hóspede:

— Passe. Dona Josefina está à sua espera.

Toda a manhã foi aquele bate-boca descansado da velha.

Curvado para diante, a gola da capa de borracha torcida prá dentro num dos lados, lado esquerdo (ele não a tirara na entrada), — ouvia. A moça recuara para um dos cantos. Fazia um tricô também.

Dona Josefina (a velha) contava a história da filha.

Devia ter sido um encanto, mesmo. Muito loira. E inteligente e seriazinha desde pequeninha.

Um dia, no colégio, sentiu uma indisposição qualquer. Estômago não havia de ser, porque, mesmo nesse tempo já antigo, na sua casa havia tanto cuidado com a alimentação — principalmente das crianças — como agora, com a tirania da puericultura. Era um peso na cabeça, um cansaço e um tremor nos membros. Mas continuou na festa (porque era uma festa de encerramento das aulas; festa em que, no fim, havia uma quermesse). À noite, já ardia em febre franca. Horas depois delirava. Mas sempre saiu por momentos do seu delírio para pedir que trouxessem para a beira do seu leito os "presentes" que tirara na quermesse. Morreu essa noite mesma.

Os "presentes"?... Que presentes ela tirara? — se interrogava a velha mãe, e se respondia, num diálogo antigo, que vinha ecoando, há muito tempo já, dentro da sua alma:

— O que é que a pobrezinha podia ter tirado: dois castiçais...

E depois de uma pausa, que os seus olhos cansados aproveitaram para olhar prá o passado:

— Essa "Maria Santos", que nos veio bater mais tarde em casa, com uma história de que era colega e amiga de infância de minha filha, — como é que se chamava? — perguntou à moça.

— Olga.

Ela *ouviu*, mais pelo movimento dos lábios.

Descendo

Bem: desde aquele momento (era depois do almoço, dum dia frio e ventoso, mas seco), desde aquela hora, ele já não precisava mais de São Paulo. Ali onde se encontrava, não fazia frio nem vento (fumava o seu cigarro no gabinete; a companheira também).

— Ela — e apontou vagamente com a cabeça para os fundos, em direção ao refúgio de Dona Josefina — ela traz tudo isso bem quentinho — considerou, de leve. Um elogio às instalações.

— Recebe muitos parentes. Sempre está com a casa cheia. Agora é porque a estação vai muito má...

Pois era isso — retomou o sujeito: de São Paulo nada mais. Por hora, naturalmente.

Ela não respondia. Aqueles três dias (chuvosos, dissimuladores, misteriosos) não se apagariam tão cedo...

— E o seu assunto na "Cadeia dos jornais da Tarde"?... — perguntou, interrompendo o seu devaneio.

— Decidido. — E soprou longe, para cima, a baforada de fumaça. (Ela, sentada à sua frente, via-o na sua poltrona, numa posição que era um "triunfo" daquele pessoal do navio. Pelo menos, a nuca do companheiro já sentava com o resto do corpo).

Então mais nada os retinha, mesmo, ali. Já se podia ir pensando em descer, ultimar as coisas em Santos.

— Sabe? tia Josefina quer-nos mandar deixar em Santos.

— Prá ter certeza que vamos mesmo.

— Ora!... ela está encantada com esse... maluco.
O sujeito sorriu, educadamente. E não disse nada.
— Podia-se já dormir hoje em Santos...
A mulher, a esse *convite* do amigo, começou a evocar aquele hotel da praia. Não devia estar um tempo assim lá embaixo. Santos sempre é muito quente. O Rio é que era uma beleza!... Florianópolis — não conhecia. E tinham de passar por Paranaguá. — Um capricho, esse, de viajarem assim, de porto em porto, como... imigrantes. Teria sido muito melhor de avião. Mas ele alegava que da vez passada não se animara a retroceder (de Florianópolis a Paranaguá) e que com isso se prejudicara. — E ele não devia ter prejuízos. Não era justo...
— A que horas sairíamos então?
Num tempo de inverno, como esse, convinha chegar cedo.
— Sair às quatro?...
Se quisesse... Mais cedo era melhor.
— É que eu tenho de fazer umas compras ainda. — Consultou o punho. — Mas tem tempo. Posso sair a uma, uma e meia. Uma hora depois estou de volta. — E levantou-se.
Uma vez de pé, sentiu-se mais viva (a vivacidade habitual). Olhou-se num espelho que havia ali, muito discretamente, "fazendo" uma "almofada" dum móvel, espécie de armário. Deu uma volta. Os seus quadris muito proporcionados giraram, como num passo de dança.
— Vou agir! — e desapareceu, alegre.

Em Santos.
Tudo providenciado: passagens... Tudo!
A mulher quis saber como ficara o caso do maluco.
Muito simples:
— O comandante deu a sua interpretação, e resolveu considerar a passagem da polícia como "oficial", — e o homem também.

— Ah! Foi bom: ele assim vai melhor.
— Mas não num navio daqueles...
— Mau?

O homem limitou-se a responder com uma interjeição-sorriso, misto de ironia e de sarcasmo, emitida, não pela boca, mas pelo nariz. Tinha outra força.

O comandante é que era gozado, preveniu ele. Muito importante. Também já estava a bordo um cônsul, ou vice-cônsul, — um diplomata estrangeiro. Sujeito igualmente muito respeitável.

— Cada um tem uma coisa que não diz abertamente. É o cargo (prá o comandante) e a pátria, do vice-cônsul. O comandante só fala no seu "comando"; o diplomata no "seu país". As duas coisas assim ficam muito importantes.

— É mesmo — concordou a mulher, depois de refletir.

Nenhuma novidade, nem à partida, nem dentro das primeiras conversas, refeições e indagações. Foi ao cair da noite, que houve o rebuliço: um sujeito.

— Opa!...

Um sujeito que apareceu seguro por dois marinheiros, bronzeados, retacões, tipo nortista. O indivíduo era um clandestino (empregado em serviços no porão, como represália). Mas agora ele virara desordeiro.

— O que é que ele fez? — perguntou o comandante. Estavam os cinco reunidos, para assim lutarem mais eficientemente contra aquele mar: o alto funcionário da empresa, o diplomata, o casal e o Louco do Cati.

Ele?... o que fizera?...

— Falou do comando.

— Que é que disse de mim? — Era uma coisa pessoal. Impertinente, portanto.

Bem... (Os marinheiros não sabiam se deviam revelar. Olhavam-se).

— O que é que ele disse? — insistia a suprema autoridade de bordo.

— Ele falou de vossa senhoria.

— Me censurou... os meus atos...

Isso mesmo. (Os marinheiros confirmavam também com a sua atitude: olhos baixos, a cabeça abanando cautelosamente nas afirmativas, todo um respeito organizado, diante da ira do superior).

Mas o comandante queria saber que é que o homem havia dito dele. Esse — o ponto.

Um dos subalternos então se resolveu. E contou:

Estavam num canto escuro do porão. (O que já era suspeito...)

— Claro. Continue!

(Se estivessem no convés, à luz, seria outra coisa... Claro).

Falava-se sobre o comando do navio, nesse dia de mar grosso.

— E o que foi que ele disse de mim aí?

— Ele fez: "— Huum...".

— Meta nas grades!

Foi quando, atrás deles, gritou uma voz:

— Cati!...

Opinião médica

Ainda àquele dia, à mesa, o dr. Valério, o médico de bordo, denunciou-se com o maior cinismo: passava o dia todo entregue à contemplação.

— Deve ser bom.

— E o que é que contempla, doutor?

(A conversa tinha sido puxada pela mulher mongólica.)

— Esteja certa que não é nem o céu, nem o mar. Esta rota é bastante miserável. Ainda vai ver.

Mas o grito — Cati! — trouxe-o até o grupo, com um certo interesse.

— Donde é você? — veio ele perguntando àquele homem estranho, — o qual, já agora, só estava muito pálido. Mas muito.

Os outros foram os que lhe ministraram informações. Poucas, entretanto.

— Há bastante tempo não ouvia falar no Cati. Esse pobre homem teve o mérito de me acordar uma velha recordação — disse o médico.

A ideia do imediato era que o sujeito reconhecera o clandestino e procurava chamá-lo, talvez pelo próprio nome. Investigassem e haviam de ver que o desordeiro se chamava isso ou coisa parecida, e que era seu cúmplice em viajar sem passagem comprada.

A mulher, sem se afastar da hipótese de que aquele pudesse ser um nome de gente, opinava que o indivíduo proferira o próprio nome — que é sempre mais fácil.

— Bem pensado — concordou o dr. Valério. — E, se esse não é o seu nome, daqui por diante vai vê-lo acompanhando-o até... — Prá onde é que ele se destina? — perguntou, interrompendo-se, ao comandante.

— Florianópolis.

— Até essa cidade tristonha, então. Porque a tripulação não perdoa.

Bem. Mas mesmo assim — observou um — tudo isso ainda não explicava a atitude imprevista do homem. Ele não seria um louco?

O dr. Valério quis conhecer a opinião do comando.

— Claro que é um louco. Por isso mesmo, já está encerrado no camarote.

O diplomata — que já vira tanta coisa (menos no seu país, lógico, que ainda não conhecia) — nunca tivera oportunidade de apreciar uma loucura a bordo.

— Mas o senhor acha que ele é louco, doutor? — perguntou a asiática, com uma certa preocupação.

— Só examinando.

— Como, doutor? Então um médico não pode dizer assim se um homem é louco ou não?

— É o único que não pode, minha senhora.

Engraçado.

O dr. Valério, todavia, recomendando que não esperassem nada dele em matéria de diagnóstico, pediu licença para ir conversar no camarote-prisão com o "homem do Cati".

No dia seguinte, ao entrar o pequeno navio na baía perigosa e pitoresca de Paranaguá, ele obteve do comandante a faculdade de escoltar o maluco do Cati até a terra, — prá que comesse também os camarões abraçados de que todos falavam a bordo.

— Mas não há perigo, doutor?

— E se houvesse?...

— O senhor é engraçado...

***

Quando os passageiros voltaram outra vez para bordo e o prático tomou a direção para aquela saída difícil, todos lamentaram que o navio não tocasse em Antonina, no fundo da baía.

Como não seria visitada, Antonina passava a ser coisa muito interessante. Tanto, que todo o mundo, até bem longe fora da barra, falava só nela, esquecendo o Louco do Cati. De resto, a pessoa mais interessada no caso, ficara em terra: a mulher de cara mongólica com o seu companheiro.

O maluco já passeava pelo velho convés os seus pés enjoados, incertos, — calçados com uns sapatos que começavam a se desfazer.

O outro dia era um domingo

Ia-se chegar num dia, sobre o qual todos possuíam uma opinião definida:

— Bom que é um domingo. Vou direito à vesperal do cinema! — e aquela menina ali se saracoteava toda, na frente dos passageiros, no salão, — enquanto a mãe olhava prá ela e lhe pedia modos!

A senhora achava-se numa conversa com o seu Amaral (um moço que nem parecia deste tempo: tocava piano; era muito atencioso). Estavam outras pessoas.

Ventava furiosamente. (Noite muito feia). Havia toda espécie de barulhos em torno deles.

Atracariam no dia seguinte, cedo.

— Pois eu não gosto de chegar em domingo — noticiava o seu Amaral.

(*Seu* — vinha do colégio. Gurizinho ainda; mas muito estudioso, muito aplicado. Ficava todo inchado quando o tratavam de senhor, na aula.)

Não gostava dum desembarque em domingo, e deu as suas razões.

— Um dia perdido.

— Muito bem, seu Amaral!

O entusiasmo da mulher por ele!... E isso que ele não se lhe havia revelado todo: ainda imitava (noutras rodas, lógico, ou naquelas, mas depois de muita insistência), imitava com perfeição o modo de falar (aliás muito gozado) dum espíquer americano, — que nunca aparecia nos filmes (nalguns rádios era natural), mas que era pessoa altamente conhecida de todo o mundo.

Bom: um sujeito daqueles ali só conhecia um outro sujeito — de costas. E até conhecia muito.

Florianópolis, no outro dia, sob o vento frio do oceano, parecia uma cidade sem — agasalhos. Um cidade — muito em cima do mar.

Valério já sabia para onde se destinava o maluco do Cati. Mas, ao primeiro contato com a terra (ainda na manobra da atracação) tivera notícia do temporal que se desencadeava por toda a costa rasa do Rio Grande. Os ônibus (que fazem o trajeto pela praia) não trafegavam... seguramente há uma semana!

— Não, Biguá?

Biguá suspendeu por momentos a atenção do seu serviço. Olhou prá o companheiro, que falava com o doutor.

— Anda por aí.

Tendo respondido, tranquilamente voltou ao trabalho, — que era com uma corda grossa.

O médico procurou primeiro o maluco. Depois foi-se entender com o comandante:

— Ele deve ser posto no ônibus de Lajes. De lá ele se encaminha prá o Rio Grande.

O comandante refletia.

Não seria melhor entregá-lo à polícia?

— À polícia?!... Prá quê?

— Pois ele é meio maluco...

Ah! Sim. (O médico compreendia.) Mas não. No Estado não havia Serviço (serviço clínico, queria dizer) para... malucos. Melhor que ele se tocasse prá o Rio Grande. Cairia mesmo na boca do lobo, se fosse o caso...

— Mas só amanhã tem ônibus — rematou o dr. Valério. — Eu pediria a autorização dele dormir a bordo esta noite. — E, passado um momento:

— Eu vou sair com ele. Mostrar a cidade, que ele não conhece. Embora já tenha estado aqui... Há mais de meio ano... Faz algum tempo, portanto. Já deu prá esquecer.

Nos seus lábios murmurava um sorriso...

Mau sinal

Valério presidia a toalete do maluco do Cati, — que mostrava muita influência pela capa de borracha.

(A mulher mongólica não tivera coragem de lha "tomar": o chofer da família contentara-se com uma nova que lhe fora adquirida em substituição. — A asiática mexia-se dentro desse "embrulho" das capas, como uma pessoa grande ajeitando "diferenças" entre duas crianças.)

Mas era isso: mostrava muito entusiasmo pela capa que trouxera de São Paulo. Constituía sempre uma das coisas que primeiro botava.

— Experimente este calçado. — E o dr. Valério atirou-lhe um par de sapatos, — mas atirou-lhe fazendo-os deslizar sobre o assoalho do camarote. Correram juntos uma certa distância (parecia um brinquedo); depois se abriram (um até deu meia-volta: ficou virado para o ponto de partida). O maluco teve de se curvar muito (é fato que ele já estava sentado no beliche do doutor); teve porém de dobrar o corpo e ir pescar, quase fora do seu alcance, um pé e outro, ao mesmo tempo e com uma certa atrapalhação.

Tinha de ficar bom (ele estava calçando-os). Porque (embora houvesse ali alguns pares a escolher) eram todos do mesmo tamanho. Mas, com a sua experiência, Valério julgava que a forma que melhor disfarçava aquela diferença de tamanho entre o seu pé e o dele, era exatamente essa. O importante, depois disso, era saber se estavam cômodos.

O maluco respondia que sim com a cabeça, ao mesmo tempo que sapateava brandamente no assoalho. Nem para atender ao médico, tirara os olhos do sapato "novo".

O programa da manhã consistia numa volta pelo centro. À tarde, ele deveria acompanhá-lo numa visita ao seu "cliente".

— Que tal?

O maluco farejou muito todo aquele centro da cidade: a praça, a igreja, a casa do governo, a rua principal e o seu movimento. Com o focinho no ar, a capa voando ao vento forte, às vezes se retardava. O médico advertia-o. Ele então se apressava. E quando de novo se reunia ao companheiro, tinha um olhar de expectativa e de consulta.

Não: o dr. Valério só o que queria era que ele visse tudo (claro); com tempo, porém, para irem tomar o seu cafezinho.

— Um plano e tanto, não é assim?

O café estava quase deserto. Embora fizesse sol (sol de inverno, sol tenro) o estabelecimento tinha uma tonalidade sombria. Mas não era dele essa tonalidade, — pois contava com muitas portas, abertas para duas ruas (era de esquina); — era das ruas, da sombra ainda úmida das ruas, que lhe vinha esse tom apagado.

O cafezinho também não era para grande coisa. Eles sorveram-no, e depois ficaram silenciosos. De quando em quando, pingava um consumidor. Já ao sentar, de longe, ia falando prá o garçom (encostado lá no fundo, no balcão, em conversa com o copeiro, — um sujeito de avental e barrete brancos). Geralmente o freguês tinha uma palavra qualquer de intimidade para o empregado. Este servia-o com demora, com displicência. E o outro, quase sempre também, enquanto calculava o açúcar necessário e regulava a mistura do café e de leite, com os olhos dentro da xícara da média matinal e a mão no ar para fazer o homem "parar" no momento justo; o consumidor, quase sempre, nessas ocasiões, tinha alguma informação a confiar ao homem displicente ou algum palpite a pedir sobre os cavalos que iriam correr poucas horas depois.

— Isto também já está visto — decidiu o dr. Valério, na qualidade de guia. — Vamos tocando?

Ergueram-se. (O níquel já há muito se encontrava, dissimuladamente, sob a borda do pires.)

Dali até o cais, eram ruas mais largas, com edifícios com jeito de grandes barracões. Pareciam depósitos comerciais, casas de atacado. Comércio grosso. — E tudo fechado, deserto.

Ao chegarem numa casa de esquina (o vento aí estava forte mesmo: é que o mar se achava perto); ao chegarem à casa da esquina, o médico começou a consultar uns cartazes impressos que ficavam entre os batentes e as vidraças das portas fechadas. Eram "horários". O doutor porém não encontrava o que queria.

— Mas eu tenho ideia de que os dias são segundas, quartas e sextas — ruminava ele, alto, sem nenhum interesse, entretanto, em ser ouvido por mais ninguém senão por ele próprio. O maluco também avançava o focinho, — querendo ajudar o doutor, mas sem saber bem no quê.

— Amanhã se vê isso. Amanhã cedo.

A impressão que o dr. Valério trouxera, aquela tarde, do seu cliente, não era boa: um sujeito já bastante emagrecido, juntando, em torno de si, no leito, com as mãos pálidas, ossudas, tudo o que era dele: a forma de pau de fazer chapéus (ele era chapeleiro), um cachimbo holandês que há muito tempo um comissário de navio lhe trouxera duma longa viagem; outras bugigangas... dinheiro... Mau sinal — considerou o médico, pensativamente.

O maluco, enquanto isso, procurava passar a mão espalmada sobre o cocuruto da forma de chapéu. Era bem lisa...

Mas houve um momento de susto: quando o doente ficou brabo com ele.

— Ele desconfia de todo o mundo — justificou a mulher, o ar triste e cansado.

O doutor não estava enganado: era mesmo naqueles dias que partia o ônibus de Lajes. Partia porém de madrugada agora, por causa do mau tempo.

— Mas as estradas ouvi dizer que são ótimas!...

Eram ótimas, sim; e perigosas, num tempo molhado. Um caminhão (a sorte é que era de carga), um caminhão daquela mesma empresa havia-se despencado num precipício de uma centena de metros, ou mais.

— Bem: e agora? — quis saber o médico, depois de algum momento de silêncio.

— Ele tem muita bagagem? — inquiriu o gerente, pondo os olhos no maluco.

A sua bagagem era uma maleta (pequena) e aquela capa.

— Hein?...

Considerou um pouco. Talvez desse.

Desse, como?...

Dentro de uma hora saía um caminhão de carga... (Mas não tivesse medo — e o homem sorriu: — esse não ia cair no precipício)... Bom: havia um lugar junto com o chofer. Talvez servisse. Muita gente viajava assim.

— Eu mesmo — disse o médico. — Era uma coisa que eu sempre quisera fazer. Como também viajar por mar num cargueiro. São duas coisas boas.

Viajando

O "viajante" em meia hora estava pronto. Faltando a despedida...

... Outra vez aquele quadro: um mocinho (quase um menino), tomando um café nervoso, cheio de esperanças tristes e de apreensão... Um barulho desconjuntado de ferros, enchendo a rua ainda escura da pequena cidade... A diligência! "— *Vai, filho...*" Pressa. Um abraço. Mãos (cheias de cheiros) de menino — nas costas magras da mãe. Um nó. Um quase soluço... E aquela voz, voz clara da madrugada: "— *Tem um lugar aqui no pescante*". Ele acomodando-se entre duas caras barbeadas, que exalavam um vapor leve por entre os agasalhos da viagem. Enquanto todos os galos da pequena cidade cantavam ao sol que iria nascer.

O dr. Valério abreviou muito a cerimônia.

— Agradeça ao senhor comandante...

Marinheiro. Entre estes, um daqueles dois que haviam arrastado até ali em cima o clandestino, o desordeiro. O navio, atracado e preparando-se lentamente para zarpar mais uma vez, um outro dia, não era o mesmo navio... Um servente de bordo, agachado no chão, ia esfregando com escova e sabão o assoalho do deque, — já muito desbotado, muito branco.

O comandante estendeu a mão, que ainda investigava e desconfiava. O maluco deu um aperto de mão também no marinheiro. Este sorriu.

— E agora não perca esse caminhão — recomendou Valério. — Já está demorando demais.
O sujeito tocou-se pela prancha abaixo.

O chofer parava o carro em cada venda do caminho: ia tomar uma cerveja (a zona fabricava cerveja), — por causa do calor do motor.
O motor aquecia mesmo. Estava um tanto confortável aquele recanto, principalmente agora que, com a subida, o frio ficava mais cortante.
O chofer preveniu-lhe:
— Antigamente eu bebia cachaça, nessas viagens no inverno. Mas descobri que a cerveja faz o mesmo efeito, e com quantidades muito maiores.
A estrada era boa. E a paisagem, nem se falava!... Que beleza — aqueles abismos, que caíam das bordas da estrada curva, num plano violentamente inclinado, como leivas gigantescas, cobertas de grama! E a mataria fechando esses vales. As torrentes procurando, num murmúrio, a linha sinuosa em que poderiam escapar daqueles sucessivos anéis de montanhas. De vez em quando uma casa, um homem.
— Olha! Ali está um atrasado.
E o chofer apontou um sujeito que saltou da curva (a estrada era só curvas) para o meio do caminho, fazendo sinal prá ele parar. Metros adiante, divisava-se o começo da lomba (rampa muito conhecida e respeitada; só mesmo de segunda; e esquentava demais o motor); lomba que tem alguns quilômetros e que conduz ao planalto. — Já era de tarde.
— Vem vindo do baile, moço?
Era de fato um moço; um "alemão".
Vinha. Demorara-se. Perdera os companheiros, que haviam debandado na véspera, ao terminar as danças do domingo. Mas haveria também uma reunião de noite. Ele ficara, e agora estava ali.

— Quer uma passagem? — perguntou o chofer, fumando muito e arrotando por entre a fumaça do cigarro as baforadas de cerveja.

Era isso.

Combinou-se o preço. Antes, regateou-se muito. O dinheiro valia muito mais ali. O "alemão" já ia mesmo desistindo (faria a lomba grande a pé), quando o chofer se decidiu pelo preço dele:

— Suba. Prá cá. Não! Por este lado.

E acomodou-o à sua esquerda, num lugar muito espremido.

Caía a tarde, quando tomaram um café com leite. (O chofer aí não quis mais cerveja.) A dona da hospedaria era também "alemã". Muito alta, voz simpática, muito descansada. Ela e o chofer falavam de várias coisas, enquanto o viajante engolia a taça de café. O pão era feito em casa. Havia também cuca, outros bolos. Muita fartura. Alemãzinhas transitavam por ali, servindo.

— Eu trouxe um bailarino até Lomba Alta — informou o chofer.

Sim. Tinha havido baile lá embaixo.

— É da época — moralizou a mulher: — muita carestia, mas muita festa junta.

O chofer não tinha como responder.

Acabaram o café. O seu — a dona da casa não quis cobrar.

— Bom, até a volta.

— Quando passa de novo?

Depois de amanhã. Queria alguma coisa?

— Não: o Oscar subiu hoje com a caminhonete.

— Ah! Então até à volta.

— Até à volta. Felicidades...

(Era em Bom Retiro. Uma das alemãzinhas que serviam, espiava, quando podia, o Louco do Cati e o jeito dele.)

Faltavam quase cem quilômetros até Lages — informava o chofer, de novo tocando. Agora, nada de brincar com a cerveja. Senão, não chegavam àquele dia.

— Tem de se contar com duas horas de viagem ainda. No mínimo.

Passava com efeito das oito e meia, quando apearam do carro, defronte dum hotel, numa praça, que mais parecia um descampado. Havia muita gente com frio rondando o caminhão, assim que ele parara.

— Nós não vamos ficar aqui — esclareceu ele ao viajante, vendo-o seguir os seus passos. — Aqui é só entregar algumas coisas. A patroa já deve estar me esperando. Claro que você também fica por lá. Lhe sai mais em conta.

Outro que conhece o Cati

A "patroa" havia-o esperado com uma carne fria (cortada em fatias espessas), para ser comida com o café.
— Ah! Muito bem.
O marido aprovava tudo.
— Mas escuta! — E fez-lhe a pergunta:
— Não tem cerveja em casa?
Não tinha, mas se podia comprar.
— Pois então manda.
Deu-lhe dinheiro. Guardava-o numa carteira muito surrada. Foi depois que informou que lhe trazia um outro hóspede.
A mulher já estava vendo.
Ela, os recém-chegados, as crianças — tudo cabia naquela pequena varanda. As outras peças eram distribuídas entre a família e os hóspedes, como dormitórios.
Num instante ela preparou o "alimento".
— Vamos lavar as mãos — convidou o homem, arrastando consigo o outro lá prá dentro.
A mulher completou os arranjos. Era ajudada por uma menina, menina grande (filha também).
O homem, como logo se ficava sabendo naquela casa, nem sempre fora chofer de caminhão. Já trabalhara mesmo, no Rio Grande, como farmacêutico (aliás, era de lá). Mas já tinha sido muitas outras coisas mais.
A casa deles ficava numa rua afastada. Possuía uma espécie de mansarda (como quase todas as casas daquele tipo). Um sótão, habitável. Lá é que o maluco ia se alojar.

Não ficava bem?

O homem vinha voltando com ele. O Louco do Cati tinha as mãos muito pálidas (da água fria).

Abancaram-se. As crianças, depois de rondarem um pouco por ali, foram desaparecendo, uma a uma. Só ficou uma menina muito pequena, que logo pegou no sono no colo da mãe. Esta se sentara também, ao lado do marido, — e via-o comer. Os viajantes mostravam um grande apetite. E aquela carne fria estava boa, mesmo. — A mulher sorria, um sorriso feliz, enquanto contava novidades do padre (outro hóspede).

— Nós temos um padre conosco.

Geraldo dava essa informação ao maluco, o qual suspendeu então a mastigação e, a boca cheia, um calombo de comida na bochecha, ficou olhando para ele.

O padre (Padre Roque) envelhecia. E, ao envelhecer, "voltava" à sua origem: era um camponês italiano que nele se tornava velho. Os mesmos olhos, nadando numa umidade avermelhada, como se moderadamente sangrassem; as calcinhas curtas, que deixavam ver meias muito grossas; um lencinho em torno do pescoço.

— Agora anda com uma mania.

Dum asilo de meninos. Fora a Lages para isso. Uma derradeira ilusão — o "seu" orfanato, o ideal absurdo de todo padre que, pela idade, vai-se fazendo também um pouco — avô...

Quando terminou a carne com cerveja, o dono da casa não quis mais nada.

— E o café?

O maluco aceitara desde o começo o café com leite, com o qual usava as fatias de carne, em sanduíche no pão. Mas o outro abanava a cabeça, arrotando, o estômago farto:

— Talvez um cafezinho. Mas mais nada.

A mulher ergueu-se, levantando a custo a filha, que dormia com as pernas pendentes.

— Ela já está pesada... — foi dizendo, com um certo orgulho. Quando voltou, momentos depois, com o cafezinho, já não trazia a criança, — que deitara numa cama de cadeiras, junto da deles. Tendo servido o marido, sentou-se no mesmo lugar, a seu lado.

Ele contava coisas da viagem, da "capital". (Florianópolis era popularizada ali com esse título.) Tivera aquele companheiro de viagem, porque ele havia perdido o ônibus da carreira. Nem sabia se trouxera muitos passageiros.

— Ouvi dizer que sim — informava a mulher, com calma e já com sono (trabalhava na lida da casa desde o romper do sol).

O marido palitava os dentes. Falou do "alemão" que vinha a pé do baile.

Quem era?

— Pensa que eu fiquei sabendo?

E, imediatamente, voltando-se para o maluco:

— Como é o seu nome, mesmo?

O outro ainda engolia. Suspendeu-se um momento. O dono da casa viu a sua atrapalhação.

— Engula primeiro — sugeriu-lhe.

Foi o que ele fez. E falou depois num apelido... num apelido que ultimamente...

— Como é o apelido? — Ah! Isso mesmo — considerou, ao ouvir a resposta do outro.

(Ele já andava desconfiado daquilo. Por uma conversa lá na agência, na capital. Falara-se até em avisar a polícia...)

Mas não havia perigo — comentava ele, baixo, prá mulher: — era só não o deixarem se mostrar muito.

O Louco do Cati terminara o sanduíche (sanduíche desproporcionado) com que lutava.

— Você não faz questão de ser chamado por todo o nome, naturalmente... — insinuou o dono da casa.

A mulher interrompeu-o:

— Nome?...

— Apelido... nome... Mesma coisa! — E, como conclusão:

— Porque Cati é mais curto.

E bonito até, — na opinião da mulher.

— E sabes? — disse Geraldo, voltando-se para ela. — Eu conheci esse Cati. Quero dizer: o lugar chamado Cati. Fica no município de Santana, no Rio Grande. Perto da fronteira com o Estado Oriental.

Ele então contou à mulher muita coisa que sabia: os horrores, as torturas, as perseguições, os degolamentos. O povo sofria muito com esse lugar — rematou.

Emborcou no seu copo um resto de cerveja que ficara na garrafa. Era quase pura espuma. A mulher pusera um olhar aceso no maluco. Depois, teve um segredo espantado no ouvido do esposo.

— Não! Que ideia... — fez o homem. E tranquilizou-a:

Decerto ele nem tinha nada a ver com o Cati. Ainda se haveria de saber...

Pelo quintal

A mulher reuniu no outro dia as crianças, assim que se lavaram:
— Não andem muito perto desse homem que veio com o Geraldo.
— Por quê?
— Ele é louco, mãe?
(Falava-se simultaneamente.)
— Não... (Ela escolhia o que dizer.) ... Louco, não... Mas a mamãe tem medo... (Pôs um olhar sonhador ao longe...) Já sabem... Agora, vão tomar café.
— Mãe, como é o nome dele?
Havendo-se informado, as crianças abalaram. Tinham vontade e medo de verem o homem, — sentado possivelmente à mesa, tomando o café.

Mas seu Cati andava lá pelo quintal, com Geraldo. Um frio calmo (era a sorte).

Geraldo observava:

A geada levantou com o sol.

Mas nem toda levantara ainda: nas sombras da cerca, do galinheiro (noutras sombras), o pasto se achava polvilhado de branco. — O Louco do Cati embeveceu para aquilo. Ensaiou mesmo um passo em cima da geada. O sapato "novo" ficou primeiro todo lanhado de umidade. Mas num instante, estava com o bico (mesmo o peito do pé) bem molhado.

A capota do caminhão já recebia o sol; mas ainda dava prá escrever com o dedo sobre a "névoa" que a revestia. (Geraldo, ao passar, "riscara-a" de ponta a ponta.)

Ele sempre arranjava muito que fazer, quando estava em casa (o que era raro). Mas tudo no quintal. Agora, andava às voltas com aquela manivela prá o balde do poço.

O difícil, ali, era só a manivela de ferro, mesmo. Mas, numa das viagens, arranjara uma, em São José.

— Não sei se se lembra... No caminho que vem prá cá... Logo na saída... Uma enfiada de cidadezinhas...

Parou na enumeração de tantos característicos, porque viu ser inútil: o maluco tinha o olhar no espaço, — no espaço... que se abria numa estrada-rua, primeiro com muita poeira, bananeiras e ananases margeando-a, e por entre as casas, os pomares e os jardins das pequenas cidades suburbanas... Depois, tudo isso despido do calor e do pó, num dia de inverno, com as folhas em foice das bananeiras mais franjadas, mais maltratadas pelos vendavais vindos do mar... Palhoça-Santo Amaro--São José.

— Pois um ferreiro lá me conseguiu isto.

Era um ferro batido a martelo (tinha ainda um tom meio azulado, meio avermelhado, meio roxo, da têmpera). Uma manivela. Só, com o eixo muito comprido. Parecia dessas manivelas dos torradores de café (já não se via mais disso), que tinham de atravessar todo o cilindro de ferro:

— Não duvido que tenha sido dum desses troços — considerava Geraldo, examinando-a agora sob esse prisma. — Mas saiu muito boa.

O resto — coisa simples: duas rodelas de madeira, para servirem de bases a um cilindro também — que era feito de sarrafinhos indo de uma rodela a outra e dando toda a volta (deixando porém um pequeno espaço entre si). O eixo da manivela atravessava simplesmente uma das rodelas de madeira. Mas, na outra, depois de se insinuar através o buraco, era mais ou menos fixado. Estava já tudo pronto, quando, ao funcionar, ele viu que o cilindro tinha a tendência de deslizar em direção a uma das extremidades. Fora preciso botar um contrapino ali.

— Veja.

(O maluco introduziu o focinho.)

A máquina girava sobre dois cavaletes, colocados numa linha que passava pelo diâmetro da boca do poço. — Adaptar a corda do balde era tão simples (um nó, apenas), que se botava e tirava todos os dias (a mulher tinha medo que lhe roubassem esse outro balde: a corda também era nova). Ele ia ver agora mesmo.

Geraldo suspendeu-se na sua explicação. Voltou-se para os lados da casa:

— Miroca!

Esperou um rápido momento e repetiu:

— Miroca!

A cara da mulher apareceu lá numa janelinha da cozinha.

Ele ia falar; mas ela adiantou-se:

— Eu vou aí. Não ouço nada com o barulho...

E apareceu na portinha ao lado. Trazia a pequerrucha no colo, tomando a mamadeira. Avançou.

Queria o balde — explicava o marido.

Ah!

— Eu vou desocupar.

— O que é que tem?

A mulher constrangia-se... Sorria encabulada... Não queria dizer...

— Nada...

Geraldo levantava-lhe as sobrancelhas, não entendendo coisa alguma daquilo...

Mas a mulher, prá ele não desconfiar (o balde, a corda nova e a manivela de tirar água do poço constituíam, no momento, todos os seus encantos); a mulher então aproximou-se mais e disse-lhe em voz baixa:

— Está com tinta. Eu vou tingir hoje os vestidos…

— Ah! Muito bem. — E para o outro: — Pois ata-se a corda num desses sarrafinhos. — Olha, esse precisa repregar — acrescentou, interrompendo-se. — Qualquer criança toca — rematou, satisfeito.

Era mesmo, confirmou a mulher. — Aquela espécie de mecânica saíra muito útil. Poupava muito braço.

A velha morreu

Desde cedo, D. Miroca fora avisada que a velha não estava passando bem. Morava perto dali. Mas ela não podia deixar aquela casa entregue à... filharada. É exato que havia o seu Cati. Muita coisa ele repararia. Assim, talvez depois de dar o almoço aos hóspedes, ela pudesse ir ver a pobre da mulher.

Geraldo tinha "descido" com o caminhão. Já fazia dois dias. Pouco tempo mais (talvez até no dia seguinte) e ele viria em caminho, de volta da Capital.

As crianças estavam-se dando muito bem com o seu Cati. Era ele agora quem tirava água do poço, puxando o balde por meio da caranguejola que o outro montara e que enrolava a corda, em todo o comprimento do cilindro, como uma máquina de costura fazia com o carretel. Realizava isso sempre com muitos guris ao seu redor, — os da casa e alguns da vizinhança. — O Padre Roque tornara mais frequentes os seus passeios: ia até um coxilhão, onde a rua terminava. Daí se avistavam duas coisas: a estrada e um morro isolado, bonito, sobressaindo dos campos elevados das Lajes. O padre parecia andar amuado. Esse dia, porém, estava junto do leito da doente, rezando.

D. Miroca conhecia a marcha da doença da vizinha por uma das filhas, — que não fazia outra coisa senão ir e vir, com as notícias, com os mistérios.

A velha que ia morrer fora uma "moça feia". Isso — que era simplesmente uma espécie — queria dizer que, na idade em que devia ser feliz, se via troçada por toda a gente e andava azeda. Não casaria. Iria ser, pois, a solteirona, — o que constituía também outra coisa engraçada...

O pai tinha sido um pequeno fazendeiro. Possuía uma originalidade: não comia durante o dia inteiro. Levantava cedo e entrava no chimarrão e no cigarro de palha. Todo o dia olhava o serviço, dava ordens, sempre fumando e mateando. Quando caía a noite, deitava. Então aí a mulher trazia-lhe toda a comida que devera ter engolido de manhã, no almoço, à tarde, no jantar. Comia tudo, mesmo na cama. Raspava a louça. Acendia outro cigarro (chimarrão não ia mais). E dormia.

A mulher velha de agora chamava-se Rosa. O pai, quando ainda existia, sempre a tratara de Rosinha.

— A Dona Rosa acaba de morrer! — veio anunciar a filha, numa corrida.

D. Miroca suspendeu-se. E ela, que tanto queria ir lá, enquanto ela estava na agonia!...

Mas não (ela soube depois), a mulher não agonizara: a morte veio-lhe sob a forma duma ânsia de vômito. Pediu um vaso, soergueu-se no leito; foi virar prá um lado prá vomitar, — e morreu.

Horas depois, D. Miroca aprontava-se para ir até lá, — "acompanhar" a família (os restos duma família).

Já na saída se lembrou de levar lenço — porque talvez tivesse de chorar.

Toda essa tarde, o maluco passou muito assustado. Mesmo no outro dia, quando saiu o enterro, ele se meteu no fundo do quintal.

Dali se via a igreja. Uma igreja alta, bonita, toda de pedra.

Ele ouviu primeiro o ruído dos rodados na rua (só se ouvia isso). Logo depois o sino, que ficou muito tempo dobrando.

A feira

Geraldo chegava aquela vez muito entusiasmado por um piquenique no Salto do Caveiras.

— Formidável...

Era a opinião de um dos presentes — um sujeito de cara muito móvel, como só têm os cômicos.

Quando queria — e para fazer os outros rir — imitava todas as expressões fisionômicas admitidas: do riso, do choro, do pavor...

— E a sua cara mesmo o senhor nunca imitou, seu Machadinho?...

O pessoal caiu na gargalhada.

(Aquela era do Raul, um dos hóspedes.)

Quando pôde de novo falar, Geraldo "precisou" a coisa. Iam no caminhão. Levavam um churrasco.

— Podia-se fazer isso até amanhã... — insinuou ele. Não havia preparativos. Era só a carne. E cerveja.

Não: sempre necessitava levar mais alguma coisa — recordou a D. Miroca. — Pelo menos um doce.

Mas o empecilho maior era a feira. Geraldo precisava estar prá feira.

— Prá quê? — quis saber o seu Machadinho, que negociava com os produtos do lugar.

Geraldo botou um olhar na mulher. Esta compreendeu que não devia ter falado. Seu Machadinho esperava, curioso.

— Vai vender também na feira, seu Geraldo? — perguntou ele, com um meio sorriso.

Bom! (O outro não tinha jeito prá guardar segredo.) O caso é que ele recebera a incumbência de comprar cera por conta duma firma da Capital, e transportar a mercadoria pelo caminhão.

Mas não teria dito, até a hora, porque todo o negócio exige segredo. E ele levava uma comissão nessa compra.

— Além de outros achegos — completou.

— Quais? Quis saber seu Machadinho, enquanto, prá disfarçar, fazia uma careta para um lado, para uma das crianças. Esta teve um riso curto.

Era então preciso dizer tudo: ele trazia uma certa importância. (Olhou prá mulher. Ela tinha os olhos acesos. Mas ao mesmo tempo apresentava um ar que queria infundir tranquilidade ao marido.) Trouxera até uma importância regular. Estava bem guardada. (Pôs de novo os olhos na esposa.) E haviam-lhe dado o limite do preço. Toda diferença que pudesse tirar, era sua.

— Fiz um bom trato, me parece.

Não era tão bom assim, segundo a experiência que Machadinho possuía do comércio atual:

— A cera está muito futricada.

Até gente do Rio Grande do Sul vinha comprar ali, estragar os preços!

Era um fato.

A conversa entre os dois tomava esse rumo. Isso só interessava a eles. D. Miroca e a mulher de Machadinho puseram-se a falar na importância que Geraldo trouxera da Capital. A mulher perguntava à dona da casa se ela estava bem guardada mesmo. Porque uma casa com hóspedes, com gente desconhecida... Sobretudo esse Cati, que tinha um ar tão estranho e que ninguém sabia donde vinha...

— O pobre! — fez D. Miroca. — Nem imagina como é bom prás crianças. É ele quem puxa a água. Agora tenho até demais. Já não sei mais aonde é que vou botar. De vez em quando, ele está parado aqui dentro muito bem. Daí um pouco, levanta-se. Sai. Já se sabe o que é que vai fazer: vai tocar a manivela do poço. Parece que ele gosta. (E depois dum momento:) E é bom, mesmo, de puxar o balde assim.

Raul (que era moço) combinava com os filhos de Geraldo (o guri mais velho e a menina grande) muitas coisas sobre o piquenique. Tinham de levar maiô. Daquela vez ele tomava banho na cascata.

— O papai diz que é perigoso. Pode cair alguma coisa na cabeça da gente.

— Água...

— Não: paus que venham descendo no rio. Até pedras.

Nada disso. Até hoje não caiu, e muita gente se punha debaixo do salto. Ele já tinha visto (e dizia esta última coisa, fazendo uma cara séria, como se estivesse brabo).

As crianças ficaram olhando muito agudamente para ele...

Dia seguinte.

Manhã fria. Bonita. Um sorvo de ar penetrante, quando se abriu a porta que dava para o pátio.

Ao café, a primeira dúvida que surgiu, foi logo resolvida. E era — se levariam o maluco à feira, prá ver. (Raul podia se encarregar disso; iria também o Telinho.) O argumento vitorioso fora justamente a razão, invocada para ele não ir — o aglomero de gente:

Não dava tanto na vista. (Era verdade.) Mas, se fosse visto, o seria por muito mais gente. (Era fato, e perigoso.)

— Por isso é que eu acho que tu não deves deixar ele ir... — martelava a mulher.

Geraldo só se decidira depois de refletir. (O maluco já contava com aquele passeio. Um dos companheiros — o menino — prestava-lhe informações. O outro, o hóspede, ainda não se levantara.)

— Não vai haver perigo — prevenia Geraldo, um tom não muito seguro ainda. — E eu vou recomendar cuidado.

— Então recomenda prá o Telinho.

— Claro.

Geraldo saíra primeiro.

Quando eles chegaram àquela praça que parecia um descampado, o edifício do mercado (que ficava numa das faces, no correr mesmo da rua principal da pequena cidade), o mercado já estava apinhado de gente. Era uma casa baixa, tipo antigo, sólida. Todos os que traziam os seus produtos, vinham de fora, às vezes de longe. Saíam da terra — a qual os ocultara nas suas entranhas durante todo o período de labor, entre uma feira e outra. Amarravam os cavalinhos às sombras: sombras que o mercado projetava na rua duma terra meio arenosa, meio avermelhada; nas sombras das árvores que existiam num ou noutro ponto do descampado da praça.

Entraram no mercado. Raul levou-os até um lugar onde se bebia. Foi logo pedindo copo e botando-o à sua frente. Telinho arregalava os olhos.

— Tu tomas um anis, que é doce.

O bodegueiro, porém, tinha coisa melhor prá o guri: era um licor de pêssego feito pela patroa. Era quase que só calda.

Serviu-se o licor.

Os três estavam com os seus copos. Tomavam de pé, no balcão. Gravidade. O Raul dava-se ares de mais habituado naquilo: no último gole, emborcou o copo, erguendo o queixo, pondo os olhos por um momento no forro (como os "homens" que ele *observava*).

Depois pagou a despesa.

Foram então dar um giro por tudo aquilo. Viram Geraldo falando com os homens. Tinha uma cara concentrada, amuada (parecia). Nem reparou neles.

Quando o sol começou a amornar, Telinho lembrou a Raul as laranjas. (Ali ao dobrar o mercado, numa ruazinha que logo se acabava numas macegas, nuns barrancos, uma mulher sempre tinha laranjas.) Tocaram-se para lá.

Seu Machadinho só dera uma espiada na feira. Depois seguira para o "negócio", que ficava perto. *Eles* tinham de ir até lá... (e sorria).

Já era quase meio-dia, quando Geraldo apareceu também. Não havia feito negócio que prestasse. Mas comprara alguma coisa.

Seu Machadinho interrompera o regateio com um dos caboclos, para atendê-lo. Ele sempre comprava no fim, quando os camponeses iam voltar prás suas casas. Comprava as sobras, e pagava-as com o que, por sua vez, vendia a eles (gêneros).

— Estou pedindo o preço que eu fiz lá na pedra — dizia o camponês, o seu tom de sinceridade.

A "pedra" era o chão lajeado do mercado da feira...

Um piquenique é muito bom

Uma vizinha, falando da janela com a D. Miroca, queria saber que dia era aquele.

— Segunda.

— Não: do mês...

Pensava a vizinha que ela sabia? Há muito tempo não via folhinha.

— Mas espere. — E chamou para dentro, pela filha. Depois, dirigindo-se outra vez à mulher:

— Essas crianças sabem mais que a gente.

Era fato.

A menina grande, consultada, informou tudo.

— Viu, vizinha? Estamos em agosto...

(Isto, sabia ela.)

— ... dia dezessete.

Como passava o tempo!...

— Já não devia estar tão frio — ponderava a outra.

Não! Em agosto ainda era frio. Pelo menos ali.

— A senhora, daonde é? — quis saber D. Miroca.

— Do Barracão.

— Ah!

Silêncio.

— Pois com todo o frio, vamos fazer um piquenique amanhã — noticiou D. Miroca. Teve de levantar muito a voz, para vencer o barulho do V-8 que passava. Ele encheu toda a rua de terra. Mas a vizinha, mesmo invisível, atrás da poeira, gritava também que um piquenique era muito bom, tanto no verão, como num tempo frio.

— E onde é?

— No Salto do Caveiras.

Na cachoeira?...

— Pois eu disse: no Salto...

Ah! Era assim que a cascata era conhecida ali.

— Quem mais vai?

Exatamente, não estava combinado tudo ainda: mas iam, de certeza: ela, a família, talvez a família do seu Machadinho e dois hóspedes.

— Um a senhora conhece, o Raul.

Conhecia. Mas...

— Escute, vizinha! — A mulher tinha uma curiosidade de olhos que quase lacrimejavam. Noutros tempos, D. Miroca, diante dum sentimento vivo assim, só sentia prazer. Gostava de falar, dar informações. Mas agora...

— Estou há muito tempo por lhe perguntar: quem é esse outro homem que têm agora aí? Ele quase não aparece...

— É um conterrâneo de Geraldo... (Suspendeu-se, arrependida de haver feito uma aproximação daquelas). Quer dizer... A senhora compreende! É do Rio Grande... Mas nem se conheciam! Ele está aqui de passagem... Por mais poucos dias...

(E havia de ser, mesmo. Porque ela já andava enjoada com aquilo. Iria pedir uma providência a Geraldo. Não pelo Cati, coitado...)

Muito cedo, era aquela influência, aquele movimento. Mas ainda houve um trabalho prá D. Miroca: o alimento do padre. Teve de deixar cada coisa prontinha e instruções prá ele próprio se servir. Aliás, ficava tudo aberto (os armários, o guarda-comida). Só precisava cuidado com a porta da frente, no caso de sair.

Terminara esses últimos arranjos. O pessoal já estava no caminhão. À instigação de Telinho, o pai buzinava, apressando-a.

— A tua mãe vai ficar braba — dizia ele, num receio fingido, de caçoada.

— Já vou indo! Estão com muita pressa!

Vinha gritando, com o último embrulho na mão: um travesseirinho (prá filha pequena).

Mas, quando já estava sentada no caminhão, entre o marido e a mulher do seu Machadinho, teve de voltar: havia-se esquecido duma coisa.

O pessoal estava querendo ficar arreliado com aquela demora em largar:

— Mas é assim que eu gosto dum passeio! — confessava Geraldo. — Nada de coisas muito na ordem. Assim é que o passeio é bom. Deus queira que fure um "cobertão"! (Um pneu).

D. Miroca muito pouco se demorara.

— Tinha me esquecido do *seu* chapéu, seu Machadinho — gritou ela para o outro, que estava empoleirado com o resto do grupo na carroceria. (Era um chapéu de praia que ele lhe trouxera da Capital, o verão passado).

Porque ele "descera" aquele ano. Em fevereiro.

(... Naquele tempo, *eles* estavam num quarto muito escuro, lá mesmo... Empenhavam-se numa luta... *A tarefa era não comer!*)

D. Miroca recebera a filha de colo das mãos da menina grande. Com isso, ficavam todas as acomodações ultimadas. Na carroceria, atrás, a coisa não podia ir melhor: Raul tocava o seu violão. A menina grande (a Lourdes) começara a cantar, em dueto com Telinho. Mas este encabulou logo, e não foi prá diante. Seu Machadinho divertia todos: fazia caretas, visagens. — Enquanto o Louco do Cati cismava, com os olhos postos longe, no cocuruto do cerro bonito, que já dali aparecia.

— Temos de chegar com tempo prá procurar um bom espeto — premeditava Geraldo, com os olhos fitos na estrada, "abrindo".

A mulher do Machadinho era previdente: trazia um espeto, cortado duma pitangueira (num outro piquenique), e três espetos pequenos, de ferro. Os de ferro eram muito práticos. Mas, mesmo assim, Geraldo preferia os de pau, e feitos na hora: transmitiam a sua seiva e o seu aroma ao churrasco.

— São gostos...

O churrasco, a farinha, o leite, o pão, as bebidas, a salada, a sobremesa e o resto — tudo isso ia em cestos e numa lata grande de querosene. Haviam posto o maluco perto, prá ele cuidar:

— Não tire os olhos disso aqui, seu Cati. Principalmente a cerveja. Olhe, que o seu Machadinho não respeita marca...

E riam.

Eram já mais de oito e meia da manhã, quando chegaram. De longe, um rumor misterioso e subterrâneo vinha lutando com os ruídos do caminhão. Mas à medida que se avançava, ele ia ficando mais intenso e ao mesmo tempo mais surdo. Dava a impressão de surgir de baixo, de alguma parte onde a terra se estivesse esboroando, sofrendo e reboando. Mas foi só numa curva, que se descortinou mesmo a cachoeira, — muralha branca, despencando-se do seu rochedo (da aresta do seu rochedo).

Precisava ir, mesmo

Geraldo achou tudo muito bom: o churrasco com salada, o churrasco com farinha, a cerveja, o doce. Além disso, a cascata era um espetáculo permanente e formidável. (Mas não se tomou banho. Agosto era agosto. As canelas de Raul ficaram roxas, só de entrar um momento na água.)

Para a tarde, começaram as mulheres a amarrar os troços, prá volta. Juntaram talheres, copos, garrafas, mas tudo com calma, conversando. Os homens haviam-se também reunido num grupo: falavam sobre o Salto, as turbinas que ele rebentara logo no primeiro momento, a atual instalação, que produzia a energia elétrica para a cidade.

Estava também com eles um conhecido de Machadinho. Morava perto. Viera como técnico de churrasco.

Era um homem escuro (das intempéries).

Do meio prá o fim, a conversa só se referia ao caso da filha.

Machadinho e Geraldo ouviam e também falavam. Raul só ouvia. (As crianças tinham sido afastadas dali.)

A filha — era essa a história — fora... Compreendiam!... (Também, ele não sabia que porcaria, essa agora, de quererem namorar!...) O culpado era um dos rapazes do Clarimundo. — E o homem olhou prá seu Machadinho, e esperou... Era conhecido.

Fez-lhe mal, e agora não queria reparar o seu ato.

— Deu parte à polícia?

Dera, mas já fora da época.

— Quase sempre acontece isso. Mas depois? — quis saber o outro.

Depois, nem o rapaz (que se chama Djalma), nem o velho Clarimundo queriam reparar o ato.

— Mas, como é que você acha que eles devem *reparar*? — perguntou seu Machadinho.

O homem não sabia...

— Casando?

Casando, ele bem via que não podia ser. Tinha passado do tempo.

— Mas então?...

Agora — insistia o sujeito — uma coisa daquelas ele achava que não podia ficar como estava. Pois então o Djalma *esteve* com a rapariga, e não casa, não vai preso, não lhe acontece nada?... Não podia ser.

— A tua filha... (Como é que se chama?)

— Ecila.

— Daonde é que tu tiraste este nome? — perguntou Machadinho, mas não porque quisesse saber mesmo. Se fizesse questão, o homem poderia informar que Ecila era o nome da mulher de trás prá diante. Gosta-se muito disso. — Bem, ela, a Ecila — continuou Machadinho — onde está?

Estava com ele, com o pai.

— Muito bem.

(Silêncio.)

— É um caso cabeludo — filosofou Geraldo, farto de churrasco e de cerveja.

— Mas eu penso que tem que se dar um jeito — insistia o homem.

— Que jeito? — Machadinho queria também achar uma saída.

O homem pensou um pouco e depois respondeu:

— Pagando.

Fez uma pausa. E a seguir:
— O velho Clarimundo não é rico, mas pode pagar...
Podia. Machadinho negociava com o homem. Conhecia-o.
— E você já propôs a eles uma indenização?
Já. Entretanto, não se chegara bem no preço.
E depois doutra pausa:
— Mas eu acho que eles devem pagar.
Machadinho pensava.
— Quanto você pediu?
Bom. Ele não chegara a pedir, só sondara. Mas havia encontrado o velho meio duro. Agora: uma quantia pequena ele supunha que o outro largava.
— De quanto, mais ou menos?
(Porque Machadinho podia se interessar...)
— Muito ele não dá.
Não: não dava.
— Até quanto vocês calculam? — quis saber Geraldo, saindo um momento do seu torpor. — Cem mil-réis?...
— É muito! — disseram os dois, quase junto.
— Então quanto?
Machadinho, para o sujeito de rosto escurecido:
— Você acha que ele caía em cinquenta mil-réis?
O outro abanou a cabeça, numa negativa franca. Tanto, não tinha disponível prá uma coisa dessas. Nem trinta mil-réis mesmo. Ou quem sabe se trinta mil-réis... Que ele disponha de vinte mil-réis, certos!...
— Até cinco mil-réis me deixa satisfeito. Mas eles têm de pagar alguma coisa.
Claro! Machadinho era também de opinião que se precisava tirar alguma coisa deles...

À volta, quando todos caíram num silêncio, a que o frio ainda mais convidava, D. Miroca, muito discretamente, para não ser ouvida pela amiga, fez ver ao marido que deviam mandar embora o Cati.

— Já está tudo resolvido,— informou ele. Falara com dois sujeitos que se achavam parando lá no hotel (o hotel-agência da empresa). Eram do Rio Grande. (Lajes, com aquela ligação por automóvel com São Paulo e Rio, figurava como um lugar de trânsito, de passagem forçada, principalmente no inverno, quando a ressaca vedava o litoral). Um deles, segundo Geraldo, se encarregara de o botar no trem em Caxias. Viajavam de auto. O dono do auto ficaria em Vacaria. Era daí. Só o outro continuava viagem...

— Tu falaste mesmo? — queria saber a mulher, com os olhos na cara dele. Mas ele não lhe podia sustentar esse olhar, porque estava com a atenção metida na estrada.

— É caso solucionado. Os homens se comprometeram comigo...

A mulher não retrucou.

— Um dos sujeitos é meu conhecido.

— Daonde? — fez D. Miroca vivamente.

Do Rio Grande.

— Do tempo da farmácia?... — inquiriu a mulher, com uma dúvida qualquer.

Geraldo fazia que sim com a cabeça, ao mesmo tempo que ia buzinando, para afugentar uns bichos que desciam tranquilamente a estrada, recolhendo (caíra a tarde, uma tarde fria).

Ela tinha pena, como disse, passado um momento. Mas já era tempo. Falavam...

— Não! — fez o marido. — Mas o homem precisa de ir, mesmo! O que é que não estarão pensando dele em Porto Alegre?...

— Tem família lá?

— Que sei eu!

Tudo é novo

Manhã sem sol

D. Miroca ergueu os olhos, atraída pelos passos. Ele vinha baixando a escada do sótão (o seu quarto), — a qual desembocava na varanda, sobre um dos extremos da peça.

Trazia vestida a capa de borracha.

A maleta já repousava em cima da mesa, — porque D. Miroca ficara com ela, na véspera, para botar "uma coisa" aí dentro.

Ele se aproximou; meteu a mão esquerda no bolso fundo da capa. Mas a mão errava o caminho. (Esses bolsos de capa de borracha tinham, agora, uma brecha de passagem, um "acesso" a outros bolsos, situados mais adiante, — no casaco, nas calças.) Teve de ajudar com a outra mão. Esta porém se achava ocupada com o chapéu. Difícil, mesmo. Vendo o homem como que "enganchado" naquelas coisas, D. Miroca avançou; e, ao saber o que é que ele queria, introduziu a mão naquele bolso fundo e veio trazendo lá de dentro um embrulhozinho comprido, feito com papel de jornal. (A escova de dentes, o pente, o sabão…) Ela mesma colocou tudo isso na maleta. Mas antes, fez-lhe, em tom de consulta sabida:

— Em qualquer lugar, não?

E ia calcando-o num dos lados, contra um par de sandálias (já muito gastas, a sola, por dentro, reluzente). Sandálias… Ficou um momento com a maleta entreaberta, olhando aquilo. — Nunca vira o seu Cati de sandália!…

O café já estava pronto.

Ele sentou. Serviu-se.

— O dia nos enganou. (Estava realmente sombrio). Pensei que fosse mais cedo — comentou a dona da casa.

Teve alguns arranjos suplementares.

— O Geraldo foi botar gasolina, e já vem — tagarelava ela. (Porque ele também partia. Mas para Florianópolis. Outro caminho, pois.)

— Eu lhe botei uma lembrançazinha dentro da mala, seu Cati. É presente da Lourdes.

Ele olhava. Não compreendia. Avançou o corpo. Procurou com o focinho a maleta, que D. Miroca deixara perto dele, em cima da mesa. Ele chegou-a até o alcance do seu olhar. — O maluco bisbilhotou um momento tudo que aparecia ali dentro. Os seus olhos iam dum lado a outro do escasso interior, com grande mobilidade. Depois ergueu-se demoradamente para a senhora, — que tinha a cara toda corada com um sorriso...

Geraldo entrou com pressa.

— Me dá o café! Já está ficando tarde.

— Tu dormiste demais... — advertiu a mulher.

— O dia me enganou.

Relanceou os olhos pela janela: a manhã continuava sombria. Dava mesmo a impressão de inverno.

Os "passageiros", no hotel, tomavam o café. Um deles — um sujeito grandalhão, que tratavam por coronel — conversava com o seu Fonseca, o hoteleiro.

Deu no rádio tempo ruim no Rio Grande — informava seu Fonseca. Ele rondava a "mesa" dos hóspedes, um ar manhã-cedo. O coronel já havia-se levantado, espichava as pernas, a barriga muito saliente. Trajava quilote, perneiras, casaco de couro com fecho ecler. Uma capa gris repousava em cima da sua maleta, à porta, no soalho. O outro viajante ainda se conservava sentado, bebendo o café. Era um sujeito sereno, seco, mas musculoso. A cara muito bem barbeada. Também trazia quilote, perneiras, casaco de couro marrom. E uma manta no pescoço, enrolada com uma certa preocupação de distinção.

O coronel atravessou o pequeno corredor; chegou até a porta da rua. Espiou o tempo.

— Isso é só frio. A chuva ainda não é prá tão cedo — veio dizer aos outros. O seu Fonseca não garantia nada (ele tinha sempre um sorrisozinho): esse tempo mudava muito. O outro viajante — o sujeito enxuto — não despegava o olhar do café, — que sorvia com cuidado, sem palavras.

Aliás, já nos fins do mês passado — segundo o hoteleiro — o Rio Grande fora bem castigado.

— Muita chuva — fez o coronel, numa pergunta-afirmação.

Com temporais... (Seu Fonseca fazia um bico com os beiços, como para exprimir toda a violência com que eles haviam desabado sobre aquela região).

O coronel ficou olhando prá ele. Não sabia, não: estava em São Paulo, com o Lamp (e abanou a cabeça na direção do homem que tomava café). Só tinha ouvido falar em muita chuva.

— E de agora, que notícias tem, fora essa do rádio?

O hoteleiro não vinha recebendo ultimamente hóspedes do Rio Grande. Todavia, nada se podia julgar disso — observava com muito critério: — no inverno, sempre diminuía o movimento. — Aliás, as notícias (acrescentou) não eram ruins. É exato que, a bem dizer, quase não tinha notícias de lá. Agora: por ali por Lajes, o tempo vinha se mantendo muito bom. Firme.

— Hoje é que amanheceu anuviado assim.

O outro homem, Lamp, mexeu-se:

— Podemos partir — disse, erguendo-se.

A conta já estava paga.

— Parece que não tem mais outra despesa... — fez o coronel.

Não: mais nada. O seu Fonseca mostrava-se muito atencioso. Providenciou para levarem a maleta do coronel até o auto, que já esperava, pronto, na frente do hotel. A capa gris, o coronel fez questão de carregar, ele mesmo. Quanto à bagagem do outro, já se achava acomodada na mala do automóvel.

No momento em que iam chegando à porta da rua, seu Fonseca deteve-os, para lhes comunicar, em voz baixa (eles aproximaram-se mais, prestaram atenção), para comunicar que um sujeito se achava à espera deles, ali fora.

— Quem é?

Bem, o chofer da empresa de transportes da Capital estivera no hotel. Fora mesmo ele que trouxera o indivíduo. Já largara, prá baixo (não pudera esperar). Mas havia explicado: era um favor... Um incômodo!

— Qual?

Levarem até o Rio Grande...

— Ah! Sim! — interrompeu o coronel. — É o Geraldo!...

— Esse mesmo...

O coronel conhecera Geraldo no Rio Grande. Trabalhava como farmacêutico na região colonial. Agora, pedia uma passagem prá um amigo. Era isso!

— Não — corrigia respeitosamente o hoteleiro — não é um amigo. Foi um passageiro que ele trouxe há quase um mês da Capital. Nem se sabe ao certo quem é.

Pois era esse mesmo! — acudiu o outro; falando alto:

— Foi o que ele me disse! — Tem toda a nossa boa vontade. O Lamp consentiu que viajasse conosco. — Onde está ele?

Ele estava ali fora.

O hoteleiro foi conduzindo os viajantes até o lugar onde o maluco se encontrava. Como levantara um vento frio, ele se abrigava contra a parede. Estava quase oculto atrás duma pilastra. Lá do banco do auto, o chofer não lhe tirava os olhos.

Quando o grupo apareceu à porta do hotel, o chofer saiu vivamente de dentro do automóvel e veio pegar a maleta que um empregado trazia. Acomodou-a com o resto da bagagem.

Houve outros preparativos.

O coronel dirigia-se ao novo companheiro de viagem; fazia perguntas. Lamp lançou-lhe um olhar, de passagem, mas que abrangeu todo o homem. Encaminhou-se rumo do auto. Teve uma palavra para o chofer. Este respondia-lhe com todo o respeito.

— Não vamos embarcar? — disse Lamp, abrindo a porta do automóvel e falando para fora.

O coronel respondeu-lhe. E veio-se encaminhando em direção ao carro (um carro moderno), ainda a palestrar com o homem.

Feliz viagem...

O auto corria sobre aqueles campos do planalto, como em cima da tábua enorme duma mesa alta. O morro bonito começou a fazer um movimento de pião, à medida que eles o semicontornavam. Tinha faces abruptas, cortadas em plena pedra.

O Louco do Cati, ao lado do chofer, olhava a paisagem, com um interesse que lhe comprimia as feições, cerrava os lábios.

Atrás, os dois sujeitos conversavam. Tudo, impressões de São Paulo, do seu progresso. Principalmente da sua atividade em matéria de comércio.

O coronel retornava muito satisfeito.

— Você pretende voltar em outubro? — indagou Lamp, metendo os olhos claros e frios nos olhos empapuçados do outro. Por momentos, os dois amigos ficaram bailando lado a lado. Lamp, num gesto comedido, avançou a mão branca e apoiou-a numa alça que havia ali dentro, para isso. — Ah! Aquela estrada!... Não se sabia quando a outra — cujos trabalhos caminhavam com eles, perto, em toda a extensão do percurso — não se sabia quando a estrada federal ficaria terminada.

— Faz muita falta. Nós estamos mal servidos. (A reclamação era do coronel).

Mas, voltando ao assunto: ele tinha muita vontade de retornar em outubro a São Paulo. Havia gostado da proposta. Um negócio de tal vulto, porém, merecia muita reflexão. Até outubro tinha tempo...

Iam indo muito bem. A observação só havia ocorrido ao entrar o auto numa ponte de madeira de regular dimensão, coberta com um telheiro (como se dava com todas as pontes do Estado) e que o coronel parecera ter identificado.

Pena aquele tempo.

Já chuviscava. Era mais uma neblina. Não ia longe — almejava ele. A cara, porém, do amigo, balançando suavemente com o movimento doce do carro de luxo (levado numa velocidade de cinquenta, sessenta quilômetros); a sua cara (que ele sondava, no desejo duma esperança), parecia uma máscara impassível.

Seguia-se um trecho terrível. O carro diminuiu muito a marcha. A estrada era só pedra. O campo, mesmo, em torno, era feio, — cheio de grotões, de pequenos cerros pedregosos: uma paisagem que parecia ter ficado todo tempo estranha ao homem, ao seu convívio.

Mas logo o automóvel enveredou por uma larga via, de pavimento de um vermelho flamante, bem batido. Já era a estrada nova.

— É uma estrada estratégica... Ouvi dizer...

(Lamp confirmava com a cabeça.)

Mato, que ela procurava evitar, mas que — não tinha outro remédio — acabava por abordar, depois perfurar francamente. A neblina então se fazia mais densa. Os limpadores de para-brisa tiveram de funcionar. Sentia-se um cheiro de vegetais molhados, frio e penetrante. Cheiro de vale, vale profundo, com torrente. — Depois de mais algumas curvas, de antevisões de matarias densas, à frente, à direita, penetrou-se em cheio no vale do Pelotas. A ponte de cimento — longa de uns duzentos metros — estava estendida lá no fundo sobre o rio. Parecia muito leve. As amuradas, com seus balaústres simples e retos, assemelhavam-se, dali, a duas escadas compridas, equilibradas por um dos lados, postas em paralelas sobre a prancha.

O coronel tinha perdido a noção do tempo... Eram onze horas, entretanto.

O carro escorregou com precaução. Ao entrar na ponte, ele quis descer, atravessá-la a pé.

— Vamos perder tempo. E já está chovendo.

(Era mesmo.)

O coronel então ficou olhando o rio, enquanto o auto passava.

Já de longe, no tabuão raso do planalto, as torres esguias duma igreja, elevando-se dum espraiado de casas. (Mas tudo isso muito diminuído pela distância.) Vacaria.

— Você almoça comigo — convidou Lamp, assim que entravam na cidade.

Mas não: ele iria direto ao hotel. Ainda pegaria almoço.

— Ah! Por certo. Então (dirigia-se agora ao chofer) primeiro em casa.

O carro enveredou por uma rua que saía da praça. O maluco estava todo torcido prá o lado, depois prá trás — prá ver a igreja.

À porta da casa do sujeito apareceu uma empregada. O chofer desceu; abriu a mala do carro. A criada recebia algumas coisas. Lamp passou-lhe objetos (garrafa térmica, mantas, uma malinha de mão) que iam dentro do carro, com eles. O chofer, lá atrás, puxava uma mala (sentia-se-lhe o barulho, repercutindo, ali dentro, às suas costas).

— Não querem descer?...

Não: já era tarde. E o coronel projetava ficar em Caxias, ainda aquele dia.

Mas desembarcou, para despedir-se do amigo, agradecer-lhe.

— Até a volta! (O coronel apertou-o nos braços, tornados mais grossos com aqueles forros todos, em particular do casaco de couro).

— Boa viagem...

O maluco (ao lado do chofer, que já voltara para o seu lugar) acompanhava a cena da despedida, torcido, a gola da capa muito enrugada, muito levantada, esbarrando contra o chapéu muito folgado, que lhe bailava na cabeça (ainda era aquele chapéu de Norberto). Quando Lamp se libertou do outro e ao passar junto dele, ele espichou-lhe um braço. Quase bateu-lhe na barriga. Lamp deteve-se. Pôs-lhe o olhar frio. Mas compreendeu. Até sorriu... E estendeu-lhe também a mão, despedindo-se, desejando-lhe uma feliz viagem...

Continuava chovendo

Um poço, esvaziado como uma bacia enorme, com a mata toda esfumada pela chuva: Antônio Prado. Gasolina. (A bomba ficava quase defronte da porta principal do hotel.)

O coronel desceu, emponchado com a sua capa gris. O maluco também. (A capa de borracha — toda molhada num instante... Os bolsos fundos... Uma passagem — um "acesso" — prá outros bolsos situados mais longe... E a água escorrendo, fria, dos punhos compridos para o dorso da mão, gelando-a mais...)

— Nós também precisamos botar qualquer coisa prá dentro — foi logo prevenindo o coronel.

O chofer atendeu (vinha limpando a mão com a estopa.) Tinha o ar mais desembaraçado. Seguiu-o. — Atrás dos dois, ia o Louco do Cati.

Não perderam, porém, muito tempo. Serviram-se no balcão. A chuva aumentava.

— Este ano vamos ter enchente de São Miguel — prometia o hoteleiro.

O coronel (conversando com o outro já na calçada, pronto para embarcar de novo) olhava por cima das casas, procurando sondar o horizonte. Mas nem as colinas, nem a mata apareciam. A chuva tudo engolira, numa semiclaridade, da cor do leite.

— Bom, até outra vez!
— Boa viagem!...

O carro chispou. Subiu à tona do poço. No alto, nos campos, a chuva desabava.

— Não se pode chegar ao rio das Antas muito tarde — observou o chofer. — Senão, não se passa...

O coronel também sabia-o. E tinha as suas apreensões:

— Já não dará prá balsa?

— Não: não digo isso. É que é um rio traiçoeiro.

Elevava-se a voz, ali dentro, pra vencer o rumor com que a chuva envolvia o carro, — que se dissimulava, protegido, no centro da bomba d'água, como a semente dentro da polpa dum fruto.

Mas passou-se bem. O dia não estava bom para apreciar a beleza do vale: essa caixa enorme, sinuosa, cavada com desperdício, para conter apenas um rio — que fugia...

Tiveram de pôr corrente para a subida, logo que deixaram a balsa. Ao chegar em cima, após muita primeira, quase tudo segunda, muita derrapagem, eles libertaram de novo os pneumáticos, a fim de poder "abrir" (porque o dia também fugia; e fugia com mais rapidez, devido a estar escuro da chuva).

Noite fechada.

Uma avenida iluminada prolongando a estrada e percorrida a toda velocidade. — Ficava uma impressão de bicos de luz, lá no alto, no centro da rua, aprisionados, em meio à sua claridade, por fios rápidos de chuva.

Já era tarde da noite, quando entraram em Caxias. A cidade achava-se deserta. No hotel, o coronel obteve acomodação, "porque era prá ele". Assim mesmo, só prá uma pessoa.

— E os meus companheiros?

O hoteleiro pincelou com um olhar de cima a baixo os "companheiros" do coronel: o maluco estava dobrado prá o chão, com o peso da carga d'água; não tirara o chapéu, que esmagava molemente umas orelhas, aparentemente tornadas também amolecidas com a chuva.

(Eles se arranjariam noutra parte. Numa pensão — que o chofer conhecia.)

— Mas é preciso comer!

Outra dificuldade: àquela hora, o cozinheiro já não estava mais; o fogão não tinha fogo.

— Nem prá um café? — estranhou o viajante.

Pois isso mesmo: nem prá uma coisa pouca, como um café.

O remédio era fazerem uma refeição noutro lugar. (Por um pouco, os hóspedes do hotel não teriam também de dormir fora...)

O chofer descarregou a bagagem. Depois que estava tudo pronto, deu uma ideia: no bar (havia um bar ali na praça) encomendava qualquer coisa, que se comprometia mesmo a trazer-lhe.

— É a solução. Então... sanduíches! Aqui se arruma uma cerveja!... (Atreveu-se a imaginar! E mostrou-o bem, no olhar que dirigiu ao hoteleiro).

Arrumava-se. Mas então ia providenciar logo, antes que o garçom saísse...

Ô sujeito ruim...

Algum tempo mais tarde, o chofer e o maluco chegavam à sua pensão, com o carro. Entrava-se por um portão duma antiga cocheira. Escuridão. A chuva pingando das telhas, num barulho animado, variado, quase humano.

Mas aquilo era triste.

Não se compreendia

O coronel fitava-o. O maluco ia desenrolando com os dedos molhados as cédulas amarrotadas, algumas já rasgadas (todas envelhecidas antes do tempo). Mas não pôde compreendê-lo, quando ele pagou uma passagem até Santa Maria.

— O amigo não é então de Porto Alegre?

Era.

Pausa.

Pretendia porém ir até Santa Maria, arriscava o outro.

— Tem negócio lá?

Punha-lhe um olhar de investigação. O olhar inventariava tudo (engraçado: e pela primeira vez!): o chapéu forçando-lhe as orelhas para baixo (chapéu de louco), a capa de borracha (evidentemente de segunda mão). — Mas ele não via o *levantamento* que o outro fazia: continuava às voltas com o dinheiro e a passagem, guardando-os. Queria por força meter tudo isso num bolso interior, — mas sem desabotoar a capa: por aquela brecha (a brecha que havia, agora, nos bolsos...).

A chuva não passava. (Eram pouco mais de cinco horas da manhã.)

Nem passaria tão cedo, segundo já opinava o próprio coronel. Nenhum perigo mais, entretanto, de ficar no meio do caminho. Já *estavam* no trem... Quer dizer!... no carro-motor. Mas representava o mesmo.

As luzes da estação acesas. A cidade dormia. Ali no entanto havia movimento, vida. Dava a impressão, vaga, de um mundo e outro mundo...

Tinham preferido o carro-motor, porque deixava Caxias mais cedo. Ele já esperava, na gare. O maluco meteu-lhe um olhar demorado, sobretudo para a extremidade da frente: ela avançava como uma proa, um torpedo...

Partida.

Depois, através o barulho dos truques nos trilhos, a serra sob a chuva.

Linha Bonita...

(Muito mais bonita num dia de sol.)

Paradas mais frequentes. Um morro. Um pedaço de água embaçada (uma pequena enseada, ao que parecia). Uma ponte metálica. Por fim, surgindo no meio do sopro sonoro da sirena, a cidade de São João do Montenegro.

No trem, que já os aguardava, muita gente dirigindo-se à fronteira. Eram mesmo da campanha. Vinham de Porto Alegre.

Todos, ao entrar num vagão como aquele, para viajar, puxavam à superfície as antigas regras de educação que receberam, — e que até aí sempre tinham julgado inúteis.

O coronel arranjou o seu canto, para ele e o companheiro. Muitos rapapés, para mover uma simples maleta do seu lugar ou nas passagens das portas. Alguns passageiros — indivíduos ruivos, olhos azuis (decerto estrangeiros) — ficavam olhando para essas delicadezas, sem compreender...

Acomodaram-se em dois bancos pequenos, fronteiros. A seu lado, nos bancos grandes metidos também face a face, um indivíduo (que conhecia provavelmente todas as estradas de ferro do mundo) dava informações a um pequeno grupo — sobre a Variante do Barreto.

— Inaugura-se dentro de muito pouco tempo.

Mas um deles insinuava que o trem já havia mesmo passado, segundo ouvira dizer.

— Como?

Ou há pouco ali o amigo (o informante) não assegurara que ainda faltava colocar a superestrutura duma ponte...?

— Ponte muito original, note-se.

Houve a sua atrapalhação. Mas a coisa (para a conversa seguir adiante) ficou mais ou menos consertada; devia ter sido um "trem de lastro", o que passara.

— Então tipo isso...

— Posso-lhe garantir.

(O coronel prestava-lhes atenção.)

Leu-se depois o jornal de Porto Alegre. A guerra na Espanha chegava ao seu ponto crítico. Havia muita admiração pela resistência da cidade de Madri.

— O Franco não toma ela porque não quer — não ocultava um, comentando o "telegrama".

— Não vê mesmo: não tem prá ele...

Àquela discussão, o coronel tirou os olhos do grupo; quis metê-los lá fora, longe. Mas pouco se via: as vidraças das janelinhas eram lâminas opacas de leite.

Então, encurvado quanto lhe permitia o corpanzil, pôs-se a fazer um cigarro de palha (um crioulo). — O Louco do Cati dormia de boca aberta.

A resolução foi acertada

Em Santa Maria, à noite, o coronel influiu o maluco para irem até o centro.

— Você, que há muito tempo não passa por aqui, vai ver como está mudado.

Não se precisava auto. Ele estava bem forrado (aquela capa gris era à prova d'água; carregava sempre nos trabalhos de campo, nas viajadas a cavalo; porque ele tropeava — era bom que o amigo ficasse sabendo). E a sua capa de borracha — usada, mas firme ainda.

Meteram-se debaixo da chuva. O coronel não parava a conversa. Mas o inconveniente é que, às vezes, o companheiro mal o ouvia, mesmo que gritasse, devido ao barulho do temporal.

— Em que mês você esteve em São Paulo?

Esta pergunta saiu berrada. Um sujeito que disparava da chuva, entreparou, julgando que fosse com ele.

Depois de se informar, o coronel refletiu, calculou e chegou à conclusão de que há um mês (época em que o outro passara por lá) ele ainda não se tinha movido da fronteira, para aquela viagem de exploração à "capital do grande Estado".

— E o amigo gostou?

Gostara.

Pausa.

Já passavam defronte duma igreja muito grande. O maluco quis levantar os olhos até o alto das torres, mas a chuva cegou--o, impediu. Passos adiante, voltou-se: as torres, em cima, faziam-se escuras, denegridas, confundindo-se com a treva molhada da noite.

— A noite está braba de fato — reconhecia o coronel. — Só nós, mesmo, prá sair com ela.

Mas a rua não se encontrava inteiramente deserta. E quando se aproximaram do café (numa parte mais iluminada da cidade) outras figuras, emponchadas, agasalhadas, encolhidas, franqueavam também as portas. Alguns vinham até os portais — ver a chuva cair.

Já acomodados, no dia seguinte, no trem da fronteira, o coronel aprovara-lhe a resolução. Prá voltar prá Porto Alegre (e, naturalmente, prá o trabalho) sempre havia tempo.

Devia mesmo aproveitar aquela maré, em que já se via no mundo, viajando, para ir até a sua terra. Com aquela combinação então que haviam feito, seriam companheiros até o fim da viagem.

— Você sabe por que é que temos de dar esta volta. Eu não posso deixar de tocar em Livramento.

Mas dali até o destino dele — um pulo. Um dia de caminhão. O caminhãozinho da própria empresa de aviação.

— A não ser que você queira fazer esse trajeto de avião (e sorriu, porque isso era uma caçoada). Também se pode...

Ele é que nunca se decidira a voar. Reconhecia que se prejudicava. Principalmente num tempo desses e numa zona sem estradas, como era a sua. Uma vez, um piloto do exército quis levá-lo numa viagem ao Rio (isso fora em Porto Alegre, onde se encontrava, de passagem).

— Mas não vê, mesmo...

"— Sou muito pesado. Vou quebrar essa arapuca, e dar um prejuízo no governo" — bobeara ele, para o oficial (um sujeito muito delicado). Mas não entrava, não. Falava com sinceridade: em avião, nem que lhe pagassem. Só prá morrer (quando precisasse).

— Hoje mesmo, se a agência do Aéreo estiver ainda aberta, quando o trem chegar, nós vamos lá, nos informar. Mas eu sei que tem caminhão prá Quaraí muito seguido.

Em Cacequi encontrou conhecidos.

Como havia tempo ainda, passou para uma pequena saleta, ao lado do refeitório, para trocar duas palavras com um deles, o Fagundes, sobre negócios. Estavam sentados, quando entraram três indivíduos. Parecia que vinham marchando e que era ali que deviam fazer alto, — um "alto" militar. Estacaram, os três, a um tempo. O do meio era um sujeito baixo, as pernas finas, calçadas com quilote branca, que sobressaía muito da cor escura das botas altas. O casaco era de couro (couro marrom).

Sujeito moço. Tinha porém um bigode um tanto denso, que saía duma reentrância que a boca e a implantação das narinas faziam, numa cara balofa, dum branco levedado de massa de pão.

Ele e mais os dois companheiros que o acolitavam, ficaram percorrendo a saleta com os olhos. Fagundes e o coronel suspenderam a conversa. Um dos indivíduos deu explicação: procuravam saber, com alguém, se tardava o trem de Bagé.

Fagundes olhou para o relógio: já era a sua hora. Depois, colocando os olhos na janela:

— Está entrando!

Um trem, mesmo, vinha vindo lá do fundo, rápido, mostrando a enfiada de vagões, que se escapavam progressivamente por detrás dum dos edifícios da estação.

Abaixo d'água

Viajou-se sem chuva até um pouco além do Rosário. Havia esperança de que o tempo se compusesse, quando o trem, ao varar a serrilhada, já perto de Santana, entrou na massa mesma da água.

Os pingos que vinham bater nas vidraças faziam tanto ruído, que se chegou a pensar numa chuva de pedras. Mas nada disso: era só água. Uma bomba-d'água.

Foi logo, dentro do vagão, uma falaçada, estimulada pelo barulho da chuva. O tema era aquele tempo louco. Aliás, ele estava precisando duma interpretação. (Parecia até, pelo jeito com que se reclamava a decifração meteorológica, que era um corretivo que se queria infligir ao tempo.) Apareceram várias delas.

— Chuva parcial: só na coxilha. (O sujeito que falava, fazia-lhe um ar de pouco caso). Vão ver que é só aqui que está este tempo.

O coronel arregalava os olhos.

— Pois eu penso que não. Mas também acredito que daqui uma hora vai parar esta chuva. (Que já dura demais…)

O coronel voltava os olhos para este outro. Estava pronto a aceitar qualquer "teoria" que lhe provasse que não chovia tanto assim; que não chovia desde aquela manhã em que se mexera de Lajes, em Santa Catarina.

— Eu estou bem tranquilo — prevenia um daqueles. — Amanhã temos o tempo firme, de novo.

— Mas não se esqueça de que é primavera...

— Esteja descansado: não me esqueço. Mas porque estamos na primavera, não quer dizer que tenha de chover desta maneira!

Não, não queria...

Então! O sujeito triunfava e desdenhava. (Sabia-se que não era de brinquedo, nessa e noutras coisas.)

— Mas eu digo primavera chuvosa...

Ah! bom.

O coronel voltava-se agora para esse outro. O homem revelara uma compreensão fina do tempo. Aliás, depois dum momento, toda discussão passara. Só ele pontificava.

Há muitos dias já, que andava com medo duma enchente de São Miguel. Era fato.

Um indivíduo que até aí estivera de parte (um sujeito que embarcara em Rosário e tinha o ar de fazendeiro) também se acercou. Ele aprovava todas as conclusões do outro. Mas aprovava com gestos (gestos de cabeça, muito ampliados por um enorme chapéu de caubói). Dentro de algum tempo, o homem só se dirigia a ele. — Quanto ao coronel, errava com o olhar desamparado entre um e outro.

— Livramento!

— Já?

— Olhe aí.

Também já estava na hora. Talvez até com um pequeno atraso (e se consultava, aqui e ali, os relógios). Aliás (só agora reparavam) quase todos os demais passageiros se haviam "preparado" para descer.

— Vamos chegar abaixo d'água.

— Numa boa sova.

Inquietação

O homem de chapelão de caubói ia também para o hotel (situado, não na rua principal, mas, mesmo assim, bem no centro) que era onde o coronel costumava parar. Foram juntos, levando a reboque o Louco do Cati, que olhava muito para tudo, do seu lugar, no automóvel, espremido entre os dois viajantes.

A estação ficara num ponto baixo. As ruas de acesso ao centro da cidade eram rios de água misturada de barro.

É que chovia muito mesmo.

O sujeito com ar de fazendeiro prestou então informações amplas ao coronel: já chovia, com intermitências, desde junho. Não tinha querido dizer isso, entrar em discussão no trem. Mas chovia. Desde mais de dois meses.

— Também não tem visto?

Não. Mas o coronel possuía uma razão: andara viajando.

— Ah!

O auto derrapava. Depois, entrou na parte calçada da cidade.

— Desculpe a pergunta. Mas donde são?

— Quem? Nós?

Eles, mesmo.

Bom. Ele, o coronel, era muito conhecido em toda aquela fronteira. (Deu-lhe o nome, a profissão, a residência.) Admirava-se que nunca tivesse ao menos ouvido falar nele.

Mas o outro conhecia-o (agora é que via). Uma vez, no Rosário, numa compra de gado para o frigorífico...

Realmente — rememorava também o coronel. Não que se lembrasse do fazendeiro. Mas recordava-se da sua primeira compra de novilhos para o estabelecimento (recém-inaugurado então). Havia estado no Rosário. Como passava o tempo!
— E o moço?
(O maluco.)
Forneceu-se uma explicação. O indivíduo deu-se, no momento, por satisfeito.

Na ocasião de apear do automóvel, houve delicadezas, rapapés. (Ainda se podiam considerar em viagem...) Cada um dos dois queria pagar a corrida. Por fim, um triunfou. Parece que foi o fazendeiro, que se convenceu que o outro é que queria pagar mesmo.

O soalho da entrada do hotel estava todo escuro (era molhado, dos pés de quem chegava, dos borrifos d'água ao se abrir a porta). Os viajantes foram recebidos pelo hoteleiro, um rapaz simpático, com pouco jeito do hoteleiro clássico.

Imediatamente tomaram-se as "providências".

Os recém-chegados olhavam muito para tudo ali naquela pequena sala, transformada em vestíbulo. Sobretudo para um indivíduo (não velho), de barba castanha muito comprida, muito reta, muito armada, e que se achava sentado, o busto inclinado para diante, com compostura. Parecia que se empenhava em precaver a barba de qualquer acidente. — Era "el comandante Amilívio".

O "refeitório" ficava ao lado: um salão de paredes úmidas, um ar "desabrigado".

Os viajantes foram conduzidos até os seus quartos. Fizeram uma toalete sumária.

O hotel estava cheio. O rapaz simpático (o hoteleiro) já o havia dito; mas o coronel se convenceu mesmo, quando entrou no salão de paredes úmidas, seguido dos companheiros.

Não havia nenhuma mesa desocupada.

— Arranjei um lugar prá os senhores na mesa do comandante Amilívio... Acho que vão ficar satisfeitos...

Natural.

Acercam-se dos seus lugares (eles já estão reservados; têm talheres, pratos. Faltam os copos, que seu Davi, o hoteleiro, vai buscar). Cumprimentos ao comandante, que baixa pausadamente a barba até quase tocar a sopa de massa que está tomando.

Eles abancam-se.

O comandante se permite uma pequena piada, como recepção:

— *Uno hasta se creería que está lloviendo en los platos...*

(Referia-se à sopa muito aguada.)

Sorrisos, sobretudo do coronel, — que pediu licença para examinar a sopa. Meteu os olhos e o nariz no prato do outro, o qual afastou um pouco o busto para trás, para facilitar. O comandante tinha toda a razão, observou o coronel para os lados. A melhor forma de o testemunhar era não beber a sopa. Demais, aquilo engordava. Um médico em São Paulo tinha-lhe proibido o seu uso (pelo menos diário).

Mas um churrasco de ovelha com batatas estava maravilhoso. Ovelha só na fronteira!... O coronel repetiu. Ia pedir vinho. O vinho do hotel porém não prestava. A cerveja também não valia nada. Mas alguma coisa tinha-se de tomar. Trouxessem mesmo cerveja...

Dizem que muito líquido na comida engorda...

— Não acredite nisso! — fez o coronel vivamente.

O comandante Amilívio passeava o olhar pelo salão. Acabou primeiro que os outros. Mas ficou na mesa, por cortesia.

Depois de algum tempo, já no vestíbulo de novo, a "roda" formada, é que se soube que Amilívio estava preso ali pelo mau tempo. Dirigia-se também para Quaraí.

Mas não havia como chegar na pequena cidade da fronteira. Todos os passos encontravam-se cheios.

"Com o Cati a campo fora."

O maluco, que parecia estranho a tudo aquilo (devia se achar cansado da viagem, conjeturara o coronel), o maluco teve uma estremeção. Seus olhos procuravam a cara barbada, nada vulgar, do comandante Amilívio (que é quem estava informando) e tiveram uma faísca trêmula onde luzia inquietação...

— E por trem?

Por trem?... Como?!

— Pelo Rosário.

Também impossível. Porque, entre as pontas dos trilhos e Quaraí, ficavam dois arroios, também bufando: o Garupá e o Quaraí-Mirim. Sem falar no Mancarrão...

— E nem de avião...

Com efeito. Há mais de uma semana, não chegava o avião de Porto Alegre.

— *Mala visibilidad.*

Estavam pois ilhados. Era o diabo. O coronel não podia perder muitos dias em Santana: já se achava longe de casa há quase um mês.

Por onde andara? — quis saber o comandante, educadamente.

— Por São Paulo...

— *Mui bien.* (A sua barba baixava e subia, lentamente, concordando).

Ele vinha ver se era possível fazer uma revolução.

O velho Vinhas

Foi lá quase pelas dez horas que apareceu o velho Vinhas. Sempre dava uma chegada nos hotéis, antes de recolher, prá ver quem "tinha vindo".

Possuía um cargo público que lhe permitira exercer esse mister, sem grande atrapalhação, durante anos. Aí então estava sempre em dia quanto à chegada e saída de forasteiros (ou de gente do lugar, mesmo). Ainda quando se inaugurou o serviço aéreo, criando-lhe uma nova via por onde um passageiro pudesse talvez escapar, mesmo assim seu Vinhas conseguiu manter-se no posto. Fora a chegada daquele "chefe", que trazia uma mania esquisita (a do horário), que viera criar-lhe uma certa perturbação. Agora tinha de andar naquela correria, às vezes até tarde da noite e por um tempo... como aquele ali.

O velho Vinhas foi apresentado aos novos hóspedes.

— Dentro de um dia ou dois, se a chuva parar, os arroios descem — assegurava o velho. (Ele tinha a cara cheia de rugas salientes, em torno da boca, do nariz, como se houvesse botado uma focinheira de cordoalha).

Desciam ou não... O coronel não sabia se poderia esperar por isso. Talvez até desistisse de chegar em Quaraí. Estava era com vontade de se tocar diretamente para Uruguaiana.

— É uma oportunidade que eu perco de tratar um negócio ali...

Pausa reflexiva.

— Se a chuva parar esta noite... — ia acrescentando o velho. Mas o coronel interrompeu: sim, os arroios descem com alguma rapidez.

— Mas é que eu não posso esperar até que os arroios baixem. Eu tenho experiência. O Cati, por exemplo...

O Cati era terrível. Espraiava muito...

Outro silêncio. O maluco fuzilava o olhar para eles.

— Mas, o avião, amanhã ou depois, está aí — prometia seu Vinhas.

— *No lo creo.*

O velho movimentava a cordoalha do redor da boca, da bochecha chupada, explicando: prá um avião, era a menor estiada; tocava-se mesmo. Demais, o prejuízo deles já era grande. Só a correspondência que estavam perdendo...

— Parada?...

— Qual!... já seguiu de trem.

Se fosse assim, Amilívio tomaria o avião. Aliás, era um pulo até Quaraí.

— Levam menos tempo do "campo" até lá do que eu até o "campo" — fortaleceu Vinhas.

(Era mesmo: porque — quem dizia que ele não acompanhava os viajantes até o aeródromo!...)

Depois dum momento, para o coronel:

— Mas eu nunca vi o senhor viajar de avião. Nunca! Nem veria...

Era fato (observava o velho): havia muita gente que não se dava bem com a viagem aérea. Ele, de seu lado, não se dava bem com viagem de espécie alguma...

— Nem que me pagassem — asseverou o coronel, voltando à carga. — Não trepo naquilo nem amarrado.

Achava que seu primeiro voo seria o seu primeiro desastre. E ainda tinha muito boi prá comprar...

O comandante Amilívio preferia as viagens pelo ar. De

resto, o "seu país" (outro que também chamava a sua terra de "seu país"), *su país poseía servicios mui regulares...*

— De avião?

— *Si* — e abanava as barbas.

O coronel ficara pensativo (triste).

Discutiu-se muito a matéria — aviação. O coronel conservava-se de parte, no geral. Apenas transitava o olhar curioso das cordoalhas do velho Vinhas para as barbas do comandante.

Quando o homem especialista em "situar" as pessoas que chegavam e partiam, abriu a porta da rua para ir embora. Eram mais de onze e meia da noite.

Ainda chovia como antes.

Ia dar também uma chegadinha no clube. À entrada, encontrou um rapaz:

— Você é filho do Ventura?

Sim.

— Está chegando de Porto Alegre...?

Viera na véspera.

Isso mesmo.

— Nos estudos...?

— Pré-médico.

Mas ainda não estavam em férias!...

O rapaz sorria. Não: um passeio...

O velho erguia a cabeça: evocava, calculava. À luz do saguão, gotas brilhantes de água dependuravam-se-lhe das cordas do focinho, como vidrilhos minúsculos, tremeluzindo.

— Bom: vai dormir.

— Eu também estou chegando, seu Vinhas.

— Então vamos entrar.

Viagem transtornada

Na agência do avião.
O coronel compra a sua passagem e a do Louco do Cati. (Quisera levar também o seu Vinhas, aquele entusiasmo súbito que lhe viera agora pelas travessias no ar. O velho chegara a se assustar com a "influência" inopinada do coronel: já se cuidava dele; e só não o evitara daí por diante, porque o outro *ia partir*, e ele queria ver isso.)
A agência, entretanto, não se subordinava a nenhum compromisso definido, quanto ao momento da partida. Achava-se em ligação radiotelefônica com Porto Alegre: o tempo melhorara por lá; permitiria possivelmente a vinda do avião da carreira. Aliás, a chuva, ali mesmo, quase cessara. Só ventava. Mas o problema para o avião não era o vento...
— *Es la visibilidad.* (O comandante fora também se munir da sua passagem.)
— É isto mesmo.
O homem da agência olhou para aquele sujeito e para as suas barbas. Depois:
— Se a chuva parar, o avião parte, mesmo com vento.
(O vento que fazia e que todos já suportavam com satisfação, porque viria limpar o tempo.)
Ao meio-dia, estavam almoçando no salão úmido e barulhento do hotel, quando se ouviu um ruído violento, que lhes sobrevoou, rápido, as cabeças.
Suspensão.

— Está aí ele!

O coronel fez os companheiros apressar o almoço. O comandante, pela primeira vez, se atrapalhava nas barbas, — tão bem esticadas, tão bem armadas...

Um instante depois já se comunicavam com a agência. Mas esta não fornecia ainda a hora da partida: aguardavam informações sobre as condições atmosféricas de Quaraí e de Uruguaiana.

— É preciso saber como está o tempo no Jarau — esclareceu o velho Vinhas, que já se achava junto deles, pois também havia ouvido o ronco do motor. O coronel soltou o fone (era no vestíbulo); tinha o ar aborrecido (daquela expectativa).

Mas uma hora depois, um telefonema: a agência solicitava que os "passageiros" do avião ficassem a postos, no hotel, aguardando o aviso de partida!

Começou então, para os quatro, a prisão, no vestíbulo, entre a porta (por onde espiavam o tempo) e o telefone. O que mais sofria era talvez o velho Vinhas, — que tinha simultaneamente de estar ali e no trabalho.

Por fim, já às quatro horas da tarde (quando o tempo se fizera melhor e até o vento cessara), foram laconicamente prevenidos que o avião não partiria naquele dia.

O coronel deu um pulo à agência.

— Não é possível. O campo de Quaraí é muito bom; mas não tem condições para permitir o pernoite do avião. Ele teria de atingir Uruguaiana. Ora, isso só às cinco, seis horas. Nesse tempo e prá o avião, é noite. Não há visibilidade suficiente. (Neste ponto, voltou-se para o homem das barbas).

Só lhes restava esperar pelo outro dia.

— Nem quero matar os senhores, nem quebrar o nosso aparelho.

O grupo teve de voltar ao hotel.
O velho Vinhas consolava-os.

Ainda choveu durante a noite (o coronel acordou mesmo com uma rufada forte no telhado). Mas intermitentemente. Pela manhã, chuviscos, com nevoeiros. Um sinal em meteorologia prática, para o qual entretanto não se podia esperar que seu Vinhas desse logo uma decifração: *disso* sempre quisera entender um pouco.

Depois do almoço, apareceu um vento bom. Limpou por um momento todo o céu. Só um momento, porém. As nuvens começaram a amontoar-se, de novo; apenas não chovia.

A agência avisava que o avião sairia às quinze horas.

Foi um rebuliço.

O coronel estava um pouco nervoso (muito quieto).

Ao chegar ao campo, o encarregado, mostrando-lhe um aeroplano cuja hélice já girava, teve a "cortesia" para o momento:

— É o seu avião.

Serviu-se um cafezinho aos passageiros. Foi quando se viu que havia mais um viajante. Era um rapaz. Magro. Estava de pé, e conservava as pernas finas afastadas. Não tinha nenhum agasalho de inverno sobre a roupa barata. Tirou do bolso de trás da calça uma carteira de cigarros. Continha um apenas. Meteu-o nos lábios. A carteira (uma cartolina branca, com dizeres doirados), dobrou-a pela metade; depois, deu-lhe mais uma dobrada, mais outra, reduzindo-a progressivamente. Quando não era mais do que um volumezinho retangular e duro, jogou-a ao chão, prá um lado, — e pediu fogo ao coronel.

O homem do aeroporto fazia-se muito gentil. Solicitou o endereço do "amigo" do coronel em Quaraí, para telegrafar-lhe:

— Vou dar a ele a hora exata da sua chegada.

Nada disso tranquilizava o outro, que pensava no seu primeiro desastre (nem sabia por que sempre andava dizendo aquilo ou por que cargas d'água se encontrava ali, pronto a realizar um ato que tanto abominava).

O próprio Vinhas estava alterado.

Nunca tivera uma "viagem" tão transtornada.

Interrompe-se o voo

Mesmo sobre o campo (aliás de más condições técnicas, segundo "el comandante") o aparelho começou a "sentir", com o esforço que fazia para lutar contra o vento.

Recebia um sopro forte e constante sobre um lado. Isso obrigava-o a mudar o rumo, para oferecer ao vento também o nariz, não só o costado.

— *Lo que es mui peligroso* — esclarecia o comandante Amilívio, berrando para ser ouvido. Ali dentro daquela pequena gaiola balanceando de maneira horrível, era o único que conhecia essas coisas; pelo menos, que assegurava conhecê-las.

O coronel não queria ouvir nada (sentia até uma espécie de náusea). Já tivera uma má impressão quando o "ataram" (e ainda com a recomendação de não estar absolutamente desatado na descida do avião). Nem queria olhar para o caminho que percorriam, como o fazia o comandante, cheio de observações: os aramados pequeninhos lá embaixo; os animais fugindo do "barulho" do avião; os "valos" (dali, eram valos), ladeados de uma vegetação com jeito de matos em miniatura, — que eram... os arroios. Só queria descer. Quanto mais depressa, melhor. Nem se importava que a descida fosse o pior. Enfrentava até esse perigo, — conquanto descesse mesmo.

— *Claro...*

Depois, como que se reincorporava. Até prometia se orientar no trajeto, por meio do Jarau. (O Jarau devia aparecer de longe...)

Mas, num dado momento, eis que algo se deu, com susto geral. E o avião começa então a deslizar num plano inclinado. Parecia procurar uma bandeirinha (daquela altura, dava a ideia duma bandeirinha, mas era um funil de pano, inflado pelo vento, que ele segurava, na passagem, para mostrar ao piloto). O estranho era que o funil — ou a bandeirinha, como quisessem! — estava isolado no meio do campo. Ali não era cidade. Muito menos Quaraí. Ninguém compreendia... Não parecia "desastre" entretanto...

Ao lado, — um estabelecimento, uma "estância".

Em terra, o piloto lhes explicou: uma aterrissagem forçada, mas em boa ordem. Não poderiam continuar com aquele tempo: "fechado" adiante e atrás. E além do mais com o rádio desarranjado. Por isso, decidira-se pela descida naquele pouso de emergência. A fazenda, ali perto, lhes proporcionaria cômodos para a noite.

Assim, no meio do campo, é que se podia ver como o tempo estava feio. Os coxilhões desapareciam nos panos de neblina fria que o vento ou rasgava, ou tocava para longe, numa fúria.

Os passageiros começaram a mover-se em direção à casa, que se erguia lá no alto, toda fechada ao mau tempo. Os "homens" (o piloto e o ajudante) deixaram-se ficar junto do avião, tomando providências para a sua segurança.

A capa gris do coronel abria-se em certas ocasiões, como se quisesse levá-lo pelos ares. El comandante Amilívio cerrava-se com cuidado e firmeza na sua capa preta, de botões doirados... O Louco do Cati não lhe tirava os olhos, encolhido, desandando no vento, que tudo fazia para lhe arrebatar o chapéu do Norberto... o chapéu que lhe ficava grande.

— A quantas léguas estamos de Quaraí? — queria se informar o coronel, quanto mais não fosse, para o seu governo. Tinha de se voltar para falar, porque o vento, mal as palavras se formavam nos seus lábios, escamoteava-as e ia soltá-las lá longe.

Amilívio falava para dentro — ou da capa, ou das barbas (não se podia ver bem). Protegia-as do ventarrão.

— *Bueno...*

Levantou um pouco o rosto, colocou o olhar mais longe, como quem vai mesmo se orientar. Dali ao Cati, por terra, teria umas quatro léguas (ele não sabia bem; há tempos não transitava por aquela estrada). E do Cati...

— A estrada fica por aqui mesmo... — afirmava o coronel, inseguro.

(Bem pela frente da estância.)

Era isso. Ali ia ela!...

E como se chamava o lugar?

— *Santa Cecília* — respondeu o comandante, repassando para a frente, com um gesto seguro de mão, um pano da capa preta que esvoaçava. Contra a tarde cinzenta, a sua figura alta e negra, tinha um aspecto estranho, lendário...

— O Cati! O Cati!

O maluco disse isso, atirando as palavras nas costas da figura negra, — como cuspos, e fugiu à disparada. O comandante nada observou, avançando penosamente contra a ventania. O coronel ouviu o grito, mas não entendeu bem... Foram os rapazes do avião que deram o alarme:

— Lá vai ele! Já vai longe!

Via-se aquela figura curva, desaparecendo na intempérie. Parou-se. Procuraram se reunir, decidir.

O homem sumira-se. Havia grotões ali (umas canhadas) cheios de matos.

Coisa esquisita!... Ninguém entendia. Todavia, era bom fazer qualquer coisa...

"Qualquer coisa" era ir... ou mandar alguém (um peão da estância) procurá-lo no mato.

— Pois então é tratar disso!

O ajudante do piloto, um rapaz loiro, tipo atleta, considerava se não valeria a pena fazer aquela maratona, prá esquentar o corpo e puxar o sujeito de dentro do mato. (Decerto tinha ganhado o mato.) Mas isso não poderia. Nem conhecia o homem...

— Um sujeito assim é capaz até de agredir...

O rapaz ruivo, tipo atleta, negava docemente com a cabeça (enfiada no gorro de aviador). Olhava ainda para as bandas por onde *ele* havia desaparecido, tentado.

— Mas por que teria feito isto?

— O sujeito?...

Era.

— Teve medo de alguma coisa. Talvez dessa viagem... com temporal...

— Depois que desceu?...

Não... Nada disso...

Ninguém poderia saber então.

— É exato que ele já vinha nervoso desde Santana — esclareceu o coronel.

— Sabe o que eu acho? — disse o piloto. Todos voltaram-se para ele. Abrigavam-se do vento, aproximando-se muito, quase se tocando uns nos outros.

E então?...

Para o piloto, o indivíduo não tinha querido ficar ali em Santa Cecília:

— Tem qualquer coisa com alguém daqui.

Bem possível... (O coronel cismava...)

O rapaz magro, as pernas afastadas uma da outra, mãos nos bolsos da calça, de costas contra o vento, encurvado com o frio, — olhava e escutava a conversa dos outros.

Como as mãos metidas nos bolsos das calças obrigavam o casaco a sungar dum lado e outro, deixando assim duas abas livres ao vento, este fazia-as bater como duas bandeirinhas...

Famosa aventura do homem que vai levado por um cachorro

— *Aquel lo alcanzará antes...*

O canzarrão, um cão de estância (um lobo...), de pelo curto e escuro, tinha-se escapado como uma bala, por detrás do balcão (que ficava ao lado da casa e pouca coisa mais recuado). Ia de cabeça baixa, cortando o chuvisqueiro. Mas estacou numa espécie de talude que limitava, daquele lado, o outeiro, onde a casa se assentava. Pôs-se a latir. O seu corpo agitava-se todo, como se não tivesse dominado o impulso em que vinha; dava um bote, sempre acuando. — Erguia então o focinho; pescoço e focinho ficava, tudo, numa reta, enquanto soltava o seu ladrar uivado.

— Ele ainda está enxergando o homem!

O cachorro, entretanto, punha um fim à perseguição apenas ensaiada. Mas não se decidia a se retirar: quando já ia dando volta, retornava ao talude — o seu "posto". Tinha movimentos, como se fosse despencar-se pela *plataforma* abaixo.

— Deve ser alto...

Da gente que aos poucos ia saindo da estância, atraída pela chegada do avião, um sujeito se destacou. Estava de poncho. Depois duma investigação curta sobre o grupo que se avizinhava, seguiu a direção do cachorro. Encontraram-se a meio caminho. Ele lhe fez uma "festa" rápida, mas sem se deter. Foi até o talude, pondo-se a sondar para todos os lados. — O cachorro, colado às suas bombachas sungadas, tinha uma cauda inquieta, a respiração sôfrega. Mas o homem, depois dum momento, parecia que também desistia. Voltava. O cão vinha vindo um pouco à sua frente, farejando as macegas encharcadas, entreparando, até ele de novo o alcançar. Aí, o cachorro metia-se outra vez a trotar, — descuidado, já esquecido.

O *lobo* da estância o descobrira, no momento em que ele desaparecia.

Também ali, não podia escolher, porque... fugia!

A cada momento, o mato lhe oferecia os velhos aspectos conhecidos da infância. Um cheiro de cascas de pau, de gravetos, de troncos apodrecidos, que os seus pés, inábeis, desmedidos, esmagavam e desfaziam como farinha; coisas que agora fermentavam com as chuvas. Um gorgolejar de água caindo dum barranco, como se pulasse um degrau. — Mas, sobrepondo-se a tudo isso, — o uivar do lobo, clamando, da sua plataforma, a goela espichada, clamando contra ele!

(Numa folga do latido, num quase-silêncio que o gorgolejar da água tornava *claro* como o cristal, ele tinha tido o impulso de se voltar: *sentira* o cão atrás de si! Ouvia a sua respiração sôfrega; chegava a aspirar o seu cheiro, — um cheiro tornado mais ativo na avidez da presa...)

O grotão estendia-se entupido de mato. Seguia a linha sinuosa formada pelas abas de duas coxilhas que se cortavam. Decerto porque o grotão "caminhava" paralelamente à estrada, só muito longe e muito tarde (já de noite, uma noite chegada mais cedo); só muito tarde e lá muito adiante, é que conseguiu se safar daquela vala funda, toda cheia, agora, dum rumor de correnteza. Os seus pés pisavam finalmente um cascalho solto, — umas pedras arredondadas e alisadas pela ação da água. Uma espécie de picada. Era o *passo*.

Resvalando, atirando braços que pareciam ter ficado enormes, para se apoiar nos galhos que cruzavam a sanga, ele lá se foi, picada acima.

Logo adiante, representava ser um campo aberto. Parou então. As orelhas, mais dobradas, mais abaixadas, sob o peso dumas abas pingando; as suas orelhas escutaram longamente. Nada mais do que vozes de água, escapando.

Dum lado e doutro, distinguia postes de aramados. O corredor.

Um longo corredor. A estrada corria folgada dentro dele. Ia procurando os pontos melhores do terreno. Às vezes, seguia rente a um dos aramados muito tempo, até esbarrar com um valo, um lagoão. Detinha-se, atrapalhava-se, contornava, bifurcava-se. Mas franqueava o obstáculo por fim, — e lá seguia ela outra vez, ora à direita, ora à esquerda. Não era raro vir ocupar bem o meio do corredor. Então, perdia-se de vista as cercas de arame, ou só se divisava a cabeça desses postes mais grossos (os moirões), colocados de longe em longe, para dar mais firmeza.

A sua figura era apenas um pedaço da escuridão, fazendo um barulho: o barulho dum tranco sobre o chão alagado. Quando a chuva apertava, nada se distinguia então: ele se fundia inteiramente com a noite. Mas, à primeira folga, à primeira estiada, lá vinha de novo o trancão ritmado, erguendo um barulho claro de água sobre a estrada.

No correr dos aramados, de vez em quando apareciam sombras, mais densas do que a sombra geral da noite. E vozes. O seu olhar relanceava furtivamente para os lados, como espiando. Não encarava de frente as sombras que se amontoavam em torno dos moirões. Punha-lhes um olhar oblíquo, clandestino. As vozes mesmo — o gorgolejar das sangas, o frigir da chuva numa pancada mais forte, os *mistérios* do vento — entravam por uma e saíam por outra das suas grandes orelhas pendentes...

Foi só lá muito pela noite adentro, que se começou de novo a ouvir um uivo de cão. Era como um ladrar à distância. Parecia sair duma goela espichada, ficada assim muito tempo, até se lhe acabar o fôlego. O seu olhar oblíquo mal se animava a penetrar as sombras que balizavam a estrada, dum lado e outro, que o "fechavam", como se o quisessem canalizar, empurrar sempre para frente, para longe, como numa fieira.

O uivo parecia chegar, regularmente, com o vento. E cada vez se fazia mais próximo. Se era um cachorro, devia vir à disparada atrás dele, como uma bala (lançada um tanto de lado). E então, só havia eles os dois naquele enorme "canal"; ele — com um tranco, levantando a água dos charcos; e a bala escura, deslocando-se meio ladeada, como parafusando a noite...

Daí a pouco, já se iria ouvir uma respiração sôfrega, ávida por pegar, por estraçalhar, e sentir um cheiro, ativo pela corrida dentro da noite empapada d'água e pela antevisão da presa...

(Num momento mesmo, em que o latir se fizera tão próximo, e tão familiar, como se fosse um *chamado*, — ele voltou-se. Foi levando o olhar até o fundo da escuridão que ficara para trás. Esperou um instante: o instante rápido, que desse para aparecerem, primeiro, os olhos e os dentes...)

Agora: só poderia ser um cachorro fantástico.

... Quando saía, à noite, de casa, sem ninguém ver, na figura dum cachorro, — não era mais um homem: tinha virado lobisomem. Comia imundícies, em todos os monturos... Tão nojento era, tão negro por dentro (e tanto empenho tinha em se tornar cada vez mais negro, para aquela gira de maldade), que não podia comer outra coisa. No outro dia, sabia-se que aquele homem estranho era o lobisomem, porque se punha a vomitar tudo aquilo. Limpava-se, prá passar a semana...

Uma vez esse "homem" se casou, sem a moça saber quem ele era. Numa sexta-feira, de noite, a mulher, vestindo um vestido de baeta encarnada, foi atacada por um cachorrão preto, quando saía no pátio. Os dentes do animal e os seus olhos brilhavam no escuro. Ela se defendia. O cachorrão (o lobisomem) quase despiu-a, a dentadas; a sua saia de baeta vermelha ficou toda em tiras. A mulher porém conseguiu fugir prá dentro de casa. Trancou-se. Só abriu prá o marido, tarde da noite. Ele vinha cansado (e o olhar negro). Dormiu. Mas no meio da noite, a mulher sentou na cama, erguida por um arrepio, como por uma mola; descobrira uma coisa horrível! Entre os seus dentes, enxergava os fiapos da sua baeta encarnada.

Por que o lobisomem haveria de andar aparecendo?...
Ora dócil, rabo entre as pernas, todo espichado para baixo, para oferecer um declive maior à água da chuva. Ora ativo! cheio de curiosidades de cachorro, indo na frente, farejando o caminho, esperando até que o trancão do homem chegasse bem perto, e partindo então de novo, para ir farejar mais adiante. Ou então alerta, as orelhas agudas como duas lanças no ar, pronto para cair sobre a treva. — Sempre, em qualquer dos casos, só ele e o cachorro, naquele extenso canal... Ele e o cachorro fantástico... Ele, como dono daquele cão — do lobisomem — e tão fantástico como o próprio cão!...

Depois o vento começou a diminuir. As sombras que se amontoavam no pé dos moirões, já se desenhavam mais nítidas. Pareciam moitas de macegas, montículos de terra preta (dos buracos, quando se compusera o aramado) e desfazendo-se agora à intempérie. — O cão desapareceu tão misteriosamente como viera. Dos dois, só ficara ele, levantando a água dos charcos com o seu trancão...

Ia em busca do... CATI!
Essa — a obra, misteriosa, de quem o viera conduzindo, guiando toda a noite. Mas que compensação: não lutaria mais! Mesmo porque não adiantava. Tocar prá frente (uma das frases

queridas de Norberto...), enveredar direito na estrada, — agora tão *familiar*, tão conhecida, como se ele *soubesse* mesmo. Num dado momento (talvez naquele dia que iria nascer chuvoso e escuro, talvez na outra noite, — num tempo misterioso qualquer —) estaria entrando no Cati — no *portão do Cati* — escoltado por sombras, uns homens vestidos de negro, lendários...

Não valia a pena lutar. Não lutaria. Não porque estivesse moído e sem qualquer esperança. Entregava-se — num alívio extremo, que só pode provir mesmo da Danação — entregava-se ao demônio conhecidíssimo da sua infância — o demônio dos fundos de quintal e das sombras que fazem ao luar as velhas cercas de pedra...

Ele vai prá o Cati

Quando rompeu o dia (quase tão escuro como a noite e tão assombrado como ela), ele já ia longe, no rumo do... Cati. Orientava-o ainda, invisível mas real, um ente que decerto saíra expressamente do inferno para enfeitiçá-lo e levá-lo para... LÁ!

Nem errava a estrada. Mesmo na escuridão da noite, calcara-a certo, sem a ver. Quem anda *assim*, possesso, não erra estrada. Caminha entre seres sutis, que espionam, que protegem, que velam... Velam por essa sua... sinistra segurança. — Olhos com chispas de fogo haviam-lhe iluminado o caminho. — E ele — era um fato — não se perdia...

Já vinha sem chapéu.

A água desabava-lhe pelos ombros, cascateando na barra esfiapada da capa de segunda mão (duma outra mão, em São Paulo...). As calças (que Lopo, no Rio, lhe arranjara, calças claras, escurecidas depois) batiam-lhe nas canelas magras com um *blap* ritmado de pano molhado e cheio de barro... Os sapatos do dr. Valério (que ele uma vez lanhara de umidade alegre na geada do pátio de Geraldo), os sapatos faziam também um rumor: — mas era uma voz chiada (da água que tinha dentro), voz que lhe falava — *chuap, chuap* — a cada passo socado do seu trancão.

Tinha pressa. Nunca tivera tanta pressa. Trotava, num tranco que, agora, era ligeiro e ladeado, como um trote largo de cachorro.

Estava escrito que haveria de chegar assim, todo degradado, ao castelo (um castelo que tinha um pátio sombrio, um pátio que tinha um poço, um poço que tinha gente...).

Mas que viagem — que volta — para o atingir! Tivera de chegar até — o Homem decaído e sobrenatural (lobisomem, semi-homem)... Agora compreendia tudo! Nem valia a pena lutar — ou fugir, como sempre vinha fazendo, como o fizera ainda ali no meio do campo, na véspera, diante do vulto negro que tinha um capa negra, — e que lhe lembrara aqueles outros homens vestidos de preto, de dólmans pretos onde luziam reflexos metálicos de botões, ou de dólmans pretos ensopados de sangue... Na sua humilhação inferior, quando muito era um... Homem-cachorro! Bem que *sentira* sempre a sua sofreguidão canina, quando engolia o seu tassalho de carne... os seus silêncios invencíveis de cão... uma vez, que fora encerrado num quarto — como um cachorro!... o olhar triste de animal que erguera, certo dia, para o rosto moreno de Nanci (a mulher) e que tanto a perturbara... E um rabo que abanava, ingênuo, a cada "festa"... — Tudo, assim, havia sido uma "preparação", para aquele momento, — o *seu* momento. Entrava como um cão na crise da sua vida. — Tinha medo (e fuzilou o olhar para os lados, procurando um amparo humano na solidão), tinha medo de botar a mão no rosto enxovalhado, e dar com o focinho dum cachorro...

Já não chovia

Já de longe vinha enxergando algumas coisas estranhas sobre aquela elevação, à margem do arroio.
(O Cati estava mesmo campo fora.)
A água estendia-se com um brilho de metal. Nem a gente via ela se mover. Mas corria, — para o rio que tem mudado tanto de pronúncia, na fronteira de dois povos inquietos...
O céu começava a se movimentar. As nuvens iam todas para um lado (lá para muito longe). E iam numa disparada.
Já não chovia. Pouco a pouco, o pasto começava a sair da sujeira do dia chuvoso, como se naquele mesmo momento brotasse, verde, do chão. Uma barra até, dum azul puro de louça ou de cetim, alargava-se aos poucos no horizonte, à sua frente.
Mas as nuvens corriam, na sua fúria boa de limpar o céu, de se esconderem lá longe, muito fora dali. E era a terra que se clareava toda, quando elas desapareciam. Mas não saíam inteiramente: um teto, um forro, dum amarelo-escuro, pairava no alto, sobre a sua cabeça, como um contraste.
E aquelas coisas, em cima da elevação, na beira do arroio. Eram pequenos panos de paredes, ruínas... Mas não se podia ainda ver bem, ver completamente. Nem ele queria: não tinha olhos para ver outra coisa, senão o "Cati", que, lá adiante, o esperava com o seu poço.
A barra azul aproveitava esse tempo para se alargar mais, e o campo para ficar mais verde, ao lado da lâmina d'água mais reluzente.

Até o campo se enchia, agora, de outras cores: flores... flores rasteiras, pequenas...

Ele, mesmo avançando, num trote e ladeado, ele ia pondo os olhos nas flores, — mas uns olhos, muito deslavados, de cão. Era, primeiro, uma mancha comprida, toda branca. E outras manchas, ou amarelas, ou roxas. Sempre, uns pontilhados de florinhas, cada um da sua cor, florezinhas que corriam para o horizonte e pareciam tiradas naquele instante dum saco (o Saco Encantado que contivesse todas as flores silvestres) e jogadas à mão sobre o campo...

Mas, de repente, apareceu o sol na faixa azul de cetim e sob as nuvens amarelas em correria, — um sol dum jacto, que atravessou o ar e que tudo lavou dum ouro fluido, quase pálido.

A luz envernizou o pasto úmido, as pontas de lança das macegas. Pôs um friso rutilante, muito reto e muito longo, nos fios de arame. Tudo, ali, num instante, banhou nessa água de ouro límpida, e ficou faiscando.

O trote do homem, surpreendido pelo sol como por uma força, afrouxou, retardou-se... — Enquanto o jacto de ouro vinha encher-lhe a cara de uma camada tênue e viva como uma casca reluzente e quebradiça de louça. A sua roupa, que o temporal maltratara e aviltara, recebia um raio de luz e ficava tranquilamente incendiando.

Ele teve um sobressalto, — que foi como um brilho estremecendo. — E pôde ver então, lá à sua frente, o sol atirando-se contra as próprias ruínas, inundando-as.

As ruínas, sim! As ruínas do Cati!... Porque aqueles panos de paredes (vejam todos! todos! venham ver!); aqueles cacos de paredes que mal se equilibram e em que ele nem quisera reparar, eram o Cati! Dum Cati que ele deixara para ver, quando já não era mais do que escombros...

O homem-cachorro de ainda um instante quase não acreditava! Mas afugentara a assombração num relâmpago, para sempre!... Queria, dali donde estava, defronte do sol, queria — era poder estender umas mãos vingativas de gigante, para sentir nos próprios dedos frisados de luz o esfarelar do pó do Cati, do Cati que se esboroava — lentamente, através *esses* anos, numa serenidade melancólica de coisa morta, que apenas vive a vida ultrajada de espetro...

Mas sorria... Sorria, na antevisão até dum descanso, na estrada. Sorria diante daquela tarde de ouro, que dourava também a lâmina brilhante do arroio, crescido com as grandes chuvaradas da primavera. Nos olhos, nos lábios frouxos, nos dentes — uma umidade ouro-pálida ficara lampejando, dourando o seu sorriso.

Agora, é que se via quanto ainda era moço...

O homem-cão do Cati

Camila von Holdefer

Um personagem-título que pouco fala e pouco age, e que mal toma parte nos eventos e rumos da narrativa. Que parece perdido, tanto no espaço quanto no tempo, em meio a um relato de viagem. Que é, no fundo, uma incógnita. Tudo o que se sabe sobre ele é como que intuído, e de modo precário, a partir de frases soltas, lembranças descontínuas e olhares vazios ou alarmados, mas sobretudo a partir do nome de um local onde teriam ocorrido atrocidades inenarráveis — mencionadas, por isso mesmo, apenas de forma breve e fragmentária. Mal compreendida na primeira metade da década de 1940, quando o romance foi publicado, essa maneira oblíqua de construir um protagonista é, de fato, uma prova da originalidade e da ousadia de *O Louco do Cati*.

O Cati foi um quartel que abrigou, entre os anos de 1896 e 1909, o 2º Regimento Provisório da Brigada Militar do Rio Grande do Sul, então sob o comando do coronel João Francisco Pereira de Souza, que entrou para a história como "Hiena do Cati". (Um animal, mas um animal feroz, não domesticado.) A existência do Cati, e a própria atuação de João Francisco, tinham como pretexto a necessidade de conter os estertores da Revolução Federalista (1893-5) na divisa dos municípios de Santana do Livramento e Quaraí, perto da fronteira com o Uruguai.

No entanto, além de assinalar um lugar real situado no espaço e no tempo, o quartel do Cati representa, no romance, a violência institucionalizada e portanto legitimada — não à toa, é descrito por Dyonelio Machado como "o recinto da oficialidade". Nesse sentido, o Cati não deixa de ser um símbolo da repressão do Estado Novo de Getúlio Vargas, durante o qual o próprio Dyonelio, graças à militância política para o Partido Comunista, amargou uma temporada na prisão. A linguagem próxima da oralidade em *O Louco do Cati* não se deve, aliás, apenas à intenção de emular a fala de grupos sociais distintos: o livro foi ditado por Dyonelio, acamado e abatido também em consequência do período passado no cárcere, à filha e à mulher. Só então foi posteriormente datilografado e editado.

Nascido em Quaraí em 1895, Dyonelio teve, antes disso, a própria infância marcada pelo Cati — e transferiu parte de suas memórias, provavelmente aquilo de que se recordava das conversas dos adultos, para o protagonista. Um personagem menciona, como se listasse banalidades, "os horrores, as torturas, as perseguições, os degolamentos" que ocorriam no entorno do quartel. Já o "maluco" é "assaltado pelas visões"; para ele, as lembranças macabras se sobrepõem às cenas do presente. Ele recorda que certa vez "o Tenente — um tenente do Cati — tivera de, em plena carnagem, mudar o dólman de pano preto", porque ficara "todo ensopado de sangue". Também nessa imagem há algo da natureza velada que compõe o próprio livro, já que dificilmente se veriam manchas num dólmã preto: o mais provável é que o sangue pingasse.

Embora sejam incorporadas (com alguma ironia) pelo narrador, "maluco" e "Louco do Cati" são denominações que registram o olhar (limitado, apressado) dos outros personagens para o protagonista. Dyonelio Machado, que além de escritor engenhoso era psiquiatra, tinha consciência da duplicidade, e portanto da complexidade, do ponto de vista assumido. A passagem em que um casal acompanha o protagonista num navio com destino a Florianópolis deixa isso claro. Há um médico de bordo, dr. Valério. Interessada menos na identidade do sujeito do que na confirmação do que para ela é uma obviedade, a mulher pergunta ao dr. Valério se o protagonista é ou não louco. O diagnóstico de loucura — rótulo vão e leigo que se limita a assinalar um desvio de um suposto padrão do sentir, do agir, do pensar e do falar — já fora emitido pelos outros tripulantes, como, de resto, por todos os outros personagens ao longo da narrativa. O médico diz que só pode dar um parecer se o examinar. "Então um médico não pode dizer assim se um homem é louco ou não?", pergunta a mulher. "É o único que não pode, minha senhora", responde o dr. Valério. Ao contrário dos demais, o médico o chama de o "homem do Cati".

Também é irônico que o Louco do Cati seja identificado pelo nome do lugar do qual — ou de cuja lembrança — tenta desesperadamente escapar. A menção insistente ao Cati, a tendência de ver o Cati em toda parte são, para os outros, suas maiores excentricidades. Ele não é apenas o louco, mas o Louco do Cati. A incompreensão do que é o Cati e do tipo de terror que o marcou e moldou favorece a leviandade da identificação. Porque no romance de Dyonelio, vale dizer, a suposta loucura não é nada além da representação de um trauma. Um trauma articulado, porém, de modo indireto.

Com raras e breves exceções extraídas da memória, só temos acesso às interações do "maluco" com pessoas que não conhecem seu passado. Na eventualidade de já terem ouvido falar do Cati, não lhes ocorre atribuir a peculiaridade do sujeito aos eventos brutais de que o quartel fora palco, ou à própria atmosfera de medo que impunha àquela região — sendo elas, de certa forma, tão indiferentes e ensimesmadas quanto o sujeito a quem consideram alheio. Quando Norberto, trancado na cabine de um navio com o "maluco", se dá conta de que estão isolados, a palavra que lhe ocorre é "incomunicabilidade" — cujo significado não é novidade para o Louco do

Cati, que permanece, desde o início, fora do alcance dos outros. Tomando a marca do trauma por fingimento, um dos personagens sugere que o maluco "tem o jeito de gozador", o que o tornaria, aos olhos do Analista de Bagé, criação memorável de Luis Fernando Verissimo, o típico "louco de faceiro". Esses mal-entendidos às vezes criam situações peculiares, como quando o chamam, respeitosamente, de "seu Cati". No romance de Dyonelio, quase todo alívio cômico parte dessa discrepância e dessa incompreensão. Na esteira do riso há sempre certo desconforto.

Mas o fato é que todo contexto histórico é, em *O Louco do Cati*, apenas sugerido — ora pelo próprio narrador, ora pelos personagens, como se tomassem parte em um conluio cuja razão de ser é ela mesma desconhecida. Trajetórias pregressas e motivações nunca são evidenciadas. O foco do livro parece se desviar a todo momento das revelações que, segundo imaginamos, realmente importam. Há uma espécie de atmosfera de adiamento permanente; a própria continuidade da viagem é constantemente protelada por uma ou outra dificuldade de ordem prática que tem de ser contornada. Pouco a pouco, fica claro que a narrativa é composta de detalhes banais que quase sempre remetem à precariedade e à improvisação, de personagens que vêm e vão, de decisões súbitas e quase sempre inexplicáveis, de situações fortuitas e passageiras. Por fim, o leitor se contenta em não saber, embalado pelo ritmo quase hipnótico do romance e pela graça genuína desses desvios. É aí que a intenção de Dyonelio fica clara, e o verdadeiro sentido do livro — o deslocamento — emerge. Esse deslocamento, claro, ultrapassa o do simples movimento da viagem. O que Dyonelio pretende é deslocar as próprias expectativas do leitor; deslocar o conteúdo que costuma engendrar uma subjetividade na literatura — dados biográficos, percepções, pensamentos, falas, emoções, expectativas, gestos — para descrições e informações vagas e aparentemente periféricas que têm de ser coletadas e reunidas para que se possa formar uma ideia aproximada de um protagonista esquivo. Ou, de novo, de seu trauma.

É significativo que o Louco do Cati seja "um camarada" que um grupo de amigos encontra "no fim da linha" do bonde — que seja, enfim, alguém que já exauriu uma rota disponível. De onde saiu o maluco? Para onde ia, antes de topar com Norberto e os outros? "Não se lhe conhecia um rumo definido. Talvez mesmo não tivesse nenhum", escreve Dyonelio. É possível supor que tenha chegado à última parada da linha do bonde do mesmo jeito como, depois, chega a todos os lugares: enviado por alguém.

A assimilação do Louco do Cati ao bando de rapazes é repentina. "O indivíduo havia-se incorporado ao grupo", informa o narrador, lacônico. Não há uma razão discernível para que o levem consigo. É por simpatia? Por pena? Diversão? Ninguém sabe.

Mas até que ponto o maluco se incorpora ao grupo, ou se aproxima de fato daqueles a quem passa a ser — não há outra palavra — confiado? Embora seja uma espécie de fio condutor da trama, que o acompanha aonde quer que vá, o Louco do Cati não decide nenhum rumo. A narrativa se deixa conduzir pelos outros personagens, e não por ele. Cabe aos outros escolher o destino, o meio de transporte e a rota que darão continuidade à viagem. O "maluco" não participa das tomadas de decisão, incluindo as que lhe dizem respeito. Aceita a roupa que escolhem por ele, a refeição que lhe oferecem. Em uma ocasião, antes de voltar a assumir o "ar indiferente", avisa que não quer seguir viagem de navio, mas por terra. Seu pedido é ignorado, o que é significativo. Decidem por ele e o arrastam, e ele vai. Feito um cachorro.

A comparação é visível desde o início. Ele frequentemente mete o focinho quando quer sondar alguma coisa. É descrito como dócil. Come "com uma sofreguidão muda, canina". Sua "face [é] muda, quase sem carne, de cão...". Ele é, na verdade, o "homem-cão" do Cati.

Sua subjetividade, na medida em que podemos intuí-la, quase não tem relação com a linguagem. Não à toa, a importância do olhar para se compreender *O Louco do Cati* é assinalada por Dyonelio já na frase de abertura do livro, quando o protagonista, então chamado de o "passageiro do bonde", ocupa seu assento e se põe "a *apagar* um ponto à sua frente com um olhar sem conteúdo". O grifo é do próprio autor, como se sugerisse que o olhar vazio do Louco do Cati não lhe permite assimilar nenhuma imagem — não lhe permite captar e decifrar o mundo e transitar livremente por ele. No cárcere no Rio de Janeiro, o poço fascina o Louco do Cati; é aquela espécie de abismo que passa horas encarando. Seu próprio olhar tem algo de abismal; é Norberto quem nota seu "olhar de sonâmbulo: era um poço aquilo". Mas há algo capaz de despertar esse olhar. Quando o "maluco" escuta uma menção ao Cati, nos seus olhos surge "uma faísca trêmula onde luzia inquietação...". (É também pelo olhar que podemos julgar boa parte dos outros personagens, uma vez que se recusam a enxergar o protagonista. Quando o olha de fato pela primeira vez, um coronel repara sobretudo no "chapéu de louco". É sua característica mais marcante: o desajuste, a excentricidade. Poucos conseguem ir além dela.)

Antes das páginas finais, raramente temos acesso à perspectiva do "maluco". Seus olhares, suas poucas palavras e suas lembranças, porém, autorizam uma conclusão: o Cati, para ele, representa a morte certa, o verdadeiro fim da linha. Não há, para o "maluco", nada além do Cati, razão pela qual a viagem não poderia terminar em nenhum outro lugar. O Cati é o ponto de partida na medida em que o molda. E é ponto de chegada pela mesma razão.

O bordão de Norberto, "tocar prá frente", acaba por produzir um movimento circular que conduz o protagonista de volta às proximidades do Cati. De início, esse movimento lhe é — como todos os outros —, acidental, involuntário. Não é ele quem escolhe os destinos. Mas é ele, finalmente, quem dá os próprios passos finais.

É nesse ponto que o uso do estilo indireto livre por Dyonelio mistura, pela primeira vez, o discurso do narrador ao monólogo interior — e ancorado no presente — do protagonista. O Louco do Cati enfim ganha uma interioridade a que nós, leitores, podemos ter acesso. Se antes o lugar o aterrorizava, nas últimas cenas ele dispara determinado, num "trote largo de cachorro", na direção do quartel. Não adiantava mais tentar fugir, "como sempre vinha fazendo". Sua vida inteira surge então como um único movimento de fuga. "Tivera de chegar até — o Homem decaído e sobrenatural (lobisomem, semi-homem)..." O que é, no fundo, um homem acossado, eternamente amedrontado? Que forma pode assumir nessa fuga incessante? "Na sua humilhação inferior, quando muito era um... Homem-cachorro!", conclui o Louco do Cati. Quando sua desumanização passa a ser consciente, quando enfim é explicitada, é então que ele se humaniza:

> Bem que *sentira* sempre a sua sofreguidão canina, quando engolia o seu tassalho de carne... os seus silêncios invencíveis de cão... uma vez, que fora encerrado num quarto — como um cachorro!... o olhar triste de animal que erguera, certo dia, para o rosto moreno de Nanci (a mulher) e que tanto a perturbara... E um rabo que abanava, ingênuo, a cada "festa"... — Tudo, assim, havia sido uma "preparação", para aquele momento, — o *seu* momento. Entrava como um cão na crise da sua vida. — Tinha medo (e fuzilou o

olhar para os lados, procurando um amparo humano na solidão), tinha medo de botar a mão no rosto enxovalhado, e dar com o focinho dum cachorro...

O "*seu* momento" é o confronto final com aquilo que acredita ser a morte. Caminha confiante, e não se desvia da estrada mesmo no escuro. Primeiro há um cão-lobo que parece persegui-lo e ameaçá-lo. É ele a presa. Em seguida o cão o ultrapassa para guiá-lo. É ele o conduzido. "Orientava-o ainda, invisível mas real, um ente que decerto saíra expressamente do inferno para enfeitiçá-lo e levá-lo" até o Cati. Todas essas aparições não são senão etapas de uma autoconsciência que vai tomando forma. "Não lutaria. Não porque estivesse moído e sem qualquer esperança. Entregava-se — num alívio extremo, que só pode provir mesmo da Danação — entregava-se ao demônio conhecidíssimo da sua infância." O Cati.

Tal qual um cão é como morre K. em *O processo*. "É como se a vergonha tivesse que sobreviver a ele",** escreve Kafka logo em seguida, como se justificasse a comparação. Morrer como um cão, morrer sem eliminar a vergonha, parece apontar para o fato de que há na morte de K. também algo de banal, de desimportante. Detido sem ter culpa. Condenado pela mesma ausência de motivo, ainda que sob um verniz de oficialidade — o que espelha tão bem a crítica à violência institucionalizada em *O Louco do Cati*. A indignidade de K. é sobretudo a de ter a vida tratada com a mesma displicência — não apesar, mas porque fora primeiro triturada nos meandros da burocracia — com que se trata, e tão injustamente quanto, a vida de um cão.

** Franz Kafka, *O processo*. Trad. de Modesto Carone. São Paulo: Companhia das Letras, 2005, p. 228.

Não sabemos o que vai acontecer com o Louco do Cati no próprio Cati. É possível — mas mesmo será provável? — que encontre um fim como o de K. O momento catártico e epifânico do protagonista, porém, o momento que interessa a Dyonelio, é o deslocamento até o quartel. É ali que há a transfiguração. O homem que se dá conta de que fora transformado num cão volta, ao correr resoluto de encontro à entidade quase mítica responsável por essa transformação: ser homem.

© Dyonelio Machado, 2025

Todos os direitos desta edição reservados à Todavia.

capa e ilustração de capa
Zansky
composição
Jussara Fino
estabelecimento de texto
Ronald Polito
preparação
Ana Alvares
revisão
Tomoe Moroizumi
Karina Okamoto

Dados Internacionais de Catalogação na Publicação (CIP)

Machado, Dyonelio (1895-1985)
O Louco do Cati : Aventura / Dyonelio Machado ; posfácio Camila von Holdefer. — 1. ed. — São Paulo : Todavia, 2025.

ISBN 978-65-5692-751-0

1. Literatura brasileira. 2. Romance. 3. Ficção. I. Título.

CDD B869.3

Índice para catálogo sistemático:
1. Literatura brasileira : Romance B869.3

Bruna Heller — Bibliotecária — CRB 10/2348

todavia
Rua Luís Anhaia, 44
05433.020 São Paulo SP
T. 55 11. 3094 0500
www.todavialivros.com.br

fonte
Register*
papel
Munken print cream
80 g/m²
impressão
Geográfica